suhrkamp taschenbuch 1105

Robert Walser
Sämtliche Werke in Einzelausgaben
Herausgegeben von Jochen Greven

Fünfter Band

Der vorliegende Band enthält die ersten der in schweizerischen Verlagen erschienenen Prosa-Publikationen Robert Walsers. Er setzt ein mit der 1916 entstandenen Urfassung der Erzählung «Der Spaziergang», die Eduard Korrodi 1917 in der «Neuen Zürcher Zeitung» rühmte: Dieser Text sei «eine so glückliche Mischung aus Einfalt und höchster Klugheit, daß sich einer noch lange den Wind um die Nase blasen kann», bis er wisse, ob dieser planlose Spaziergang aus einer künstlerischen Faulenzertechnik entstanden sei oder ob dieses Schlendern «ohne Zweck und Ziel vom Künstler erwogen und für gut befunden worden ist».

Die sich anschließenden Sammlungen «Prosastücke» (1916) und «Kleine Prosa» (1917) enthalten die wohl unbekanntesten der von Walser selbst veröffentlichten Arbeiten, da sie nur in winzigen Auflagen erschienen sind. Dabei sind diese aus Märchen, Aufsätzen, Erzählungen, Bildbeschreibungen und literarischen Portraits komponierten Bände mit Stücken wie «Schneien» und «Basta», mit der Liebesgeschichte «Luise» und der autobiographisch gefärbten Erzählung «Tobold» Höhepunkte Walserscher Prosa. Hermann Hesse zählte diese Kleinepik mit ihrer «magischen Verliebtheit in die Sprache zur graziösesten deutschen Prosa, die noch nicht übertroffen oder im geringsten veraltet» sei.

Robert Walser, 1878 in Biel in der Schweiz geboren, starb 1956 nach Jahrzehnten stiller Zurückgezogenheit als Anstaltspatient.

Robert Walser
Der Spaziergang
Prosastücke
und
Kleine Prosa

Suhrkamp Verlag
Zürich und Frankfurt am Main

Die Urfassung der Erzählung «Der Spaziergang» erschien erstmals 1917 im Huber Verlag Frauenfeld und Leipzig, die Erstausgabe der Sammlung «Prosastücke» im Verlag Rascher, Zürich 1916, und der Sammelband «Kleine Prosa» im Verlag A. Francke, Bern 1917.

Umschlagabbildung:
Félix Vallotton. Bretonische Heidelandschaft
(Ausschnitt), 1917.

16. Auflage 2021

Erste Auflage 1985
suhrkamp taschenbuch 1105

Druck: CPI books GmbH, Leck
Printed in Germany
Umschlag: Göllner, Michels, Zegarzewski
ISBN 978-3-518-37605-8

DER SPAZIERGANG
ERSTFASSUNG
1917

Ich teile mit, daß ich eines schönen Vormittags, ich weiß nicht mehr genau um wieviel Uhr, da mich die Lust, einen Spaziergang zu machen, ankam, den Hut auf den Kopf setzte, das Schreib- oder Geisterzimmer verließ, die Treppe hinunterlief, um auf die Straße zu eilen. Beifügen könnte ich, daß mir im Treppenhaus eine Frau begegnete, die wie eine Spanierin, Peruanerin oder Kreolin aussah. Sie trug etwelche bleiche, welke Majestät zur Schau. Ich muß mir jedoch auf das strengste verbieten, mich auch nur zwei Sekunden lang bei dieser Brasilianerin oder was sie sonst sein mochte, aufzuhalten; denn ich darf weder Raum noch Zeit verschwenden. Soviel ich mich heute, wo ich dieses alles schreibe, noch zu erinnern vermag, befand ich mich, als ich auf die offene helle und heitere Straße trat, in einer romantisch-abenteuerlichen Gemütsverfassung, die mich tief beglückte. Die morgendliche Welt, die sich vor meinen Augen ausbreitete, erschien mir so schön, als sähe ich sie zum erstenmal. Alles, was ich erblickte, machte mir den angenehmen Eindruck der Freundlichkeit, Güte und Jugend. Rasch vergaß ich, daß ich oben in meiner Stube soeben noch düster über ein leeres Blatt Papier hingebrütet hatte. Alle Trauer, aller Schmerz und alle schweren Gedanken waren wie verschwunden, obschon ich einen gewissen Ernst, als Klang, noch immer vor mir und hinter mir lebhaft spürte. Freudig war ich auf alles gespannt, was mir auf dem Spaziergang etwa begegnen oder entgegentreten könnte. Meine Schritte waren gemessen und ruhig, und soviel ich weiß, ließ ich, indem ich so meines Weges ging, ziemlich viel würdevolles Wesen sehen. Meine Empfindungen liebe ich vor den Augen meiner Mitmenschen zu verbergen, ohne daß ich mich jedoch deswegen ängstlich bemühe, was ich für einen großen Fehler und für eine starke Dummheit halten würde. Ich war noch nicht zwanzig oder dreißig Schritte weit über einen weiten, menschenbelebten Platz gegangen, als mir Herr Professor Meili, eine Kapazität allerersten Ranges, leicht begegnete. Wie die unumstürzliche Autorität schritt Herr Professor Meili ernst, feierlich und hoheitsvoll daher; in der Hand trug er einen unbeugsamen wissenschaftlichen Spazierstock, der mir Grauen, Ehrfurcht und Respekt einflößte. Professor Meilis Nase war eine strenge, gebieterische, scharfe Adler- oder Habichtsnase, und der Mund war juristisch zugeklemmt und zugekniffen. Des berühmten Gelehrten Gangart glich einem ehernen Gesetz; Weltgeschichte und Abglanz von längst vorübergegangenen heroischen Taten blitzten aus Herrn Professor Meilis harten, hinter buschigen Augenbrauen verborgenen Augen hervor. Sein Hut glich einem unabsetzbaren Herrscher. Geheime Herrscher sind die stolzesten und härtesten. Im ganzen genommen betrug sich jedoch Professor Meili ganz milde, so, als wenn er in keiner Hinsicht nötig gehabt hätte, merken zu lassen, welche Summen von Macht und Gewicht er personifizierte, und seine Gestalt erschien mir trotz aller Unerbittlichkeit und Härte sympathisch, weil ich mir sagen durfte, daß die, die nicht auf süße und schöne Art lächeln, ehrlich und zuverlässig sind. Gibt es ja bekanntlich Schurken, die die Lieben und Guten spielen, die das schreckliche Talent haben, zu den Untaten, die sie begehen, verbindlich und artig zu lächeln.

Ich wittere etwas von einem Buchhändler und einem Buchladen; ebenso will bald, wie ich ahne und merke, ein Bäckerladen mit prahlerischen Goldbuchstaben zur Erwähnung und Geltung gelangen. Vorher aber habe ich noch einen Priester oder Pfarrer zu verzeichnen. Ein radfahrender oder fahrradelnder Stadtchemiker fährt mit freundlichem, gewichtigem Gesicht dicht am Spaziergänger, nämlich an mir, vorüber, ebenso ein Stabs- oder Regimentsarzt. Ein bescheidener Fußgänger darf nicht unbeachtet und unaufgezeichnet bleiben; denn er ersucht mich um gefällige Erwähnung. Es ist dies ein reichgewordener Althändler und Lumpensammler. Buben und Mädchen jagen im Sonnenlicht frei und ungezügelt umher. ‹Man lasse sie ruhig ungezügelt›, dachte ich; ‹das Alter wird sie einst schon schrecken und zügeln. Nur zu früh, leider Gottes.› Ein Hund erlabt sich am Brunnenwasser. Schwalben, scheint mir, zwitschern in der blauen Luft. Ein bis zwei elegante Damen in verblüffend kurzen Röcken und überraschend feinen hohen farbigen Stiefelchen machen sich doch wohl hoffentlich so gut bemerkbar wie irgend etwas anderes. Zwei Sommer- oder Strohhüte fallen auf. Die Sache mit den Herrenstrohhüten ist die: plötzlich sehe ich nämlich zwei Hüte in der hellen zarten Luft, und unter den Hüten stehen zwei bessere Herren, die einander mittels schönen, artigen Hutlüftens und -schwenkens guten Morgen zu bieten scheinen. Die Hüte sind bei dieser Veranstaltung sichtlich wichtiger als ihre Träger und Besitzer. Im übrigen bittet man den Verfasser sehr ergeben, sich vor tatsächlich überflüssigen Spötteleien und Föppeleien zu hüten. Man ersucht ihn, ernsthaft zu bleiben, und hoffentlich hat er das jetzt ein für allemal verstanden.

Da eine äußerst stattliche, reichhaltige Buchhandlung mir angenehm in die Augen fiel und ich Trieb und Lust spürte, ihr einen kurzen und flüchtigen Besuch abzustatten, so zögerte ich nicht, in den Laden mit sichtlich guter Manier einzutreten, wobei ich mir allerdings zu bedenken erlaubte, daß ich vielleicht mehr als Inspektor und Bücher-Revisor, als Erkundigungen-Einsammler und feiner Kenner denn als beliebter und gerngesehener reicher Einkäufer und guter Kunde in Frage käme. Mit höflicher, überaus vorsichtiger Stimme und in den begreiflicherweise gewähltesten Ausdrücken erkundigte ich mich nach dem Neuesten und Besten auf dem Gebiet der schönen Literatur. «Darf ich», fragte ich schüchtern, «das Gediegenste und Ernsthafteste und damit selbstverständlich zugleich auch das Meistgelesene und am raschesten Anerkannte und Gekaufte kennen- und augenblicklich schätzenlernen? Sie würden mich zu ungewöhnlichem Dank in sehr hohem Grad verbinden, wenn Sie die weitgehende Gefälligkeit haben und mir das Buch gütig vorlegen wollten, das, wie ja sicher niemand so genau wissen wird wie gerade Sie, die höchste Gunst beim lesenden Publikum sowohl als bei der gefürchteten und daher ohne Zweifel auch umschmeichelten Kritik gefunden hat und ferner munter findet. Sie glauben gar nicht, wie ich mich interessiere, sogleich zu erfahren, welches von allen den hier aufgestapelten und zur Schau gestellten Büchern oder Werken der Feder dieses fragliche Lieblingsbuch ist, dessen Anblick mich ja höchstwahrscheinlich, wie ich auf das allerlebhafteste vermuten muß, zum sofortigen freudigen, begeisterten Käufer machen wird. Das Verlangen, den Lieblingsschriftsteller der gebildeten Welt und sein bewundertes, stürmisch beklatschtes Meisterwerk zu sehen und wie gesagt vermutlich auch sogleich zu kaufen, gramselt und rieselt mir durch alle Glieder. Darf ich Sie höflich bitten, mir dieses erfolgreichste Buch zu zeigen, damit die Begierde, die sich meines gesamten Wesens bemächtigt hat, sich zufriedengibt und aufhört, mich zu beunruhigen?» – «Sehr gern», sagte der Buchhändler. Er verschwand wie ein Pfeil aus dem Gesichtskreis, um jedoch im nächsten Augenblick schon wieder zu dem begierigen Käufer und Interessenten zurückzukehren, und zwar mit dem meistgekauften und -gelesenen Buch von wirklich bleibendem Wert in der Hand. Das kostbare Geistesprodukt trug er so sorgsam und feierlich, als trage er eine heiligmachende Reliquie. Sein Gesicht war verzückt; die Miene strahlte höchste Ehrfurcht aus, und mit einem Lächeln auf den Lippen, wie es nur Gläubige und Innigstdurchdrungene zu lächeln vermögen, legte er mir auf die gewinnendste Art vor, was er daherbrachte. Ich betrachtete das Buch und fragte:

«Können Sie schwören, daß dies das weitestverbreitete Buch des Jahres ist?»

«Ohne Zweifel.»

«Können Sie behaupten, daß dies das Buch ist, das man gelesen haben muß?»

«Unbedingt.»

«Ist das Buch wirklich auch gut?»

«Was für eine gänzlich überflüssige und unstatthafte Frage!»

«Ich danke Ihnen recht sehr», sagte ich kaltblütig, ließ

das Buch, das die absolut weiteste Verbreitung gefunden hatte, weil man es unbedingt gelesen haben mußte, lieber ruhig liegen, wo es lag, und entfernte mich geräuschlos, ohne noch ein weiteres Wort zu verlieren. «Ungebildeter und unwissender Mensch!» rief mir freilich der Verkäufer in seinem berechtigten, tiefen Verdruß nach. Ich ließ ihn jedoch reden und ging gemächlich weiter, und zwar, wie ich sogleich näher auseinandersetzen und verständlich machen werde, direkt in die nächstgelegene imposante Bankanstalt.

Wo ich nämlich meinte vorsprechen zu müssen, um über gewisse Wertpapiere zuverlässigen Aufschluß zu erhalten. ‹Im Vorbeigehen rasch in ein Geldinstitut hineinzuspringen›, dachte oder sagte ich für mich selber, ‹um über Finanzangelegenheiten zu verhandeln und Fragen vorzubringen, die man nur flüsternd vorträgt, ist hübsch und nimmt sich ungemein gut aus.›

«Es ist gut und trifft sich prächtig, daß Sie persönlich zu uns kommen», sagte mir am Schalter der verantwortungsvolle Beamte in sehr freundlicher Tonart, und er fügte, indem er fast schalkhaft, jedenfalls aber sehr angenehm und heiter lächelte, folgendes hinzu:

«Es ist, wie gesagt, gut, daß Sie gekommen sind. Soeben wollten wir uns brieflich an Sie wenden, um Ihnen, was jetzt mündlich geschehen kann, die für Sie ohne Frage erfreuliche Mitteilung zu machen, daß wir Sie aus Auftrag eines Vereines oder Kreises von Ihnen offenbar hold gesinnten gutherzigen und menschenfreundlichen Frauen mit

Franken Eintausend

nicht belastet, sondern vielmehr, was Ihnen zweifellos

wesentlich willkommener sein dürfte, bestens kreditiert haben, was wir Ihnen hiedurch bestätigen und wovon Sie, wenn Sie so gut sein wollen, prompt Notiz im Kopf oder wo es Ihnen sonst paßt, nehmen wollen. Wir nehmen an, daß Ihnen diese Eröffnung lieb ist; denn Sie machen uns, offen gestanden, den Eindruck, der uns mit, wir möchten uns erlauben zu sagen, fast nur schon zu großer Deutlichkeit sagt, daß Sie Fürsorge delikater und schöner Natur geradezu bedenklich nötig haben. Das Geld steht von heute ab zu Ihrer Verfügung. Man sieht, daß eine starke Fröhlichkeit sich in diesem Augenblick über Ihre Gesichtszüge verbreitet. Ihre Augen leuchten; Ihr Mund hat in diesem Moment etwas Lachendes, mit welchem Sie vielleicht schon die längste Zeit nicht mehr gelacht haben, weil zudringliche tägliche Sorgen häßlicher Art Ihnen verboten haben, das zu tun, und weil Sie sich seit langer Zeit meistens vielleicht in trüber Laune befanden, da allerhand böse und traurige Gedanken Ihre Stirne umdüsterten. Reiben Sie sich nur immer vor Vergnügen die Hände, und seien Sie froh, daß einige edle, liebenswürdige Wohltäterinnen, durch den erhabenen Gedanken bewogen, daß Leid eindämmen schön und Not lindern gut sei, daran dachten, daß ein armer und erfolgloser Dichter (denn nicht wahr, das sind Sie doch?) der Unterstützung bedürfe. Zu der Tatsache, daß sich einige Menschen fanden, die sich herablassen wollten, sich Ihrer zu erinnern, und zu dem Umstand, daß nicht alle Leute sich gleichgültig über des vielfach verachteten Dichters Existenz hinwegsetzen, gratulieren wir Ihnen.»

«Die mir von weichen und gütigen Feen- oder Frauenhänden gespendete, unvermutet zugeflossene Geldsumme», sagte ich, «möchte ich ruhig bei Ihnen liegen lassen, wo sie ja einstweilen am besten aufgehoben ist, da Sie über die nötigen feuerfesten und diebssichern Kassenschränke verfügen, um Schätze vor jeglicher Vernichtung und vor jeglichem Untergang zu bewahren. Überdies zahlen Sie ja sogar noch Zinsen. Darf ich Sie um einen Empfangsschein bitten? Ich stelle mir vor, daß ich die Freiheit habe, jederzeit nach Belieben und Bedürfnis von der großen Summe kleine Summen abzuheben. Bemerken möchte ich, daß ich sparsam bin. Ich werde mit der Gabe wie ein solider, zielbewußter Mann, das heißt äußerst vorsichtig umzugehen wissen, und den freundlichen Geberinnen werde ich in einem besonnenen und artigen Schreiben meinen Dank abzustatten haben, was ich schon morgen früh zu tun gedenke, damit es nicht durch Aufschieben vergessen wird. Die Annahme, die Sie vorhin so offen äußerten, daß ich arm sei, mag immerhin auf kluger und richtiger Beobachtung beruhen. Es genügt aber vollkommen, daß ich selber weiß, was ich weiß, und daß ich selbst es bin, der am besten über meine Person unterrichtet ist. Oft trügt der Schein, mein Herr, und ein Urteil über einen Menschen zu fällen, wird wohl am besten diesem Menschen selbst überlassen sein. Niemand kann einen Mann, der schon allerlei gesehen und erfahren hat, so gut kennen wie er selbst. Ich irrte zu Zeiten allerdings im Nebel und in tausenderlei Schwankungen und Verlegenheiten umher, und oft fühlte ich mich elendiglich verlassen. Aber ich denke, daß es schön ist, zu kämpfen. Nicht auf Freuden und Vergnügen ist ein Mann stolz. Stolz und froh im Grunde der Seele machen ihn nur tapfer überstandene Anstrengungen und die geduldig ausgehaltenen Leiden. Doch hierüber verschwendet man nicht gerne Worte. Welcher redliche Mann war im Leben nie hilflos, und welches menschlichen Wesens Hoffnungen, Pläne, Träume sind im Laufe der Jahre gänzlich unzerstört geblieben? Wo ist die Seele, deren Sehnen, kühnes Wünschen, süße und hohe Vorstellungen von Glück in Erfüllung gingen, ohne daß sie sich Abzüge hat machen lassen müssen?»

Quittung über eintausend Franken wurde mir aus- und eingehändigt, worauf sich der solide Geld-Einleger und Konto-Korrent-Mensch empfehlen und entfernen durfte, nämlich niemand anderer als ich. Von Herzen froh über das mir so zauberhaft, wie aus blauem Himmel zugefallene Kapital-Vermögen lief ich aus dem hohen, schönen Kassaraum fort, an die freie Luft hinaus, um den Spaziergang fortzusetzen.

Anfügen will und kann und darf ich hoffentlich (da mir im Augenblick Neues und Gescheites nicht einfällt), daß ich eine höfliche, reizende Einladung von Frau Aebi in der Tasche mittrug. Die Einladekarte forderte mich ergebenst auf und ermunterte mich, Punkt halb ein Uhr jedenfalls zum bescheidenen Mittagessen erscheinen zu wollen. Ich nahm mir fest vor, der Aufforderung zu gehorchen und bei der fraglichen schätzenswerten Person zur angegebenen Zeit prompt aufzutauchen.

Indem du dir, lieber, gewogener Leser, die Mühe nimmst, sorgfältig mit dem Schreiber und Erfinder dieser Zeilen vorwärts in die helle, freundliche Morgenwelt hinauszumarschieren, nicht eilig, sondern vielmehr ganz behaglich, sachlich, glatt, bedächtig und ruhig, gelangen wir beide vor die bereits vorgemerkte Bäckerei mit Goldinschrift, wo wir uns bewogen fühlen, entsetzt stehenzubleiben, um auf betrübliche Weise über gröbliche Protzerei und über damit aufs engste verbundene traurige Verunstaltung des lieblichen Ländlichkeitsbildes zu staunen.

Spontan rief ich aus: «Ziemlich entrüstet, bei Gott, darf ein ehrlicher Mensch angesichts solcher goldenen Firmeninschrift-Barbareien sein, die der Landschaft, in welcher wir stehen, ein Gepräge der Eigensucht, Geldgier, elenden, völlig nackten Seelenverrohung aufdrükken. Hat denn ein einfacher, redlicher Bäckermeister wirklich nötig, so großartig aufzutreten, mit seiner törichten Gold- und Silber-Ankündigung in der Sonne zu strahlen und zu blitzen wie ein Fürst oder wie eine putzsüchtige zweifelhafte Dame? Backe und knete er doch sein Brot in Ehren und in vernunftentsprechender Bescheidenheit! In was für einer Schwindelwelt fangen wir an zu leben oder haben wir bereits begonnen zu leben, wenn von Gemeinden, Nachbarschaft und öffentlicher Meinung nicht nur geduldet, sondern unglücklicherweise offenbar sogar noch gepriesen wird, was jeden guten Sinn, jeden Sinn für Vernunft und Gefälligkeit, jeden Schönheits- und Biedersinn beleidigt, was krankhaft großtut, sich ein lächerliches Lumpen-Ansehen verleiht, das auf hundert und mehr Meter Entfernung in die gute ehrliche Luft hinausschreit: ‹Ich bin der und der. Ich habe soundso viel Geld, und ich darf mir herausnehmen, unangenehm aufzufallen. Ich bin zwar sicherlich ein Lümmel und Tölpel und geschmackloser Kerl mit meinem häßlichen Prunken; aber es hat mir niemand zu verbieten, lümmelhaft und tölpelhaft zu sein.› Stehen goldene, weithin glitzernde, abscheulich leuchtende Buchstaben in irgendeinem annehmbaren, ehrlich gerechtfertigten Verhältnis und in irgendeiner gesunden verwandtschaftlichen Beziehung zu – Brot?

Mitnichten! Aber abscheuliche Großtuerei und Prahlerei haben an irgendeiner Ecke, in irgendeinem Winkel der Welt, zu irgendeiner Stunde angefangen, haben, gleich einer beklagenswerten jämmerlichen Überschwemmung, Fortschritte um Fortschritte gemacht, Unrat, Schmutz und Torheit mit sich reißend, dieselben über die Welt verbreitend, und haben auch meinen ehrsamen Bäckermeister ergriffen, um seinen bisherigen guten Geschmack zu verderben, seine ihm angeborene Sittsamkeit zu unterwühlen. Ich gäbe viel, ich gäbe den linken Arm oder das linke Bein her, wenn ich durch ein solches Opfer wieder den alten feinen Sinn für Gediegenheit, die alte gute Genügsamkeit herbeiführen helfen, Land und Leuten wieder jene Ehrsamkeit und Bescheidenheit zurückgeben könnte, die sicher vielfach und zum Bedauern aller Menschen, die es redlich meinen, verlorengegangen sind. Zum Teufel mit der miserablen Sucht, mehr zu scheinen, als was man ist. Eine wahre Katastrophe ist das, die Kriegsgefahr, Tod, Elend, Haß und Verwundungen auf der Erde verbreitet und allem, was existiert, eine verwünschenswerte Maske von Bosheit und Häßlichkeit aufsetzt. So sei mir doch ein Handwerker kein Monsieur und eine einfache Frau keine Madame. Aber es will heute alles blenden und glitzern, neu und fein und schön sein, Monsieur sein und Madame sein, daß es ein Grauen ist. Doch kommt es vielleicht mit der Zeit auch noch einmal wieder anders. Ich will es hoffen.»

Ich werde mich übrigens sogleich punkto herrenhaften Auftretens und hochherrschaftlichen Gebarens, wie man bald erfahren wird, selber beim Ohr nehmen. Auf was für eine Art wird sich zeigen. Es wäre nicht schön, wenn ich andere schonungslos kritisieren, mich selber aber nur ganz zart anfassen und so schonungsvoll wie möglich behandeln wollte. Ein Kritiker, der es so macht, ist nicht der wahre, und Schriftsteller sollen mit der Schriftstellerei keinen Mißbrauch treiben. Ich hoffe, daß dieser Satz allgemein gefällt, Genugtuung erweckt und warmen Beifall findet.

Eine arbeitergefüllte und arbeitsreiche Metallgießerei verursacht hier links vom Landschaftsweg auffälliges Getöse. Bei dieser Gelegenheit schäme ich mich aufrichtig, daß ich nur spaziere, wo so viele andere schuften und arbeiten. Ich schufte und schaffe freilich vielleicht dann zu einer Stunde, wo alle diese Arbeiter Feierabend haben und ausruhen.

Ein Monteur auf dem Fahrrad, Kamerad vom Landwehrbataillon 134/III, ruft mir beiläufig zu: «Du spazierst wieder einmal, scheint mir, am heiterhellen Werktag.» Ich grüße ihn lachend und gebe mit Freuden zu, daß er recht hat, wenn er der Ansicht ist, daß ich spaziere.

‹Sie sehen es mir an, daß ich spaziere›, dachte ich im stillen und spazierte friedlich weiter, ohne mich im geringsten über das Ertapptwordensein zu ärgern, was ganz dumm gewesen wäre.

In meinem hellgelben, geschenkt bekommenen Engländer-Anzug kam ich mir nämlich, muß ich offen gestehen, wie ein großer Lord, Grandseigneur, im Park auf und ab spazierender Marquis vor, trotzdem es doch nur eine halb ländliche, halb vorstadtmäßige schlichte, liebe, bescheidene und kleinliche Armutsgegend und Landstraße war, wo ich mich erging, und durchaus kein vornehmer Park, wie ich mir angemaßt habe anzudeuten, was ich sachte wieder zurückziehe, weil alles Parkhafte ganz aus der Luft gegriffen ist und hierher absolut nicht paßt. Kleinere und größere Fabriklein und mechanische Werkstätten lagen beliebig verstreut im Grünen. Fette warme Landwirtschaft gab hier herum gleichsam klopfender und hämmernder Industrie, die immer irgend etwas Zerarbeitetes und Mageres an sich hat, freundschaftlich den Arm. Nußbäume, Kirschbäume und Pflaumenbäume gaben dem weichen, rundlichen Weg etwas Anziehendes, Unterhaltsames und Zierliches. Ein Hund lag quer mitten auf der Straße, die ich an und für sich schön fand und liebte. Ich liebte überhaupt das meiste, was ich nach und nach sah, augenblicklich feurig. Eine andere kleine hübsche Hundeszene und Kinderszene war folgende: ein großer, aber durchaus drolliger, humorvoller, ungefährlicher Kerl von Hund betrachtete still einen Knirps von Knaben, der auf einer Haustreppe kauerte und der wegen der Aufmerksamkeit, die ihm das gutmütige, jedoch ein wenig schreckhaft aussehende Tier zu schenken beliebte, vor Angst jämmerlich brüllte und ein starkes, kindisches Geheul veranstaltete. Ich fand den Auftritt entzückend; aber einen anderen Kinderauftritt im Landstraßentheater fand ich fast noch netter und entzückender. Zwei ganz kleine Kinderchen lagen auf der ziemlich staubigen Straße wie in einem Garten. Das eine Kind sagte zum andern: «Gib mir ein liebes Küßchen.» Das andere Kind gab ihm das dringlich Geforderte. Nun sagte es zu ihm: «So! Jetzt darfst du vom Boden aufstehen.» Es würde ihm also höchstwahrscheinlich ohne süßes Küßchen nicht erlaubt haben, was es ihm jetzt gestattete. ‹Wie paßt diese naive kleine Szene zu dem schönen blauen Himmel, der auf die frohe leichte helle Erde so göttlich herunterlacht!› sagte ich mir. ‹Kinder sind himmlisch, weil sie immer wie in einer Art

Himmel sind. Wenn sie älter werden und aufwachsen, schwindet ihnen der Himmel, und sie fallen aus der Kindlichkeit dann in das trockene, berechnende Wesen und in die langweiligen Anschauungen der Erwachsenen. Für Kinder von armen Leuten ist die sommerliche Landstraße wie ein Spielzimmer. Wo sollen sie sonst sein, da ihnen die Gärten eigennützig zugesperrt sind? Wehe dahersausenden Automobilen, die kalt und bös in das Kinderspiel, in den kindlichen Himmel hineinfahren, daß kleine unschuldige menschliche Wesen in Gefahr kommen, zermalmt zu werden. Den schrecklichen Gedanken, daß ein Kind von solch einem plumpen Triumphwagen tatsächlich überfahren wird, will ich gar nicht denken, weil mich sonst der Zorn zu groben Ausdrücken verleitete, mit denen man ja bekanntlich doch nie viel verrichtet.›

Leuten, die in einem sausenden, staubaufwerfenden Automobil sitzen, zeige ich immer mein böses und hartes Gesicht, und sie verdienen auch kein besseres. Sie denken dann, daß ich ein Aufpasser und Polizist in Zivil sei, von hohen Obrigkeiten und Behörden beauftragt, auf das Fahren aufzupassen, mir die Nummer des Fahrzeugs zu merken und solche später zu hinterbringen. Ich schaue da stets finster auf die Räder, aufs Ganze und nie auf die Insassen, welche ich verachte und zwar keineswegs persönlich, sondern rein grundsätzlich; denn ich begreife nicht und werde niemals begreifen, daß es ein Vergnügen sein kann, so an allen Gebilden, Gegenständen, die unsere schöne Erde aufweist, vorüberzurasen, als wenn man toll geworden sei und rennen müsse, um nicht elend zu verzweifeln. In der Tat liebe ich die Ruhe und alles Ruhende. Ich liebe Sparsamkeit und Mäßigkeit und bin allem Gehetz und Gehast im tiefsten Innern in Gottes Namen abhold. Mehr als was wahr ist, brauche ich nicht zu sagen. Und wegen dieser Worte wird das Automobilfahren sicher nicht einmal aufhören nebst luftverderbendem üblem Geruch, den sicherlich niemand besonders hochschätzt und liebt. Es wäre widernatürlich, wenn jemandes Nase lieben und mit Freuden einziehen würde, was für jede rechte Menschennase einfach manchmal, je nachdem man vielleicht gelaunt ist, empörend und abscheuerweckend ist. Schluß und nichts für ungut. Und nun weiterspaziert. Himmlisch schön und gut und uralt einfach ist es ja, zu Fuß zu gehen. Anzunehmen ist, daß das Schuhwerk und Stiefelzeug in Ordnung ist.

Werden mir sehr geehrte Herrschaften, Gönnerschaften und Leserschaften, indem sie diesen vielleicht etwas zu feierlichen und hochdaherstolzierenden Stil wohlwollend hinnehmen und entschuldigen, nunmehr gütig erlauben, dieselben auf zwei besonders bedeutende Personen, Gestalten oder Figuren, nämlich erstlich oder besser erstens auf eine vermeintliche gewesene Schauspielerin und zweitens auf die jugendlichste vermutliche angehende Sängerin gebührend aufmerksam zu machen? Ich halte diese zwei Leute für denkbar wichtig und habe sie daher geglaubt zum voraus schon, bevor sie in Wirklichkeit auftreten und figurieren werden, ordentlich anmelden und ankündigen zu sollen, damit ein Geruch von Bedeutsamkeit und Ruhm den beiden zarten Geschöpfen vorauseile und dieselben bei ihrem Erscheinen mit all der Achtsamkeit und sorgfältigen Liebe empfangen und angeschaut werden können, womit man meiner geringfügigen Meinung nach solcherlei Wesen fast notwendigerweise auszeichnen muß. Gegen halb ein Uhr wird ja dann der Herr Verfasser bekanntermaßen, zum Lohn für seine vielfachen Strapazen, im Palazzo oder Haus der Frau Aebi essen, schwelgen und speisen. Bis dahin wird er indessen noch eine beträchtliche Strecke Weges zurückzulegen und noch manche Zeile zu schreiben haben. Aber man weiß ja zur Genüge, daß er ebensogern spaziert als schreibt; letzteres allerdings vielleicht um eine Nuance weniger gern als ersteres.

Vor einem bildsaubern und hübschen Haus sah ich, hart an der schönen Straße, eine Frau auf einer Bank sitzen, und kaum hatte ich sie erblickt, so erkühnte ich mich auch bereits, sie anzusprechen, indem ich unter möglichst artigen und verbindlichen Wendungen folgendes vorbrachte:

«Verzeihen Sie, wenn sich mir, einem Ihnen völlig unbekannten Menschen, bei Ihrem Anblick die eifrige und sicherlich dreiste Frage auf die Lippen drängt, ob Sie nicht vielleicht ehemals Schauspielerin gewesen seien? Sie sehen nämlich ganz und gar wie eine einstmals verwöhnte, gefeierte große Schauspielerin und Bühnenkünstlerin aus. Gewiß wundern Sie sich mit größtem Recht über die so verblüffend waghalsige kecke Anrede und Anfrage; aber Sie haben ein so schönes Gesicht, ein so gefälliges, nettes, und ich muß beifügen, so interessantes Aussehen, zeigen eine so schöne, edle, gute Figur, schauen so grad und groß und ruhig vor sich hin, auf mich und überhaupt in die Welt hinein, daß ich mich unmöglich habe zwingen können, an Ihnen vorüberzugehen, ohne gewagt zu haben, Ihnen etwas Artiges und Schmeichelhaftes zu sagen, was Sie mir hoffentlich nicht übelnehmen werden, obschon ich fürchten muß, daß ich wegen meiner Leichtfertigkeit Strafe und Mißbilligung verdiene. Als ich Sie sah, kam ich augenblicklich auf den Gedanken, daß Sie Schauspielerin gewesen sein müßten, und heute, so dachte ich bei mir, sitzen Sie nun hier an der einfachen, wenn auch gleich schönen Straße, vor dem hübschen kleinen Laden, als dessen Inhaberin Sie mir vorkommen. Sie sind vielleicht bis heute noch von keinem Menschen hier so ohne alle Umstände angeredet worden. Ihr freundliches und zugleich anmutiges Äußeres, Ihre liebenswürdige, schöne Erscheinung, Ihre Ruhe, Ihre feine Gestalt und Ihr edles, munteres Aussehen bei vorgerücktem Alter, das Sie mir erlauben wollen anzumerken, haben mich ermutigt, ein zutrauliches Gespräch auf offener Straße mit Ihnen anzufangen. Auch hat der schöne Tag, dessen Freiheit und Heiterkeit mich beglücken, eine Fröhlichkeit in mir angezündet, mit welcher ich vielleicht der unbekannten Dame gegenüber etwas zu weit gegangen bin. Sie lächeln! Dann sind Sie also über die ungezwungene Sprache, die ich führe, keineswegs böse. Es dünkt mich, wenn ich so sagen darf, schön und gut, daß dann und wann zwei unbekannte Menschen frei und harmlos miteinander reden, wozu wir Bewohner dieses irrenden, seltsamen Planeten, der uns ein Rätsel ist, ja schließlich Mund und Zunge und die sprachliche Fähigkeit haben, welch letztere an und für sich schon so schön und seltsam ist. Jedenfalls haben Sie mir, als ich Sie sah, sogleich herzlich gut gefallen; doch ich muß mich nun respektvoll entschuldigen, und ich möchte Sie bitten, überzeugt zu sein, daß Sie mir die wärmste Ehrfurcht einflößen. Kann das offene Geständnis, daß ich sehr glücklich war, als ich Sie sah, Sie veranlassen, mir zu zürnen?»

«Vielmehr muß es mich freuen», sagte die schöne Frau

heiter; «aber bezüglich Ihrer Vermutung muß ich Ihnen eine Enttäuschung bereiten. Ich bin nie Schauspielerin gewesen.»

Worauf ich mich bewogen fühlte, zu sagen: «Ich bin vor einiger Zeit in diese Gegend aus kalten, traurigen, engen Verhältnissen, krank im Innern, ganz und gar ohne Glauben, ohne Zuversicht und Zutrauen, ohne jegliche schönere Hoffnung hergekommen, mit der Welt und mit mir selber entfremdet und verfeindet. Ängstlichkeit und Mißtrauen nahmen mich gefangen und begleiteten jeden meiner Schritte. Stück um Stück verlor ich dann das unedle, häßliche Vorurteil. Ich atmete hier wieder ruhiger und freier – und wurde wieder ein schönerer, wärmerer, glücklicherer Mensch. Die Befürchtungen, die mir die Seele erfüllten, sah ich nach und nach verschwinden; Trauer und Öde im Herzen und die Hoffnungslosigkeit verwandelten sich allgemach in heitere Befriedigung und in einen angenehmen, lebhaften Anteil, den ich von neuem fühlen lernte. Ich war tot, und jetzt ist es mir, als habe mich jemand gehoben und gefördert. Wo ich viel Unschönes, Hartes und Beunruhigendes erfahren zu müssen geglaubt habe, treffe ich den Liebreiz und die Güte an und finde ich alles Ruhige, Zutrauliche und Gute.»

«Um so besser», sagte die Frau mit freundlicher Miene und Stimme.

Da mir der Augenblick gekommen zu sein schien, die ziemlich mutwillig begonnene Unterhaltung zu beendigen und mich zu entfernen, so grüßte ich die Frau, die ich für eine Schauspielerin gehalten hatte, die jedoch jetzt leider keine große und berühmte Schauspielerin mehr war, weil sie selbst es für nötig gefunden hatte es zu bestreiten, mit, ich darf wohl sagen, ausgesuchter, sehr sorgfältiger Höflichkeit, indem ich mich vor ihr verneigte, und ging friedlich, wie wenn weiter gar nichts geschehen wäre, weiter.

Eine bescheidene Frage: Ist vielleicht nachgerade für ein zierliches Putzgeschäft unter grünen Bäumen hervorragendes Interesse und womöglich etlicher Beifall spärlich vorhanden?

Ich glaube stark daran, und so wage ich die ganz ergebene Mitteilung zu machen, daß ich im Gehen und Vormarschieren auf dem schönsten aller Wege einen ziemlich albernen, jünglinghaften und lauten Freudenschrei aus einer Kehle ausstieß, die solches und ähnliches selber nicht für möglich hielt. Was sah und entdeckte ich Neues, Unerhörtes und Schönes? Ei, ganz einfach besagtes allerliebstes Putzgeschäft und Modesalon. Paris und Petersburg, Bukarest und Mailand, London und Berlin, alles, was elegant, liederlich und hauptstädtisch ist, trat mir nah, tauchte vor mir auf, um mich zu faszinieren und zu bezaubern. Aber in den Haupt- und Weltstädten fehlt der grüne sanfte Baumschmuck, der Schmuck und die Wohltat freundlicher Wiesen und vieler lieben zarten Blätter und nicht zuletzt der süße Blumenduft, und den hatte ich hier. ‹Das alles›, so nahm ich mir im stillen und während des Stillstehens vor, ‹schreibe ich bestimmt demnächst in ein Stück oder in eine Art Phantasie hinein, die ich ‚Der Spaziergang' betiteln werde. Namentlich darf mir dieser Damenhutladen keineswegs darin fehlen. Ein hoher malerischer Reiz würde dem Stück sonst sicher abgehen, und diesen Mangel werde ich so gut zu vermeiden als zu umgehen und unmöglich zu machen wissen.› Die Federn, Bänder, künstlichen Früchte und Blumen auf den netten drolligen Hüten waren für mich fast ebenso anziehend und anheimelnd wie die Natur selber, die mit ihrem natürlichen Grün, mit ihren Naturfarben die künstlichen Farben und phantastischen Modeformen umrahmte und zart einschloß, derart, als sei das Putzgeschäft ein bloßes liebliches Gemälde. Ich rechne, wie gesagt, hiebei mit dem feinsten Verständnis seitens des Lesers, vor dem ich mich aufrichtig fürchte. Dieses elende Feiglingsgeständnis ist begreiflich. Es ist noch allen kühneren Autoren so gegangen.

Gott! was erblickte ich, ebenfalls unter Blättern, für einen reizenden, niedlichen, entzückenden Fleischladen mit rosaroter Schweine-, Rind- und Kalbfleischware. Der Metzger hantierte im Ladeninnern, wo auch Käufer standen. Einen Schrei ist dieser Metzgerladen gewiß ebensogut wert wie der Laden mit den Hüten. Drittens sei ein Spezereiladen sanft genannt. Zu allerlei Wirtschaften komme ich später, wie mir scheint, noch früh genug. Man kann mit Wirtshäusern zweifellos nicht spät genug am Tag anfangen, weil sich ja Folgen einstellen, die man kennt, und zwar leider jeder selber nur zur Genüge. Auch der Tugendhafteste darf nicht bestreiten, daß er gewisser Untugenden nie ganz Herr wird. Glücklicherweise jedoch ist man ja – Mensch und als solcher leicht zu entschuldigen. Man beruft sich einfach auf die Schwachheit der Organisation.

Hier habe ich mich wieder einmal neu zu orientieren. Ich setze voraus, daß mir Neueinrichtung und Umgruppierung so gut gelingen wie irgendeinem Generalfeldmarschall, der alle Umstände überblickt und alle Zufälligkeiten und Rückschläge in das Netz seiner, es wird gestattet sein zu sagen, genialen Berechnung zieht. In den Tagesblättern liest solches ein fleißiger Mensch gegenwärtig täglich, und er merkt sich Ausdrücke wie: Flankenstoß. Ich bin in letzter Zeit zu der Überzeugung gekommen, daß Kriegskunst und Kriegführung fast so schwer und geduldheischend sind wie Dichtkunst und umgekehrt. Auch Schriftsteller treffen oft, wie Generäle, langwierigste Vorbereitungen, ehe sie zum Angriff zu schreiten und eine Schlacht zu liefern wagen, oder mit andern Worten ein Machwerk oder Buch auf den Büchermarkt schleudern, was herausfordernd wirkt und mitunter zu gewaltigen Gegenangriffen mächtig reizt. Bücher locken Besprechungen hervor, und diese fallen manchmal so grimmig aus, daß das Buch sterben und der Verfasser verzweifeln muß!

Befremden darf nicht, wenn ich sage, daß ich alle diese hoffentlich zierlichen netten Zeilen mit deutscher Reichsgerichtsfeder schreibe. Daher die sprachliche Kürze, Prägnanz und Schärfe, die an einigen Stellen zu spüren ist, worüber sich jetzt niemand weiter wundere.

Aber wann komme ich wohl endlich zu dem wohlverdienten Schmaus bei meiner Frau Aebi? Ich fürchte, daß das noch ziemlich lange dauert, da noch erkleckliche Hindernisse wegzuräumen sind. Appetit wäre längst in Hülle und Fülle vorhanden.

Indem ich wie ein besserer Strolch, feinerer Vagabund und Tagedieb oder Zeitverschwender und Landstreicher so des Weges ging, neben allerlei mit zufriedenem behaglichem Gemüse vollbepflanzten und vollgestopften Gärten vorbei, neben Blumen und Blumenduft vorbei, neben Obstbäumen und neben Bohnenstangen und Stauden voll Bohnen vorbei, neben hochaufragendem

Getreide, wie Roggen, Hafer und Weizen vorbei, neben einem Holzplatz mit vielen Hölzern und Holzspänen vorbei, neben saftigem Gras und neben einem artig plätschernden Wässerchen, Fluß oder Bach vorbei, neben allerhand Leuten, wie lieben, handeltreibenden Marktfrauen, hübsch vorbei, neben einem mit Lust- und Freudenfahnen geschmückten Vereinshaus ebensogut wie an manchen andern gutmütigen und nützlichen Dingen vorbei, neben einem besonders schönen und lieben Feen-Apfelbäumchen vorbei und weiß der liebe Gott an was sonst noch allem möglichen vorbei, wie zum Beispiel auch an Erdbeerbüschen und Blüten, oder besser bereits an den reifen roten Erdbeeren manierlich vorbei, währenddessen mich immer allerlei mehr oder weniger schöne und angenehme Gedanken stark beschäftigen, weil beim Spazieren viele Einfälle, Lichtblitze und Blitzlichter sich ganz von selber einmengen und einfinden, um sorgfältig verarbeitet zu werden, kam ein Mensch, ein Ungeheuer, ein Ungetüm mir entgegen, der mir die helle lichte Straße fast völlig verdunkelte, ein lang- und hochaufgeschossener unheimlicher Kerl, den ich leider nur allzu gut kannte, ein höchst sonderbarer Geselle, nämlich der Riese

Tomzack.

An allen andern Orten und auf allen andern Wegen eher als hier auf dem lieben weichen Landweg würde ich ihn vermutet haben. Seine trauervolle, schauervolle Erscheinung, sein tragisches, ungeheures Wesen flößte mir Schrecken ein und nahm alle gute, schöne und helle Aussicht und alle Froheit und Freude von mir weg. Tomzack! Nicht wahr, lieber Leser, der Name allein klingt schon nach schrecklichen und schwermütigen Dingen.

«Was verfolgst du mich, was hast du nötig, mir hier mitten auf meinem Weg zu begegnen, du Unglückseliger?» rief ich ihm entgegen; doch Tomzack gab mir keine Antwort. Groß schaute er mich an, das heißt, er schaute nur so von hoch oben auf mich herab; denn er überragte mich an Länge und Höhe um ein bedeutendes. Ich kam mir neben ihm wie ein Zwerg oder wie ein kleines armes schwaches Kind vor. Mit der größten Leichtigkeit hätte mich der Riese zertreten oder erdrükken können. Ah, ich wußte, wer er war. Für ihn gab es keine Ruhe. Ruhelos ging er in der Welt umher. In keinem sanften Bett schlief er, und in keinem wohnlichen heimeligen Hause durfte er wohnen. Er hauste überall und nirgends. Heimat hatte er keine, und irgendein Heimatrecht besaß er keins. Ohne Vaterland und ohne Glück war er; gänzlich ohne Liebe, und ohne Menschenfreude mußte er leben. Anteil nahm er nicht, und auch an ihm und an seinem Treiben und Leben nahm niemand Anteil. Vergangenheit, Gegenwart und Zukunft waren ihm eine wesenlose Wüste, und das Leben war zu gering, zu klein, zu eng für ihn. Es gab keinerlei Bedeutung für ihn, und er selbst wieder bedeutete für niemanden etwas. Aus seinen großen Augen brach ein Glanz von Überwelten- oder Unterwelten-Gram. Ein unendlicher Schmerz sprach aus seinen müden schlaffen Bewegungen. Er war nicht tot und nicht lebendig, nicht alt und nicht jung. Hunderttausend Jahre alt schien er mir zu sein, und es schien mir, als müsse er ewig leben, um ewig nicht lebendig zu sein. Er starb jeden Augenblick und vermochte dennoch nicht zu sterben. Kein Grab mit Blumen gab es für ihn. Ich wich ihm aus und murmelte für mich: «Leb wohl, und laß es dir immerhin gut gehen, Freund Tomzack.»

Ohne mich nach dem Phantom, nach dem bedauernswürdigen Koloß und Übermenschen weiter umzusehen, wozu ich wahrhaftig nicht die geringste Lust hatte, ging ich weiter und gelangte bald nachher, so in der weichen, warmen Luft ruhig weiterschreitend und den trüben Eindruck verwindend, den die fremdartige Mannes- oder vielmehr Riesengestalt auf mich gemacht hatte, in einen Tannenwald, durch den sich ein gleichsam lächelnder, schelmisch anmutiger Weg schlängelte, den ich mit Vergnügen verfolgte. Weg und Waldboden waren wie ein Teppich, und hier im Waldinnern war es still wie in einer glücklichen Menschenseele, wie in einem Tempelinnern, wie in einem Palast und verzauberten und verträumten Märchenschlosse, wie im Dornröschenschloß, wo alles schläft und schweigt seit Hunderten von langen Jahren. Tiefer drang ich hinein, und ich rede vielleicht ein wenig schön, wenn ich sage, daß ich mir wie ein Prinz mit goldenem Haar und den Körper bedeckt mit einer kriegerischen Rüstung erschien. Es war so feierlich im Wald, daß schöne und feierliche Einbildungen ganz von selber sich des empfindlichen Spaziergängers bemächtigten. Wie war ich über die süße Waldesstille und Ruhe glücklich! Von Zeit zu Zeit drang von außen her einiger schwacher Lärm in die liebliche Abgeschiedenheit und reizende Dunkelheit hinein, etwa ein Schlag, ein Pfiff oder sonst ein Geräusch, dessen ferner Schall die herrschende Geräuschlosigkeit nur noch erhöhte, die ich recht nach Herzenslust einatmete und deren Wirkung ich förmlich trank und schlürfte. Da und dort in all der Schweigsamkeit und in all der Stille ließ ein Vogel aus dem liebreizenden und heiligen Verborgenen heraus seine heitere Stimme vernehmen. Ich stand so und horchte, und plötzlich befiel mich ein unsagbares Weltempfinden und ein damit verbundenes, gewaltsam aus der Seele hervorbrechendes Dankbarkeitsgefühl. Die Tannen standen kerzengerade wie Säulen da, und nicht das geringste rührte sich im weiten zarten Walde, den allerlei unhörbare Stimmen zu durchklingen und zu durchhallen schienen. Töne aus der Vorwelt kamen, von ich weiß nicht woher, an mein Ohr. ‹Oh, so will denn auch ich gerne, wenn es sein soll, zu Ende gehen und sterben. Eine Erinnerung wird mich dann noch im Grabe beglücken, und eine Dankbarkeit wird mich im Tode beleben; ein Danksagen für die Genüsse, für die Freude, für das Entzücken; ein Danksagen für das Leben und eine Freude über die Freude.› Leises hohes Rauschen ließ sich, von oben aus den Tannwipfeln herabsäuselnd, vernehmen. ‹Hier müßte Lieben und Küssen göttlich schön sein›, sagte ich mir. Die bloßen Schritte auf dem angenehmen Boden wurden zum Genuß, und die Ruhe zündete in der fühlenden Seele Gebete an. ‹Hier tot zu sein und in der kühlen Walderde unauffällig begraben zu liegen, müßte süß sein. Ach, daß man den Tod im Tode fühlen und genießen dürfte! Vielleicht ist es so. Im Walde ein ruhiges kleines Grab zu haben, wäre schön. Vielleicht würde ich das Singen der Vögel und das Waldrauschen über mir hören. Ich wünschte mir das.› Herrlich fiel eine Sonnenstrahlen-Säule zwischen Eichenstämmen in den Wald herab, der mir wie ein liebes grünes Grab erschien. Bald trat ich wieder ins helle Freie hinaus und ins Leben.

Es käme jetzt und träte hervor ein Wirtshaus, und zwar ein sehr feines, reizendes, schmeichelhaftes, ein

Wirtshaus, nah am Rand des Waldes gelegen, aus dem ich soeben erst herauskam, ein Wirtshaus mit köstlichem Garten voll erquicklichem Schatten. Der Garten läge auf einem aussichtsreichen niedlichen Hügel, und dicht daneben läge oder stände ein künstlicher Extra-Aussichtshügel oder Rondell, wo man stehen und ziemlich lang sich über die prächtige Aussicht freuen könnte. Ein Glas Bier oder Wein wäre sicher auch nicht schlecht; aber der Mensch, der hier spaziert, besinnt sich rechtzeitig, daß er sich ja auf keinem gar so sehr anstrengenden Ausmarsch befindet. Das mühereiche Gebirge liegt weit in der bläulich glänzenden, weißumhauchten Ferne. Er muß sich ehrlich gestehen, daß sein Durst weder mordsmäßig noch heidenmäßig ist, da er bis jetzt verhältnismäßig nur kleine Strecken zurückzulegen gehabt hat. Handelt es sich doch hier mehr um zartes, sanftes Spazierengehen als um eine Reise und Wanderung, und mehr um einen feinen Rundgang als um einen Gewaltritt und -marsch, und daher verzichtet er gerechter- so gut wie vernünftigerweise auf den Eintritt ins Lusthaus und Erquickungshaus und nimmt Abgang. Alle ernsthaften Leute, die dies lesen, werden seinem schönen Entschluß und seinem guten Willen gewiß reichen Beifall zollen. – Nahm ich nicht bereits vor einer Stunde Anlaß, eine jugendliche Sängerin anzumelden? Sie tritt jetzt auf.

Und zwar an einem Fenster zu ebener Erde.

Ich kam nämlich jetzt aus der Waldabschwenkung wieder in den Hauptweg zurück, und da hörte ich – –

Doch halt! und eine kleine Anstandspause gemacht. Schriftsteller, die ihren Beruf verstehen, nehmen denselben möglichst ruhig. Sie legen gern von Zeit zu Zeit die Feder ein wenig aus der Hand. Anhaltendes Schreiben ermüdet wie Erdarbeit.

Was ich aus dem Fenster zu ebener Erde hörte, war der lieblichste, frischeste Volks- und Operngesang, der mir als Morgen-Ohrenschmaus und als Vormittagskonzert völlig unentgeltlich in die überraschten Ohren tönte. Ein junges Mädchen, das fast noch ein Schulmädchen und doch auch schon schlank und groß war, stand nämlich im hellen Kleid am ärmlichen Vorstadtfenster, und dieses Mädchen sang in die blaue Luft hinaus und hinauf einfach zum Entzücken. Auf das angenehmste betroffen und durch den unerwarteten Gesang bezaubert, blieb ich seitwärts stehen, um die Sängerin nicht zu stören und mich damit nicht der Zuhörerschaft sowie des Genusses zu berauben. Das Lied, das die Kleine sang, schien von glücklicher und lieblicher Art zu sein; die Töne klangen wie junges, unschuldiges Lebens- und Liebesglück selber; sie flogen, gleich Engelsgestalten mit schneeweißem Freudengefieder, in den Himmel, aus welchem sie wieder herunterzufallen und mit einem Lächeln zu sterben schienen. Es glich dem Sterben aus Kummer, dem Sterben vielleicht auch aus überzarter Freude, einem überglücklichen Lieben und Leben und einem Nichtlebenkönnen wegen zu reicher und schöner Vorstellung vom Leben, daß gewissermaßen der zärtliche, von Liebe und Glück überquellende, übermütig in das Dasein drängende Gedanke sich zu überstürzen und über sich selber zusammenzubrechen schien. Als das Mädchen mit dem ebenso einfachen wie reichen, reizenden Gesang, mit dem schmelzenden Mozart- oder Hirtinnen-Lied zu Ende gekommen war, trat ich zu ihr hin, grüßte sie, bat sie um Erlaubnis, ihr zu der schönen Stimme gratulieren zu dürfen, und machte ihr wegen des ungewöhnlich seelenvollen Vortrages mein Kompliment. Die kleine Gesangskünstlerin, die wie ein Reh oder wie eine Art Antilope in Mädchenform aussah, schaute mich mit schönen, braunen Augen verwundert und fragend an. Sie hatte ein sehr feines, zartes Gesicht und lächelte einnehmend und artig. «Ihnen», sagte ich zu ihr, «steht, wenn Sie Ihre schöne, junge, reiche Stimme zu pflegen und behutsam auszubilden wissen, wozu es sowohl Ihres eigenen wie des Verständnisses anderer bedarf, eine glänzende Zukunft und große Laufbahn bevor; denn Sie erscheinen mir, offen und ehrlich gestanden, wie die zukünftige große Opernsängerin selber! Ihr Wesen ist offenbar klug, Sie selber sind sanft und schmiegsam, und Sie besitzen, wenn mich meine Vermutungen nicht gänzlich trügen, eine ganz bestimmte Seelenkühnheit. Feuer und offensichtlicher Adel des Herzens sind Ihnen eigen; das hörte ich soeben aus dem Liede, das Sie so schön und wahrhaft gut gesungen haben. Sie haben Talent, noch mehr: Sie haben unzweifelhaft Genie! und ich rede Ihnen da durchaus nichts Leeres und Unwahres vor. Es ist mir darum zu tun, Sie zu bitten, recht sorgsam acht auf Ihre edle Begabung zu geben, sie vor Verunstaltung, Verstümmelung, vorzeitigem gedankenlosem Verbrauch zu hüten. Einstweilen kann ich Ihnen nur aufrichtig sagen, daß Sie überaus schön singen und daß das etwas sehr Ernstes ist; denn es will viel bedeuten; es will vor allen Dingen bedeuten, daß man Sie auffordern soll, fleißig jeden Tag ein wenig weiter zu singen. Üben und singen Sie mit klugem, schönem Maßhalten! Sie selber kennen die Ausdehnung und den Umfang des Schatzes, den Sie besitzen, ganz gewiß nicht. In Ihrer gesanglichen Leistung tönt bereits ein hoher

Grad von Natur, eine reiche Summe ahnungslosen, lebendigen Wesens und Lebens und eine Fülle von Poesie und Menschlichkeit. Man glaubt Ihnen sagen zu dürfen und Ihnen die Versicherung geben zu müssen, daß Sie eine echte Sängerin deshalb zu werden in jedem Sinn versprechen, weil man glaubt, daß Sie ein Mensch sind, den es wahrhaft aus dem Wesen heraus drängt zu singen und der erst zu leben, sich seines Lebens freuen zu können scheint, sobald er beginnt zu singen, alle vorhandene Lebenslust derart in die Kunst des Gesanges hinüberleitend, daß alles menschlich und persönlich Bedeutende, alles Seelenvolle, Verständnisvolle in ein höheres Etwas, in ein Ideal hinaufsteigt. In einem schönen Gesang ist immer ein gleichsam zusammengedrängtes und -gepreßtes Erfahren, Empfinden und Fühlen, eine zur Explosion fähige Summe von beengtem Leben und von bewegter Seele, und mit solcher Art von Gesang vermag eine Frau, wenn sie sich die guten Umstände zunutze macht und an der Leiter, die die Zufälligkeiten bilden, hinaufgelangt, als Stern am Himmel der Tonkunst viele Gemüter zu bewegen, große Reichtümer zu gewinnen, ein Publikum zu stürmischen und begeisterten Beifallskundgebungen hinzureißen und die aufrichtige Liebe und Bewunderung von Königen und Königinnen an sich zu ziehen.»

Ernst und staunend hörte das Mädchen den Worten, die ich sprach, zu, die ich indessen mehr nur zu meinem eigenen Vergnügen redete, als um von der Kleinen gewürdigt und begriffen zu werden, wozu ihr die nötige Reife fehlte.

Von weitem sehe ich bereits einen Bahnübergang, den ich zu überschreiten haben werde; aber einstweilen bin ich noch nicht so weit; denn ich habe, muß man unbedingt wissen, vorher noch zwei bis drei wichtige Kommissionen zu besorgen und einige notwendige unumgängliche Abmachungen zu treffen. Über diese Kommissionen soll so umständlich und so genau wie möglich Bericht abgelegt oder abgestattet werden. Man wird mir huldreich gestatten, zu bemerken, daß ich im Vorbeigehen in einem eleganten Herren-Maßgeschäft oder Schneideratelier wegen eines neuen Anzuges, den ich anprobieren oder umändern lassen muß, tunlich vorzusprechen habe. Zweitens habe ich im Gemeindehaus oder Amtshaus schwere Steuern zu entrichten, und drittens soll ich ja einen bemerkenswerten Brief auf die Post tragen und in den Briefkasten hinabwerfen. Man sieht, wie viel ich zu erledigen habe und wie dieser scheinbar so bummelige und behagliche Spaziergang voll praktischer geschäftlicher Verrichtungen ist, und man wird daher wohl die Güte haben, Verzögerungen zu verzeihen, Verspätungen zu billigen und langfädige Auseinandersetzungen mit Berufs- und Kanzleimenschen gutzuheißen, ja vielleicht sogar als willkommene Beigaben und Beiträge zur Unterhaltung zu begrüßen. Wegen aller hieraus entstehenden Längen, Weiten und Breiten bitte ich zum voraus gebührend um gefällige Entschuldigung. Ist je ein Provinz- und Hauptstadt-Autor gegenüber seinem Leserzirkel schüchterner und höflicher gewesen? Ich glaube kaum, und daher fahre ich mit äußerst ruhigem Gewissen im Erzählen und Plaudern fort und melde folgendes:

Um der tausend Gottes willen, es ist ja höchste Zeit, zu Frau Aebi zu springen, um zu dinieren oder Mittag zu essen. Soeben schlägt es halb ein Uhr. Glücklicherweise wohnt mir die Dame in allernächster Nähe. Ich brauche nur glatt wie ein Aal ins Haus hineinzuschlüpfen wie in ein Schlupfloch und wie in eine Unterkunft für arme Hungrige und bedauerliche Heruntergekommene.

Frau Aebi

empfing mich aufs liebenswürdigste. Meine Pünktlichkeit war ein Meisterwerk. Man weiß, wie Meisterwerke selten sind. Frau Aebi lächelte, als sie mich auftauchen sah, überaus artig. Sie bot mir auf eine herzliche und gewinnende Art, die mich sozusagen bezauberte, ihre nette kleine Hand dar und führte mich sogleich ins Eßzimmer, wo sie mich ersuchte, mich zu Tisch zu setzen, was ich natürlich mit dem denkbar größten Vergnügen und völlig unbefangen ausführte. Ohne die mindesten lächerlichen Umstände zu machen, fing ich harmlos und zwanglos an zu essen und wacker zuzugreifen und ahnte nicht von weitem, was mir zu erleben bevorstand. Ich fing also an, wacker zuzugreifen und tapfer zu essen. Derlei Tapferkeit kostet ja bekanntlich wenig Überwindung. Mit einigem Erstaunen merkte ich indessen, daß mir Frau Aebi dabei fast andächtig zuschaute. Es war dies einigermaßen auffällig. Offenbar war es für sie ergreifend, mir zuzuschauen, wie ich zugriff und aß. Mich überraschte diese sonderbare Erscheinung, der ich jedoch keine große Bedeutung beilegte. Als ich plaudern und Unterhaltung machen wollte, wehrte mir Frau Aebi ab, indem sie sagte, daß sie auf jederlei Unterhaltung mit der größten Freude verzichte. Das seltsame Wort machte mich stutzig, und es begann mir angst und bang zu werden. Ganz im geheimen fing ich an, vor Frau Aebi zu erschrecken. Als ich aufhören wollte, abzuschneiden und einzustecken, weil ich deutlich fühlte, daß ich satt sei, sagte sie mir mit fast zärtlicher Miene und Stimme, die ein mütterlicher Vorwurf leise durchzitterte: «Sie essen ja gar nicht. Warten Sie, ich will Ihnen hier noch ein recht saftiges, großes Stück abschneiden.» Ein Grauen durchrieselte mich, und ich erkühnte mich, höflich und artig einzuwenden, daß ich hauptsächlich hergekommen sei, um einigen Geist zu entfalten, worauf Frau Aebi unter einem liebreizenden Lächeln sagte, daß sie das keineswegs für nötig halte. «Ich vermag unmöglich weiterzuessen», sagte ich dumpf und gepreßt. Ich war schon nahe am Ersticken und schwitzte bereits vor Angst. Frau Aebi sagte: «Ich darf unmöglich zugeben, daß Sie schon aufhören wollen, abzuschneiden und einzustecken, und nimmermehr glaube ich, daß Sie wirklich satt sind. Sie sagen ganz bestimmt nicht die Wahrheit, wenn Sie sagen, daß Sie bereits am Ersticken seien. Ich bin verpflichtet, zu glauben, daß das nur Höflichkeiten sind. Auf jederlei geistreiches Geplauder verzichte ich, wie ich Ihnen schon gesagt habe, mit Vergnügen. Sie sind sicherlich hauptsächlich zu mir gekommen, um zu beweisen und zu bekunden, daß Sie Appetit haben und ein starker Esser sind. Diese Anschauung darf ich unter keinen Umständen preisgeben. Ich möchte Sie recht herzlich bitten, sich in das Unvermeidliche gutwillig zu schicken; denn ich kann Ihnen versichern, daß es für Sie keine andere Möglichkeit gibt, vom Tisch aufzustehen, als die, die darin besteht, daß Sie alles, was ich Ihnen abgeschnitten habe und fernerhin noch abschneiden werde, säuberlich aufessen und einstecken. Ich fürchte, daß Sie rettungslos verloren sind; denn Sie müssen wissen, daß es Hausfrauen gibt, die ihre Gäste so lange nötigen, zuzugreifen und einzupacken, bis dieselben zerbrechen. Ein jämmerliches, klägliches Schicksal steht Ihnen bevor; aber Sie werden es mutig ertragen. Wir alle müssen eines Tages irgendein großes Opfer bringen. Gehorchen Sie und essen Sie. Gehorsamkeit ist ja so süß. Was schadet es, wenn Sie dabei zugrunde gehen? Hier dieses höchst delikate, zarte und große Stück werden Sie mir ganz gewiß noch vertilgen, ich weiß es. Nur Mut, mein bester Freund! Uns allen tut Kühnheit not. Was sind wir wert, wenn wir nur immer auf dem eigenen Willen beharren wollen. Nehmen Sie alle Ihre Kraft zusammen und zwingen Sie sich, Höchstes zu leisten, Schwerstes zu ertragen und Härtestes auszuhalten. Sie glauben nicht, wie es mich freut, Sie essen zu sehen, bis Sie die Besinnung verlieren. Sie stellen sich gar nicht vor, wie ich mich grämen würde, wenn Sie das vermeiden wollten; aber nicht wahr, das tun Sie nicht; nicht wahr, Sie beißen und greifen zu, auch wenn Sie schon bis in den Hals hinauf voll sind.»

«Entsetzliche Frau, was muten Sie mir zu?» schrie ich, indem ich vom Tisch jählings aufsprang und Miene machte, auf und davon zu stürzen. Frau Aebi hielt mich jedoch zurück, lachte laut und herzlich und gestand mir, daß sie sich einen Scherz mit mir erlaubt habe, den ich so gut sein solle, ihr nicht übelzunehmen. «Ich habe Ihnen nur ein Beispiel geben wollen, wie es gewisse Hausfrauen machen, die vor Liebenswürdigkeit gegenüber ihren Gästen fast überfließen.»

Auch ich mußte natürlich lachen, und ich darf gestehen, daß mir Frau Aebi in ihrem Übermut sehr gut gefiel. Sie wollte mich für den ganzen Nachmittag in ihrer Umgebung haben und war fast ein wenig ungehalten, als ich ihr sagte, daß es leider für mich ein Ding der Unmöglichkeit sei, ihr länger Gesellschaft zu leisten, weil ich gewisse wichtige Dinge zu erledigen hätte, die ich nicht aufschieben dürfte. Es war äußerst schmeichelhaft für mich, Frau Aebi lebhaft bedauern zu hören, daß ich so rasch wieder davongehen müsse und wolle. Sie fragte mich, ob es wirklich so dringend nötig sei, auszureißen und zu entwischen, worauf ich ihr die heilige Versicherung ablegte, daß nur äußerste Dringlichkeiten imstande seien und die Kraft hätten, mich von so angenehmem Ort und von so anziehender, verehrungswürdiger Persönlichkeit so schnell wegzuziehen, mit welchen Worten ich mich von ihr verabschiedete.

Es galt jetzt einen hartnäckigen, widerspenstigen, von der Unfehlbarkeit seines fraglos meisterlichen Könnens scheinbar in jeder Hinsicht überzeugten, von seinem Wert und seiner Leistungsfähigkeit vollkommen durchdrungenen, in diesen seinen Überzeugungen unerschütterlichen Schneider oder Marchand Tailleur zu besiegen, zu bändigen, zu überrumpeln und zu erschüttern. Schneidermeisterliche Festigkeit zu erlahmen muß als eine der schwierigsten und mühseligsten Aufgaben betrachtet werden, die die Kühnheit unternehmen und der waghalsige Entschluß vorwärts zu treiben entschlossen sein kann. Vor Schneidern und ihren Anschauungen habe ich überhaupt eine ständige, kräftige Furcht; ich schäme mich dieses traurigen Eingeständnisses in keiner Weise; denn Furcht ist hier erklärlich und verständlich. Ich war denn jetzt auch auf Schlimmes, wenn nicht sogar vielleicht auf das Schlimmste und Böseste gefaßt und rüstete mich für diesen höchst gefährlichen Angriffskrieg mit Eigenschaften wie Mut, Trotz, Zorn, Entrüstung, Verachtung oder gar Todesverachtung aus, mit welchen ohne Zweifel sehr schätzenswerten Waffen ich der beißenden Ironie und dem Spott hinter erheuchelter Treuherzigkeit erfolgreich und siegreich entgegentreten zu können hoffte. Es kam anders; aber ich will bis auf weiteres noch darüber schweigen, um so eher, als ich ja zuerst noch einen Brief zu befördern habe. Ich habe mich nämlich soeben entschlossen, zuerst auf die Post, dann zum Schneider und erst nachher die Staatssteuer bezahlen zu gehen. Die Post, ein appetitliches Gebäude, lag mir übrigens dicht vor der Nase; ich ging fröhlich hinein und erbat mir vom zuständigen Postbeamten eine Marke, die ich auf den Brief klebte. Indem ich denselben vorsichtig in den Kasten hinabgleiten ließ, erwog und prüfte ich im nachdenkenden Geist, was ich geschrieben hatte. Wie ich noch sehr gut wußte, lautete der Inhalt folgendermaßen:

Sehr zu achtender Herr!

Die eigenartige Anrede dürfte Ihnen die Gewißheit beibringen, daß der Absender Ihnen ganz kalt gegenübersteht. Ich weiß, daß Achtung vor mir von Ihnen und denen, die Ihnen ähnlich sind, nicht zu erwarten ist; denn Sie und die, die Ihnen ähnlich sind, haben eine übergroße Meinung von sich selber, die sie verhindert, zur Einsicht und zur Rücksicht zu kommen. Ich weiß mit Bestimmtheit, daß Sie zu den Leuten gehören, die sich groß vorkommen, weil sie rücksichtslos und unhöflich sind, die sich mächtig dünken, weil sie Protektion genießen, und die weise zu sein meinen, weil ihnen das Wörtchen ‹weise› einfällt. Leute wie Sie erkühnen sich, gegenüber der Armut und gegenüber der Unbeschütztheit hart, frech, grob und gewalttätig zu sein. Leute wie Sie besitzen die außerordentliche Klugheit, zu meinen, daß es notwendig sei, überall an der Spitze zu stehen, allenortes ein Übergewicht zu besitzen und zu jeder Tageszeit zu triumphieren. Leute wie Sie merken nicht, daß das töricht ist, daß das weder im Bereich der Möglichkeit liegt noch wünschenswert sein kann. Leute wie Sie sind Protzen und sind jederzeit bereit, der Brutalität eifrig zu dienen. Leute wie Sie sind überaus mutig darin, daß sie jeden wahren Mut sorgfältig vermeiden, weil sie wissen, daß jeder wahre Mut Schaden zu bringen verspricht, und sie sind mutig darin, daß sie sich stets als die Guten und Schönen hinzustellen ungemein viel Lust und ungemein viel Eifer bekunden. Leute wie Sie respektieren weder das Alter noch das Verdienst, noch ganz bestimmt die Arbeit. Leute wie Sie respektieren das Geld, und der Respekt vor dem Geld verhindert sie, irgend etwas anderes hochzuachten. Wer redlich arbeitet und sich emsig abmüht, ist in den Augen von Leuten wie Sie ein ausgesprochener Esel. Ich irre mich nicht; denn mein kleiner Finger sagt mir, daß ich recht habe. Ich wage Ihnen ins Gesicht hinein zu sagen, daß Sie Ihr Amt mißbrauchen, weil Sie recht gut wissen, mit wieviel Umständen und Unannehmlichkeiten es verbunden wäre, Ihnen auf die Finger zu klopfen; aber in der Huld und Gnade, in der Sie stecken, und von günstigen Voraussetzungen umgeben, sind Sie dennoch höchst angefochten; denn Sie fühlen ohne Zweifel, wie sehr Sie schwanken. Sie hintergehen das Zutrauen, halten Ihr Wort nicht, schädigen ohne Besinnen den Wert und das Ansehen derer, die mit Ihnen verkehren, beuten schonungslos aus, wo Sie Wohltat zu stiften vorgeben, verraten den Dienst und verleumden den freundlichen Diener, sind höchst wankelmütig und unzuverlässig und zeigen Eigenschaften, die man an einem Mädchen, nicht aber an einem Mann, eilig entschuldigt. Verzeihen Sie, daß ich mir erlaube, Sie für sehr schwach zu halten, und genehmigen Sie mit der aufrichtigen Versicherung, daß ich es für rätlich halte, Ihnen in Zukunft geschäftlich völlig fernzubleiben, das immerhin erforderliche Maß und den absolut gegebenen Grad von Achtung von einem Menschen, dem die Auszeichnung und das freilich bescheidene Vergnügen zufielen, Sie kennenzulernen.

Fast bereute ich nun, diesen Buschklepperbrief, als welcher er mir nachträglich beinahe vorkommen wollte, der Post zur Beförderung und Überbringung anvertraut zu haben; denn keiner geringeren als einer leitenden einflußreichen Person hatte ich, bitterbösen Kriegszustand heraufbeschwörend, den Abbruch der diplomatischen, besser: wirtschaftlichen Beziehungen auf so ideale Art angekündigt. Immerhin ließ ich dem Fehdebrief jetzt den Lauf, indem ich mich damit tröstete, daß ich mir sagte, daß der Mensch oder sehr zu achtende Herr ja die Botschaft vielleicht überhaupt gar nicht lese, weil er schon beim Lesen und Kosten des zweiten oder dritten Wortes wahrscheinlich die Lektüre recht satt habe und den flammenden Erguß vermutlich, ohne viel Zeit und Kraft zu verlieren, in den alles Unwillkommene verschlingenden und beherbergenden Papierkorb werfe. ‹Überdies vergißt sich so etwas innerhalb eines halben oder Vierteljahres naturgemäß›, folgerte und philosophierte ich und marschierte couragös zum Schneider.

Derselbe saß fröhlich und anscheinend mit dem ruhigsten Gewissen der Welt in seinem zierlichen Modesalon oder Werkstatt, die mit feinduftenden Tüchern und Tuchresten vollgepfropft und -gestopft war. In einem Vogelbauer oder Käfig lärmte, um das Idyll vollkommen zu machen, ein Vogel, und ein eifriger verschmitzter Lehrling war brav mit Zuschneiden beschäftigt. Herr Schneidermeister Dünn stand, als er meiner ansichtig wurde, vom Sitzplatz, auf welchem er emsig mit der Nähnadel focht, höflich auf, um den Ankömmling artig willkommen zu heißen. «Sie kommen wegen Ihres nächstdem durch meine Firma an Sie fix und fertig abzuliefernden, ohne Zweifel tadellos sitzenden Anzuges», sagte er, indem er mir nur fast ein wenig zu kameradschaftlich die Hand gab, die ich mich indessen durchaus nicht scheute, kräftig zu schütteln. «Ich komme», gab ich zurück, «um unverzagt und hoffnungsfroh zur Anprobe zu schreiten, indem ich mancherlei befürchte».

Herr Dünn sagte, daß er alle meine Befürchtungen für überflüssig halte und daß er für Sitz und Schnitt garantiere, und indem er das sagte, geleitete er mich in eine Nebenstube, aus welcher er selber sich sofort zurückzog. Er garantierte und beteuerte wiederholt, was mir nicht recht gefallen wollte. Rasch waren die Probe und die damit auf das innigste verknüpfte Enttäuschung fertig. Ich rief, indessen ich einen überschäumenden Verdruß niederzukämpfen versuchte, heftig und gewaltsam nach Herrn Dünn, dem ich mit möglichst großer Gelassenheit und vornehmer Unzufriedenheit den vernichtenden Ausruf entgegenschleuderte: «Dachte ich es mir doch!»

«Mein allerliebster werter Herr, regen Sie sich nicht unnützerweise auf!»

Mühsam genug brachte ich hervor: «Wohl gibt es hier

in Hülle und Fülle Anlaß, sich aufzuregen und untröstlich zu sein. Behalten Sie Ihre höchst unpassenden Beschwichtigungen für sich, und hören Sie gütigst auf, mich beruhigen zu wollen; denn was Sie getan haben, um einen tadellosen Anzug herzustellen, ist im höchsten Grad beunruhigend. Alle gehegten zarten oder unzarten Befürchtungen bewahrheiten sich, und die schlimmsten Ahnungen sind in Erfüllung gegangen. Wie können Sie für tadellosen Sitz und Schnitt zu garantieren wagen, und wie ist es möglich, daß Sie den Mut haben, mir zu versichern, daß Sie Meister in Ihrem Berufe sind, wo Sie nur bei einiger dünngesäter Ehrlichkeit und beim geringfügigsten Maß von Aufrichtigkeit und Aufmerksamkeit ohne weiteres werden zugestehen müssen, daß ich vollkommenes Pech habe und daß der durch Ihre werte und ausgezeichnete Firma mir zu liefernde tadellose Anzug total verpfuscht ist?»

«Den Ausdruck ‹verpfuscht› verbitte ich mir verbindlich.»

«Ich will mich fassen, Herr Dünn.»

«Ich danke Ihnen und freue mich herzlich über diesen so angenehmen Vorsatz.»

«Sie werden mir erlauben, von Ihnen zu verlangen, daß Sie an diesem Anzug, der, gestützt auf die soeben stattgefundene sorgfältige Anprobe, Haufen von Fehlern, Mängeln und Gebrechen aufweist, bedeutende Änderungen vornehmen werden.»

«Das kann man.»

«Die Unzufriedenheit, der Verdruß und die Trauer, die ich empfinde, drängen mich, Ihnen zu sagen, daß Sie mir Ärger bereitet haben.»

«Ich schwöre Ihnen, daß mir das leid tut.»

«Der Eifer, den Sie zeigen, zu schwören, daß es Ihnen leid tut, mich geärgert und in die allerschlechteste Stimmung versetzt zu haben, ändert am fehlerhaften Anzug nicht das geringste, dem ich mich weigere, auch nur den kleinsten Grad von Anerkennung zu zollen, und dessen Annahme ich energisch zurückweise, da von Beifall und Zustimmung keine Rede sein kann. Bezüglich des Rokkes fühle ich deutlich, daß er mich zum buckligen und daher häßlichen Menschen macht, eine Verunstaltung, mit der ich mich unter keinen Umständen einverstanden erklären kann. Ich fühle mich vielmehr bewogen, gegen eine so boshafte Ausstattung und Verzierung meines Körpers zu protestieren. Die Ärmel leiden an einer bedenkenerregenden Überfülle von Länge, und die Weste zeichnet sich dadurch in hervorragender Weise aus, daß sie den Eindruck hervorruft und den unangenehmen Schein erweckt, als habe ihr Träger einen dicken Bauch. Die Hose oder das Beinkleid ist einfach abscheulich. Zeichnung und Entwurf der Hose flößen mir ein aufrichtig empfundenes Grauen ein. Wo dieses ganz elende, dumme und lächerliche Kunstwerk von Beinkleid eine gewisse Weite besitzen sollte, weist es eine einschnürende Enge auf, und wo es eng sein sollte, ist es mehr als weit. Ihre Leistung, Herr Dünn, ist alles in allem phantasielos, und Ihr Werk beweist einen Mangel an Intelligenz. An diesem Anzug haftet etwas Erbärmliches, etwas Kleinliches, etwas Albernes, etwas Hausbackenes, etwas Lächerliches und etwas Ängstliches. Der, der ihn angefertigt hat, darf sicherlich nicht zu den schwungvollen Naturen gezählt werden. Bedauerlich ist eine derartige gänzliche Abwesenheit jeden Talentes.»

Herr Dünn besaß die Unverfrorenheit, mir zu sagen:

«Ich verstehe Ihre Entrüstung nicht und werde nie zu bewegen sein, sie zu verstehen. Die zahlreichen heftigen Vorwürfe, die Sie mir machen zu müssen glauben, sind mir unbegreiflich und werden mir sehr wahrscheinlich stets unbegreiflich sein. Der Anzug sitzt sehr gut. Niemand wird mich irgend etwas anderes glauben machen. Die Überzeugung, die ich habe, daß Sie ungemein vorteilhaft darin aussehen, erkläre ich für unerschütterlich. An gewisse denselben auszeichnende Eigentümlichkeiten und Eigenartigkeiten werden Sie sich in kurzer Zeit gewöhnt haben. Höchste Staatsbeamte bestellen bei mir ihren überaus schätzenswerten Bedarf; ebenso lassen Herren Gerichtspräsidenten huldvoll bei mir arbeiten. Dieser sicherlich schlagende Beweis meiner Leistungsfähigkeit genüge Ihnen. Auf überspannte Erwartungen und Vorstellungen vermag ich nicht einzugehen, und auf anmaßliche Forderungen läßt sich Schneidermeister Dünn keineswegs ein. Besser situierte Leute und vornehmere Herren wie Sie sind mit meiner Gewandtheit und Fertigkeit in jeder Hinsicht zufrieden gewesen. Diese Anspielung dürfte Sie entwaffnen.»

Da ich einsehen mußte, daß es unmöglich sei, irgend etwas auszurichten, und da ich mir sagen mußte, daß meine vielleicht nur allzu feurige und ungestüme Attacke sich in eine schmerzliche und schmähliche Niederlage verwandelt hatte, so zog ich meine Truppen aus dem unglücklichen Gefecht zurück, brach weich ab und floh beschämt davon. Solchergestalt endete das kühne Abenteuer mit dem Schneider. Ohne mich nach irgendwelchen andern Dingen umzuschauen, eilte ich auf die Gemeindekasse oder auf das Steuerbureau wegen der Steuern; aber hier muß ich einen gröblichen Irrtum berichtigen.

Es handelte sich nämlich, wie mir jetzt nachträglich einfällt, nicht um Zahlung, sondern lediglich einstweilen um eine mündliche Besprechung mit dem Herrn Präsidenten der löblichen Steuerkommission und um Eingabe oder Abgabe einer feierlichen Erklärung. Man nehme mir den Irrtum nicht übel und höre freundlich, was ich hierüber zu sagen haben werde. So gut wie der standhafte und unerschütterliche Schneidermeister Dünn Tadellosigkeit versprach und garantierte, verspreche und garantiere ich in bezug auf die abzulegende Steuer-Erklärung Exaktheit und Ausführlichkeit sowohl wie Knappheit und Kürze.

Ich springe sofort in die bezügliche scharmante Situation hinein: «Erlauben Sie mir, Ihnen zu sagen», sagte ich frei und offen zum Steuermann oder hohen Steuerbeamten, der mir sein obrigkeitliches Ohr schenkte, um dem Bericht, den ich abstattete, mit gehöriger Aufmerksamkeit zu folgen, «daß ich als armer Schriftsteller und Federführer oder homme de lettres ein sehr fragwürdiges Einkommen genieße. Von irgendwelcher Vermögens-Anhäufung kann natürlich bei mir nicht die Spur zu sehen und zu finden sein. Ich stelle das zu meinem großen Bedauern fest, ohne indessen über die klägliche Tatsache zu verzweifeln oder zu weinen. Ich schlüpfe notdürftig durch, wie man sagt. Luxus treibe ich keinen; das vermögen Sie mir auf den ersten Blick anzusehen. Das Essen, das ich esse, kann als hinlänglich und spärlich bezeichnet werden. Es ist Ihnen eingefallen zu glauben, daß ich Herr und Gebieter von vielerlei Einkünften sei; ich bin aber genötigt, diesem Glauben und allen diesen Vermutungen höflich, aber entschieden entgegenzutreten und die schlichte, nackte Wahrheit zu sagen, und diese lautet auf alle Fälle, daß ich überaus frei von Reichtümern, dagegen aber vollbehangen von jeder Art Armut bin, was Sie die Güte haben und vormerken wollen. Sonntags darf ich mich auf der Straße gar nicht blicken lassen, weil ich kein Sonntagskleid habe. An solidem und sparsamem Lebenswandel ähnele ich einer Feldmaus. Ein Sperling hat mehr Aussichten, wohlhabend zu werden als gegenwärtiger Berichterstatter und Steuerzahler. Ich habe Bücher geschrieben, die dem Publikum leider nicht gefallen, und die Folgen davon sind herzbeklemmend. Ich zweifle keinen Augenblick, daß Sie das einsehen und daß Sie infolgedessen meine finanzielle Lage verstehen. Bürgerliche Stellung und bürgerliches Ansehen besitze ich nicht; das ist sonnenklar. Verpflichtungen einem Menschen gegenüber, wie ich bin, scheint es überhaupt keine zu geben. Das lebhafte Interesse für die schöne Literatur ist überaus spärlich vertreten, und die schonungslose Kritik, die jedermann an unsereins Werken glaubt üben und pflegen zu dürfen, bildet eine weitere starke Ursache der Schädigung und hemmt wie ein Hemmschuh die Verwirklichung irgendeines bescheidenen Wohlstandes. Wohl gibt es gütige Gönner und freundliche Gönnerinnen, die mich von Zeit zu Zeit in der edelsten Art unterstützen; aber eine Gabe ist kein Einkommen, und eine Unterstützung ist kein Vermögen. Aus allen diesen sprechenden und doch wohl überzeugenden Gründen, mein hochgeehrter Herr, möchte ich Sie ersuchen, von jederlei Steuererhöhung, die Sie mir angekündigt haben, abzusehen, und ich muß Sie bitten, wenn nicht beschwören, meine Zahlungskraft so niedrig einzuschätzen wie nur immer möglich.»

Der Herr Vorsteher oder Herr Taxator sagte: «Man sieht Sie aber immer spazieren!»

«Spazieren», gab ich zur Antwort, «muß ich unbedingt, um mich zu beleben und um die Verbindung mit der lebendigen Welt aufrechtzuerhalten, ohne deren Empfinden ich keinen halben Buchstaben mehr schreiben und nicht das leiseste Gedicht in Vers oder Prosa mehr hervorbringen könnte. Ohne Spazieren wäre ich tot, und mein Beruf, den ich leidenschaftlich liebe, wäre vernichtet. Ohne Spazieren und Bericht-Auffangen könnte ich auch keinen Bericht mehr abstatten und nicht den winzigsten Aufsatz mehr, geschweige denn eine ganze lange Novelle verfassen. Ohne Spazieren würde ich ja gar keine Beobachtungen und gar keine Studien machen können. Ein so gescheiter und aufgeweckter Mann wie Sie darf und wird das augenblicklich begreifen. Auf einem schönen und weitschweifigen Spaziergang fallen mir tausend brauchbare nützliche Gedanken ein. Zu Hause eingeschlossen, würde ich elendiglich verkommen und verdorren. Spazieren ist für mich nicht nur gesund und schön, sondern auch dienlich und nützlich. Ein Spaziergang fördert mich beruflich und macht mir zugleich auch noch persönlich Spaß und Freude; er erquickt und tröstet und freut mich, ist mir ein Genuß und hat gleichzeitig die Eigenschaft, daß er mich zu weiterem Schaffen reizt und ansporнt, indem er mir zahlreiche kleine und große Gegenständlichkeiten als Stoff darbietet, den ich später zu Hause emsig und eifrig bearbeite. Ein Spaziergang ist immer voll sehenswerter und fühlenswerter bedeutender Erscheinungen. Von Gebilden und lebendigen Gedichten, von Zaubereien und Naturschönheiten wimmelt es auf netten Spaziergängen meistens, und seien sie noch so klein. Naturkunde und Landeskunde öffnen sich reizvoll und anmutsvoll vor den Sinnen und Augen des aufmerksamen Spaziergängers, der freilich nicht mit niedergeschlagenen, sondern mit offenen und ungetrübten Augen spazieren muß, wenn ihm der schöne Sinn und der heitere, edle Gedanke des Spazierganges aufgehen sollen. Bedenken Sie, wie der Dichter verarmen und kläglich scheitern muß, wenn nicht die mütterliche und väterliche und kindlich schöne Natur ihn immer wieder von neuem mit dem Quell des Guten und Schönen erfrischt. Bedenken Sie, wie für den Dichter der Unterricht und die heilige goldene Belehrung, die er draußen im spielenden Freien schöpft, immer wieder von der größten Bedeutung sind. Ohne Spazieren und damit verbundene Naturanschauung, ohne diese ebenso liebliche wie ermahnungsreiche Erkundigung fühle ich mich wie verloren und bin es auch. Höchst liebevoll und aufmerksam muß der, der spaziert, jedes kleinste lebendige Ding, sei es ein Kind, ein Hund, eine Mücke, ein Schmetterling, ein Spatz, ein Wurm, eine Blume, ein Mann, ein Haus, ein Baum, eine Hecke, eine Schnecke, eine Maus, eine Wolke, ein Berg, ein Blatt oder auch nur ein armes weggeworfenes Fetzchen Schreibpapier, auf das vielleicht ein liebes gutes Schulkind seine ersten ungefügen Buchstaben geschrieben hat, studieren und betrachten. Die höchsten und niedrigsten, die ernstesten und lustigsten Dinge sind ihm gleicherweise lieb und schön und wert. Keinerlei empfindsamliche Eigenliebe und Leichtverletzlichkeit darf er mit sich tragen. Uneigennützig und unegoistisch muß er seinen sorgsamen Blick überallhin schweifen und herumstreifen lassen; ganz nur im Anschauen und Merken der Dinge muß er stets fähig sein aufzugehen, und sich selber, seine eigenen Klagen, Bedürfnisse, Mängel, Entbehrungen hat er, gleich dem wackeren, dienstbereiten und aufopferungsfreudigen erprobten Feldsoldaten, hintanzustellen, geringzuachten und zu vergessen. Im andern Fall spaziert er nur mit halber Aufmerksamkeit und mit halbem Geist, und das ist nichts wert. Er muß jederzeit des Mitleides, des Mitempfindens und der Begeisterung fähig sein, und er ist es hoffentlich. Er muß in den hohen Enthusiasmus hinaufzudringen und sich in die tiefste und kleinste Alltäglichkeit herunterzusenken und zu neigen vermögen, und er kann es vermutlich. Treues, hingebungsvolles Aufgehen und Sichverlieren in die Gegenstände und eifrige Liebe zu allen Erscheinungen und Dingen machen ihn aber dafür glücklich, wie jede Pflichterfüllung den Pflichtbewußten glücklich und reich im Innersten macht. Geist, Hingabe und Treue beseligen ihn und heben ihn hoch über seine eigene unscheinbare Spaziergängerperson hinaus, die nur zu oft im Geruch und schlechten Rufe des Vagabundierens und unnützen Herumstreichens steht. Seine mannigfaltigen Studien bereichern und belustigen, besänftigen und veredeln ihn und streifen mitunter, so unwahrscheinlich das auch klingen mag, hart an exakte Wissenschaft, die dem scheinbar leichtfertigen Bummler niemand zutraut. Wissen Sie, daß ich hartnäckig und zäh im Kopfe arbeite und oft im besten Sinne tätig bin, wo es den Anschein hat, als ob ich ein gedankenlos und arbeitslos im Blauen oder im Grünen mich verlierender, saumseliger, träumerischer und träger, schlechtesten Eindruck machender Erztagedieb und leichtfertiger Mensch ohne Verantwortung sei? Geheimnisvoll und heimlich schleichen dem Spaziergänger allerlei schöne, feinsinnige Spaziergangsgedanken nach, derart, daß er mitten im fleißigen, achtsamen Gehen innehalten, stillstehen und horchen muß, daß er über und über von seltsamen Eindrücken und bezaubernder Geistergewalt benommen und betreten ist und er das Gefühl hat, als müsse er plötzlich in die Erde hinabsinken oder als öffne sich vor seinen geblendeten, verwirrten Denker- und Dichteraugen ein Abgrund. Der Kopf will ihm abfallen, und die sonst so lebendigen Arme und Beine sind ihm wie erstarrt. Land und Leute, Töne und Farben, Gesichter und Gestalten, Wolken und Sonnenschein drehen sich wie Schemen rund um ihn herum, und er muß sich fragen: ‹Wo bin ich?› Erde und Himmel fließen und stürzen mit einmal in ein blitzendes, schimmerndes, übereinanderwogendes, undeutliches Nebelgebilde zusammen; das Chaos beginnt, und die Ordnungen verschwinden. Mühsam versucht der Erschütterte seine gesunde Besinnung aufrechtzuhalten; es gelingt ihm, und er spaziert vertrauensvoll weiter. Halten Sie es für ganz und gar unmöglich, daß ich auf einem weichen geduldigen Spaziergang Riesen antreffe, Professoren die Ehre habe zu sehen, mit Buchhändlern und Bankbeamten im Vorbeigehen verkehre, mit angehenden jugendlichen Sängerinnen und ehemaligen Schauspielerinnen rede, bei geistreichen Damen zu Mittag speise, durch Wälder streife, gefährliche Briefe befördere und mich mit tückischen ironischen Schneidermeistern wild herumschlage? Das alles kann vorkommen, und ich glaube, daß es in der Tat vorgekommen ist. Den Spaziergänger begleitet stets etwas Merkwürdiges, Gedankenvolles und Phantastisches, und er wäre dumm, wenn er dieses Geistige nicht beachten oder gar von sich fortstoßen würde; aber das tut er nicht; er heißt vielmehr alle sonderbaren, eigentümlichen Erscheinungen willkommen, befreundet und verbrüdert sich mit ihnen, weil sie ihn entzücken, macht sie zu gestaltenhaften wesenvollen Körpern, gibt ihnen Bildung und Seele, wie sie ihrerseits ihn beseelen und bilden. Ich verdiene mit einem Wort mein tägliches Brot durch Denken, Grübeln, Bohren, Graben, Sinnen, Dichten, Untersuchen, Forschen und Spazieren so sauer wie irgendeiner. Indem ich vielleicht die allervergnügteste Miene schneide, bin ich höchst ernsthaft und gewissenhaft, und wo ich weiter nichts als zärtlich und schwärmerisch zu sein scheine, bin ich ein solider Fachmann! Ich hoffe, daß alle diese eingehenden Aufklärungen Sie von meinen ehrlichen Bestrebungen überzeugen und Sie vollauf befriedigen.»

Der Beamte sagte: «Gut!» und er fügte bei: «Ihr Gesuch betreffs Bewilligung möglichst niedrig zu veranschlagenden Steuersatzes werden wir näher prüfen und Ihnen diesbezüglich baldige abschlägige oder einwilligende Mitteilung machen. Für freundlich abgelegten Wahrheitsbericht und eifrig geleistete ehrliche Aussagen dankt man Ihnen. Sie dürfen einstweilen abtreten und Ihren Spaziergang fortsetzen.»

Da ich in Gnaden entlassen war, so eilte ich freudig fort und war bald wieder im Freien. Freiheitsbegeisterungen ergriffen mich und rissen mich hin. Ich komme jetzt endlich, nach so manchem tapfer bestandenen Abenteuer und nach so manchem mehr oder weniger siegreich überwundenen schwierigen Hindernis, zu dem längst angemeldeten und vorausgesagten Eisenbahnübergang, wo ich eine Weile stehen bleiben und niedlich warten mußte, bis etwa allmählich der Zug gütigst die hohe Gnade gehabt hätte, säuberlich vorüberzufahren. Allerlei männliches und weibliches Volk jeglichen Alters und Charakters stand und wartete wie ich an der Stange. Die korpulente, nette Bahnwärtersfrau stand still wie eine Statue da und musterte uns Herumstehende und Wartende gründlich. Der vorbeisausende Eisenbahnzug war voll Militär, und alle zu den Fenstern herausschauenden, dem lieben teuren Vaterland Dienste weihenden und widmenden Soldaten, diese ganze fahrende Soldatenschule einerseits und das unnütze Zivilpublikum anderseits grüßten und winkten einander gegenseitig freundlich und patriotisch, eine Bewegung, die rundherum liebliche Stimmungen verbreitete. Da der Übergang frei geworden war, gingen ich und alle andern friedlich und ruhig weiter, und nun schien mir jederlei Umgebung mit einemmal noch tausendmal schöner als vorher geworden zu sein. Der Spaziergang schien immer schöner, reicher und größer werden zu wollen. Hier beim Bahnübergang schien mir der Höhepunkt oder etwas wie das Zentrum zu sein, von wo aus es leise wieder sinken würde. Ich ahnte bereits etwas vom beginnenden sanften Abendabhang. Etwas wie goldene Wehmutwonne und süßer Schwermutzauber hauchte wie ein stiller, hoher Gott umher. ‹Hier ist es jetzt himmlisch schön›, sagte ich zu mir selber. Wie ein bezauberndes, Tränen heraufbeschwörendes Abschiedslied lag das zarte Land mit seinen lieben, bescheidenen Wiesen, Gärten und Häusern da. Tönend drangen leise uralte Volksklagen und Leiden des guten, armen Volkes aus allen Seiten daher. Geister mit entzückenden Gestalten und Gewändern tauchten groß und weich auf, und die liebe, gute Landstraße strahlte himmelblau und weiß und goldig.

Rührung und Entzücken flogen wie aus dem Himmel niederstürzende Engelsbilder über die golden gefärbten, rosig angehauchten kleinen Armutshäuser, die der Sonnenschein zärtlich umarmte und umrahmte. Liebe und Armut und silberner-goldener Hauch gingen und schwebten Hand in Hand. Es war mir zumut, als rufe mich jemand Liebes beim Namen oder als küsse und tröste mich jemand. Gott der Allmächtige, unser gnädiger Herr, trat auf die Straße, um sie zu verherrlichen und himmlisch schön zu machen. Einbildungen aller Art und Illusionen machten mich glauben, daß Jesus Christus heraufgestiegen sei und jetzt mitten unter den Leuten und mitten durch die liebenswürdige Gegend wandere und umherwandle. Häuser, Gärten und Menschen verwandelten sich in Klänge, alles Gegenständliche schien sich in eine Seele und in eine Zärtlichkeit verwandelt zu haben. Süßer Silberschleier und Seelennebel schwamm in alles und legte sich um alles. Die Weltseele hatte sich geöffnet, und alles Leid, alle menschlichen Enttäuschungen, alles Böse, alles Schmerzhafte schienen zu entschwinden, um von nun an nie mehr wieder zu erscheinen. Frühere Spaziergänge traten mir vor die Augen; aber das wundervolle Bild der bescheidenen Gegenwart wurde zur überragenden Empfindung. Die Zukunft verblaßte, und die Vergangenheit zerrann. Ich glühte und blühte selber im glühenden, blühenden Augenblick. Aus näheren und weiteren Entfernungen trat Großes und Gutes mit herrlicher Gebärde, Beglückungen und Bereicherungen silberhell hervor, und ich phantasierte mitten in der schönen Gegend von nichts anderem als nur eben von ihr. Alle übrigen Phantasien sanken zusammen und verschwanden in der Bedeutungslosigkeit. Ich hatte die ganze reiche Erde dicht vor mir und schaute doch nur auf das Kleinste und Bescheidenste. Mit Liebesgebärden hob sich und senkte sich der Himmel. Ich war ein Inneres geworden und spazierte wie in einem Innern; alles Äußere wurde zum Traum, das bisher Verstandene zum Unverständlichen. An der Oberfläche herab stürzte ich in die fabelhafte Tiefe, die ich im Augenblick als das Gute erkannte. Was wir verstehen und lieben, das versteht und liebt auch uns. Ich war nicht mehr ich selber, war ein anderer und doch gerade darum erst recht wieder ich selbst. Im süßen Liebeslichte erkannte ich oder glaubte ich erkennen zu sollen, daß vielleicht der innerliche Mensch der einzige sei, der wahrhaft existiert. Der Gedanke griff mich an: ‹Wo wollten wir armen Menschen sein, wenn es keine treue Erde gäbe? Was hätten wir noch, wenn wir dieses Schöne und Gute nicht hätten? Wo sollte ich sein, wenn ich nicht hier sein dürfte? Hier habe ich alles, und anderswo hätte ich nichts.›

Was ich sah, war ebenso klein und arm wie groß und bedeutend, ebenso bescheiden wie reizend, ebenso nah wie gut und ebenso lieblich wie warm. An zwei Häusern, die wie lebendige, gemütliche Nachbarsgestalten nah beieinander im hellen Sonnenlicht lagen, hatte ich große Freude. Eine Freude kam auf die andere, und in der weichen, zutraulichen Luft schwebte ein Behagen auf und ab und zitterte es wie von verhaltenem Vergnügen. Eines der beiden kleinen, feinen Häuser war das Wirtshaus zum ‹Bären›; der Bär war im Wirtshausschild trefflich und drollig abgebildet. Kastanienbäume überschatteten das zierliche, gutmütige Haus, das sicher von lieben, netten, freundlichen Leuten bewohnt war; sah doch das Haus nicht wie manche Bauwerke hochmütig, sondern wie die Zutraulichkeit und Treue selber aus. Überall, wohin das Auge blickte, lag dichte, zufriedene Gartenpracht und schwebte grünes, dichtes Gewirr von artigen Blättern. Das zweite Haus oder Häuschen glich in seiner sichtlichen Lieblichkeit und Niedrigkeit einem kindlich schönen Blatt aus einem Bilderbuch, einer süßen Illustration, so reizend und seltsam stellte es sich dar. Die Welt rund um das Häuschen erschien vollkommen gut und schön. Ich verliebte mich in das bildschöne, kleine Hauswesen alsogleich bis über die Ohren und wäre von Herzen gern hineingegangen, um mich einzunisten und einzumieten und für immer im Zauberhäuschen und Kleinod zu wohnen und mich wohl zu fühlen; aber gerade die schönsten Wohnungen sind leider Gottes meistens besetzt, und wer für seinen anspruchsvollen Geschmack eine passende Wohnung sucht, dem geht es schlecht, weil, was leer steht und zu haben ist, oft greulich ist und Grauen erregt. Das schöne Häuschen war sicherlich von einem alleinstehenden Frauchen oder Großmütterchen bewohnt; es duftete danach und schaute so danach aus. Wenn es gestattet ist, zu sagen, so melde ich ferner, daß an der Wand des Häuschens Wandmalereien oder erhabene Fresken strotzten, die himmlisch fein und lustig waren und eine Schweizeralpenlandschaft darstellten, auf der wieder ein Haus, und zwar ein Berner-Oberländer-Haus stand, nämlich gemalt. Gut war die Malerei an sich wahrhaftig keineswegs. Solches behaupten zu wollen wäre keck. Herrlich kam sie mir aber trotzdem vor. Simpel und einfältig, wie sie war, entzückte sie mich; mich entzückt eigentlich jedes noch so dumme und ungeschickte Stück Malerei, weil jedes Stück Malerei erstens an Emsigkeit und Fleiß und zweitens an Holland erinnert. Ist denn nicht jede Musik, auch die kärglichste, für den schön, der das Wesen und die Existenz der Musik liebt? Ist nicht fast jeder beliebige Mensch, auch der böseste und unangenehmste, für den Freund der Menschen liebenswürdig? Gemalte Landschaft mitten in der wirklichen Landschaft ist kapriziös, pikant. Das wird niemand bestreiten können. Den Tatbestand, daß ein altes Mütterchen in dem Häuschen wohne, nagelte und heftete ich übrigens gewiß nicht fest und vermochte ich durchaus nicht aufzunehmen. Mich nimmt aber nur wunder, warum ich hier Worte wie ‹Tatbestand› in den Mund zu nehmen wage, wo alles so weich und voll Menschennatur ist oder wenigstens sein soll wie Empfindungen und Ahnungen eines Mutterherzens. Übrigens war das Häuschen graublau angestrichen und hatte hellgoldengrüne Fensterläden, die zu lächeln schienen, und rundherum in einem Zaubergärtchen dufteten die schönsten Blumen. Über ein Lust- und Gartenhäuschen neigte und krümmte sich in entzückender Anmut ein Rosenstrauch und -busch voll der schönsten Rosen.

Falls ich nicht krank, sondern gesund und munter bin, was ich hoffe und woran ich nicht zweifeln will, kam ich, indem ich behaglich weiterging, vor ein ländliches Friseurgeschäft, mit dessen Inhalt und Inhaber ich mich jedoch, wie mir scheint, nicht Grund habe abzugeben, da ich der Meinung bin, daß es noch nicht dringend nötig ist, mir das Haar schneiden zu lassen, was ja vielleicht ganz hübsch und spaßhaft wäre. Ferner kam ich an einer Schusterwerkstatt vorbei, die mich an den genialen aber unglücklichen Dichter Lenz erinnerte, der während der

Zeit seiner Geistes- und Gemütszerrüttung Schuhe machen lernte und machte. Schaute ich nicht auch im Vorbeigehen in ein Schulhaus und in eine freundliche Schulstube hinein, wo gerade die gestrenge Schullehrerin examinierte und kommandierte? Bei dieser Gelegenheit sei darauf hingewiesen, wie sehr der Spaziergänger im Flug und im Nu wünschte, wieder ein Kind und ein unfolgsamer, spitzbübischer Schulknabe sein zu dürfen, wieder zur Schule gehen und eine wohlverdiente Tracht Hiebe zur Strafe für begangene Unartigkeiten und Untaten einernten und in Empfang nehmen zu können. Da wir von Prügel reden, sei gerade noch erwähnt und beigeflochten, wir seien der Meinung, daß ein Landmann ehrlich und tüchtig durchgeprügelt zu werden verdiente, der nicht zaudert, den Schmuck der Landschaft und die Schönheit seines eigenen Heimwesens, nämlich seinen hohen, alten Nußbaum umzuhauen, um schnödes, schlechtes, törichtes Geld damit zu erhandeln. Ich kam nämlich an einem bildhübschen Bauernhaus mit hohem, herrlich-mächtigem Nußbaum vorbei; da stieg mir der Prügel- und Handelsgedanke auf. «Dieser hohe, majestätische Baum», rief ich hell aus, «der das Haus so wunderbar beschützt und verschönt, es in eine so ernste und fröhliche Heimeligkeit und traute Heimatlichkeit einspinnt, dieser Baum, sage ich, ist eine Gottheit, ein Heiligtum, und tausend Peitschenhiebe dem gefühllosen und ruchlosen Besitzer, der all diesen goldenen, himmlisch grünen Blätterzauber verschwinden zu machen wagen darf, damit er seinen Gelddurst, das Gemeinste und Schnödeste, was es auf Erden gibt, befriedige. Solche Trottel sollte man aus der Gemeinde ausstoßen. Nach Sibirien oder nach Feuerland mit solchen Schändern und

Umstürzern des Schönen. Doch es gibt gottlob auch Bauern, die Herz und Sinn für etwas Zartes und Gutes haben.»

Ich bin vielleicht in bezug auf den Baum, den Geiz, den Bauer, den Transport nach Sibirien und die Prügel, die anscheinend der Bauer verdient, weil er den Baum fällt, etwas zu weit gegangen und muß gestehen, daß ich mich habe hinreißen lassen, zu zürnen. Freunde von schönen Bäumen werden indessen meinen Unmut begreifen und meinem so lebhaft zum Ausdruck gebrachten Bedauern beistimmen. Die tausend Peitschenhiebe nehme ich meinetwegen gerne zurück. Dem Ausdruck ‹Trottel› versage selbst ich den Beifall. Ich mißbillige das grobe Wort und bitte den Leser deswegen um Entschuldigung. Da ich mich bereits mehrmals entschuldigen mußte, so habe ich im höflichen Um-Verzeihung-Bitten schon eine gewisse Übung erlangt. «Gefühlloser und ruchloser Besitzer» hätte ich ebenfalls nicht nötig gehabt zu sagen. Es sind dies geistige Erhitzungen, die vermieden werden müssen. Das ist klar. Den Schmerz um eines schönen, hohen, alten Baumes Sturz lasse ich stehen und eine böse Miene mache ich hierüber sicher, woran mich niemand verhindern darf. «Aus der Gemeinde ausstoßen» ist unvorsichtig gesprochen, und was die Geldgier betrifft, die ich als gemein bezeichnet habe, so nehme ich an, daß auch ich bereits ein oder das andere Mal hindiesbezüglich schwer gefrevelt, gefehlt und gesündigt habe und daß gewisse Elendigkeiten und Gemeinheiten auch mir durchaus nicht fremd und unbekannt geblieben sind. Mit diesen Sätzen mache ich Flaumacherpolitik, wie man sie schöner gar nicht zu sehen bekommen kann; aber ich halte diese Politik für eine

Notwendigkeit. Der Anstand gebietet uns, achtzugeben, daß wir mit uns selber ebenso streng verfahren wie mit andern und daß wir andere ebenso milde und gelinde beurteilen wie uns selber, und letzteres tun wir ja bekanntlich jederzeit unwillkürlich. Ist es nicht geradezu reizend, wie ich hier Fehler sauber korrigiere und Verstöße abglätte? Indem ich Eingeständnisse mache, erweise ich mich als friedfertig, und indem ich Eckiges abrunde und Hartes weich mache, bin ich ein feiner, zarter Abschwächer, zeige ich Sinn für gute Tonart und bin ich diplomatisch. Blamiert habe ich mich immerhin; aber ich hoffe, man anerkenne den guten Willen.

Wenn jetzt jemand noch sagt, daß ich ein rücksichtsloser Mensch, Machtmensch und Machthaber sei, der blind drauflosgeht, so behaupte ich, das heißt wage ich zu hoffen, daß ich das Recht habe, zu behaupten, daß sich die Person, die das sagt, bös irrt. So zart und sanft wie ich hat vielleicht noch nie ein Autor beständig an den Leser gedacht.

So, und nun kann ich mit Palais oder Adelspalästen dienstfertig aufwarten, und zwar wie folgt: ich trumpfe förmlich auf; denn mit solch einem halbverfallenen Edelsitz und Patrizierhaus, mit einem altersgrauen, parkumgebenen, stolzen Rittersitz und Herrenhaus, wie das ist, das jetzt hier auftaucht, kann man Staat machen, Aufsehen erregen, Neid erwecken, Bewunderung hervorrufen und Ehre einheimsen. Mancher arme aber feine Literat wohnte mit Herzenslust und höchstem Vergnügen in solch einem Schloß oder Burg mit Hof und Einfahrt für hochherrschaftliche, wappengeschmückte Wagen. Mancher arme aber genußfreudige Maler träumt von zeitweiligem Aufenthalt auf köstlichen, altertümlichen Landsitzen. Manches gebildete, aber vielleicht bettelarme Stadtmädchen denkt mit wehmütigem Entzücken und mit idealem Eifer an Teiche, Grotten, hohe Gemächer und Sänften und sich selbst, bedient von eilfertigen Dienern und edelmütigen Rittern. Auf dem Herrenhause, das ich da sah, das heißt mehr an als auf ihm, war die Jahreszahl 1709 zu sehen und zu lesen, was mein Interesse natürlich lebhaft erhöhte. Mit einem gewissen Entzücken schaute ich als Natur- und Altertumsforscher in den verträumten, alten, sonderbaren Garten hinein, wo ich in einem Bassin mit reizend plätscherndem Springbrunnen den seltsamsten meterlangen Fisch, nämlich einen einsamen Wels, leicht entdeckte und konstatierte. Ebenso sah und entdeckte ich und stellte ich mit romantischer Wonne fest einen Gartenpavillon im maurischen oder arabischen Stil, schön und reich mit Himmelblau, geheimnisvollem Sternen-Silber, Gold, Braun und edlem, ernstem Schwarz bemalt. Ich vermutete und witterte mit höchst feinem Verständnis sogleich heraus, daß der Pavillon ungefähr im Jahr 1858 entstanden sein und errichtet worden sein dürfte, ein Ermitteln, Erraten und Herausriechen, das mich vielleicht berechtigt, diesbetreffs einmal einen einschlägigen Vortrag oder eine Vorlesung im Rathaussaal vor vielem beifallfreudigem Publikum mit ziemlich stolzem Gesicht und selbstbewußter Miene zuversichtlich abzuhalten. Den Vortrag erwähnte sehr wahrscheinlich dann die Presse, was mir selbstverständlich nur lieb sein könnte; denn sie erwähnt manchmal allerlei mit keinem Sterbenswörtchen. Indem ich den arabischen oder persischen Gartenpavillon studierte, fiel mir ein, zu denken: ‹Wie schön muß es hier des Nachts sein, wenn alles mit einem beinahe undurchdringlichen Dunkel umflort ist, alles ringsherum still, schwarz und lautlos ist, Tannen aus dem Dunkel leise hervorragen, mitternächtliches Empfinden den einsamen Wanderer festhält, und nun eine Lampe, die süßen, gelben Schein verbreitet, in den Pavillon hineingetragen wird von einer schönen, reizgeschmückten, edlen Frau, die dann, von einem eigentümlichen Geschmack getrieben und von seltsamer Seelenanwandlung bewogen, auf dem Piano, womit in diesem Fall natürlich unser Gartenhaus ausgestattet zu sein hat, Lieder zu spielen beginnt, wozu sie, falls der Traum erlaubt ist, mit entzückend schöner, reiner Stimme singt. Wie würde man da lauschen, wie würde man da träumen, wie würde man über die Nachtmusik glücklich sein.›

Aber es war nicht Mitternacht und weit und breit weder ein ritterliches Mittelalter noch ein Jahr Fünfzehn- oder Siebzehnhundert, sondern heller Tag und Werktag, und ein Trupp Leute nebst einem der unhöflichsten und unritterlichsten, barschesten und impertinentesten Automobile, die mir je begegneten, störten mich an der Fülle meiner gelehrten und romantischen Betrachtungen sehr und warfen mich im Handumdrehen aus aller Schloßpoesie und Vergangenheitsträumerei heraus, derartig, daß ich unwillkürlich ausrief: «Zwar sehr grob ist das, wie man mich hier hindert, die feinsten Studien zu machen und mich in die vornehmsten Vertiefungen zu versenken. Ich könnte entrüstet sein; aber statt dessen will ich lieber sanftmütig sein und manierlich leiden und dulden. Süß ist der Gedanke an das vorübergegangene Schöne und Holde, süß ist das edle blasse Gemälde untergegangener, ertrunkener Schönheit; aber der Mitwelt und den Mitmenschen hat man keinen Grund deswegen den Rücken zu kehren, und man darf nicht glauben, daß man berechtigt sei, Leuten und Einrichtungen zu grollen, weil sie die Stimmung nicht berücksichtigen, die derjenige hat, der sich an Geschichtliches und Gedankliches verliert.»

‹Ein Gewittersturm›, dachte ich im Weitergehen, ‹wäre hier schön. Hoffentlich erlebe ich bei guter Gelegenheit einen solchen.› An einen guten, ehrlichen, kohlrabenschwarzen Hund, der am Weg lag, richtete ich folgende spaßhafte Ansprache: «Kommt dir scheinbar gänzlich unbelehrtem und unkultiviertem Burschen wirklich nicht im entferntesten in den Sinn, aufzustehen und mich mit deiner pechschwarzen Tatze zu grüßen, wo du mir doch am Schritt und am ganzen übrigen Gehaben ansehen mußt, daß ich ein Mensch bin, der volle sieben gute Jahre lang in der Welt- und Hauptstadt gelebt hat und der während dieser Zeit aus dem Verkehr und angenehmen Umgang mit ausschließlich gebildeten Menschen fast keine Minute, geschweige denn Stunde oder gar Monat und Woche lang herausgekommen ist? In welche Schule bist du, ruppiger Gesell, denn eigentlich gegangen? Wie? Und nicht einmal eine kleine Antwort gibst du mir? Bleibst ruhig liegen, schaust mich ruhig an, verziehst keine Miene und bleibst unbeweglich wie ein Monument? Schäme dich!»

Tatsächlich jedoch gefiel mir der Hund, der in der treuherzigen Wachsamkeit und in der humorvollen Ruhe und Gelassenheit, die er zur Schau trug, prächtig aussah, ungemein gut, und weil er mich so fröhlich anblinzelte, redete ich mit ihm, und weil er ja doch wohl kein Wort verstand, durfte ich mir herausnehmen, ihn zu schelten, was aber, wie man aus der Possierlichkeit der Redeweise gemerkt haben wird, jedenfalls nicht böse gemeint sein konnte.

Beim Anblick eines höchst soigniert dahertrabenden und wackelig stolzierenden feinen, steifen Herrn hatte ich den wehmütigen Gedanken: ‹Und vernachlässigte kleine arme schlechtgekleidete Kinder? Ist es möglich, daß so ein schöngekleideter, grandios aufgeputzter, glänzend ausstaffierter und austapezierter, ring- und schmuckbehangener, geschniegelter und gewichster Herr keinen Augenblick an arme junge Geschöpfe denkt, die oft genug in Fetzen einhergehen, traurigen Mangel an Pflege und Säuberlichkeit offenbaren und kläglich verwahrlost sind? Geniert sich der Pfau nicht ein bißchen? Fühlt sich der Herr Erwachsene, der so schön einhergeht, beim Anblick der schmutzigen, fleckigen Kleinen ganz und gar nicht betroffen? Mich dünkt, es dürfte kein erwachsener Mensch Lust zeigen, geputzt aufzutreten, solange es immer noch Kinder gibt, denen jeder äußere Schmuck mangelt.›

Aber man könnte mit ebensoviel Recht sagen, daß niemand ins Konzert gehen oder eine Theatervorstellung besuchen oder sonstwelche Lustbarkeit genießen sollte, solange es Gefängnisse und Strafanstalten mit unglücklichen Gefangenen in der Welt gibt. Dies geht selbstverständlich zu weit. Und wenn jemand mit Genießen und mit aller Lebenslust so lange warten wollte, bis die Welt endlich keine unglücklichen armen Menschen mehr aufweisen würde, so müßte er bis an das graue unausdenkbare Ende aller Tage und bis ans eisigkalte, öde Ende der Welt warten, und bis dahin dürften ihm die Lust und das Leben selber gründlich vergangen sein.

Eine zerzauste, zerarbeitete, zermürbte, wankende Arbeiterin, die auffällig müde und geschwächt und doch hastig daherkam, weil sie offenbar rasch noch allerlei zu verrichten hatte, mahnte mich im Augenblick an feingepflegte, verwöhnte Töchterchen oder höhere Töchter, die oft nicht wissen oder zu wissen scheinen, mit welcher Art zierlicher vornehmer Beschäftigung oder Zerstreuung sie ihren Tag zu verbringen haben, und die vielleicht nie rechtschaffen müde sind, die tagelang, wochenlang darüber nachdenken, was sie tragen könnten, um den Glanz ihres Bildes zu erhöhen, und die lange Betrachtungen darüber anzustellen Zeit in Hülle und Fülle haben, was sie bewerkstelligen sollen, damit mehr und immer mehr übertriebene kränkliche Finessen ihre Person und ihr süßes, zuckerbäckerhaftes Figürchen einhüllen.

Aber ich bin ja meistens selber ein Liebhaber und Verehrer solcher liebenswürdiger, bis ins äußerste gepflegter, mondscheinhaft schöner, zarter Mädchenpflanzen. Ein reizendes Backfischchen könnte mir befehlen, was ihm einfiele, ich würde ihm blindlings gehorchen. Oh, wie ist die Schönheit schön und das Hinreißende hinreißend!

Wieder komme ich auf Architektur und Baukunst zu sprechen, wobei ein Stückchen oder Fleckchen Kunst und Literatur zu berücksichtigen sein wird.

Vorher eine Bemerkung: alte edle würdige Häuser, historische Stätten und Bauten mit Blümchen-Ornamentik zu beputzen, kündigt denkbar schlechten Geschmack an. Wer das tut oder tun läßt, sündigt gegen den Geist des Würdigen und Schönen und verletzt die schöne Erinnerung an unsere ebenso tapferen wie edlen Vorfahren. Zweitens bekränze und bestecke man nie Brunnen-Architekturen mit Blumen. Blumen sind an sich freilich schön; aber sie sind nicht dazu da, um die edle Strenge und strenge Schönheit von Steinbildern zu verlarifaren und zu verwischen. Überhaupt kann die Vorliebe für Blumen in dumme Blumensucht ausarten. Persönlichkeiten, Magistrate, die dies angeht, mögen sich autoritativen Ortes erkundigen, ob ich recht habe, und sich hernach hübsch danach gütig verhalten.

Um zwei schöne und interessante Gebäulichkeiten zu erwähnen, die mich stark fesselten und meine Aufmerksamkeit in ungewöhnlichem Grad in Anspruch nahmen, sei gesagt, daß ich nämlich, indem ich so meinen Weg weiter verfolgte, vor eine entzückende seltsame Kapelle kam, die ich sogleich die Brentano-Kapelle nannte, weil ich sah, daß sie aus der phantasieumwobenen, goldumhauchten, halb hellen und halb dunklen Zeit der Romantiker stammte. Der große wilde stürmische dunkle Roman ‹Godwi› von Brentano fiel mir ein. Hohe, schlanke Bogenfenster gaben dem höchst originellen, sonderbaren Gebäude ein zartes, liebliches Ansehen und verliehen ihm den Geist des Zaubervollen, den Zauber der Innigkeit und des gedankenhaften Lebens. Feurige tiefsinnige Landschaftsschilderungen von ebenerwähntem Dichter kamen mir in Erinnerung, namentlich die Beschreibung deutscher Eichenwälder. Bald darauf stand ich vor der Villa genannt ‹Terrasse›, die mich an den Maler Karl Stauffer-Bern, der hier zeitweise wohnte und hauste, und gleichzeitig an gewisse sehr vornehme edle Baulichkeiten mahnte, die an der Tiergartenstraße zu Berlin stehen, die um des strengen, hoheitsvollen und schlichtklassischen Stiles willen, den sie zum Ausdruck bringen, sympathisch und sehenswürdig sind. Das Stauffer-Haus und die Brentano-Kapelle stellten sich mir als

Denkmäler zweier streng voneinander getrennter Welten dar, die beide auf ihre eigentümliche Art anmutig, unterhaltend und bedeutend sind: hier die gemessene, kühle Eleganz, dort der übermütige, tiefsinnige Traum, hier etwas Feines und Schönes und dort etwas Feines und Schönes, aber als Wesen und Bildung völlig verschieden, obwohl einander der Zeit nach nah. Es fängt jetzt auf meinem Spaziergang allmählich an zu abenden, und das stille Ende, scheint mir, sei nicht mehr gar so fern.

Einige Alltäglichkeiten und Verkehrserscheinungen sind hier vielleicht ganz am Platz, nämlich etwa der Reihe nach: eine stattliche Klavierfabrik nebst andern Fabriken und Etablissementen, eine Pappelallee dicht neben einem schwärzlichen Fluß, Männer, Frauen, Kinder, elektrische Straßenbahnwagen, ihr Krächzen und der ausschauende, verantwortliche Feldherr oder Führer, ein Trupp reizend gescheckter und gefleckter blaßfarbiger Kühe, Bauernfrauen auf Bauernwagen und dazugehöriges Rädergeroll und Peitschenknallen, etliche schwerbepackte, hochaufgetürmte Lastwagen, Bierwagen und Bierfässer, heimkehrende, aus der Fabrik hervorströmende und -brechende Arbeiter, das Überwältigende dieses Massen-Anblicks und -Artikels und seltsame Gedanken hierauf bezüglich; Güterwagen mit Gütern vom Güterbahnhof herfahrend, ein ganzer fahrender und wandernder Zirkus mit Elefanten, Pferden, Hunden, Zebras, Giraffen, in Löwenkäfigen eingesperrten grimmigen Löwen, mit Singhalesen, Indianern, Tigern, Affen und einherkriechenden Krokodilen, Seiltänzerinnen und Eisbären und all dem nötigen Reichtum an Gefolge, Dienerschaft, Artistenpack und -personal, weiter: Jungens mit hölzernen Waffen bewaffnet, die den europäischen Krieg nachahmen, indem sie sämtliche Kriegsfurien entfesseln, ein kleiner Galgenstrick, der das Lied ‹Hunderttausend Frösche› singt, worauf er mächtig stolz ist; ferner: Holzer und Waldmenschen mit Karren voll Holz, zwei bis drei Prachtschweine, wobei sich die lebhafte Phantasie des Beschauers die Köstlichkeit und Annehmlichkeit eines herrlich duftenden, fertig zubereiteten Schweinebratens gierig ausmalt, was ja verständlich ist; ein Bauernhaus mit Sinnspruch über der Einfahrt, zwei Böhminnen, Galizierinnen, Slawinnen, Wendinnen oder gar Zigeunerinnen in roten Stiefeln und mit pechschwarzen Augen und dito Haar, bei welchem fremdartigen Anblick man vielleicht an den Gartenlauberoman ‹Die Zigeunerfürstin› denkt, der zwar in Ungarn spielt, was aber wenig ausmacht, oder an ‹Preziosa›, die ja zwar spanischen Ursprungs ist, was man aber nicht gar so genau zu nehmen braucht. Ferner an Läden: Papier-, Fleisch-, Uhren-, Schuh-, Hut-, Eisen-, Tuch-, Kolonialwaren-, Spezerei-, Galanterie-, Mercerie-, Bäcker- und Zuckerbäckerläden. Und überall, auf allen diesen Dingen liebe Abendsonne. Ferner viel Lärm und Geräusch, Schulen und Schullehrer, letztere mit Gewicht und Würde im Gesicht, Landschaft und Luft und viele Malerei. Ferner nicht zu übersehen oder zu vergessen: Aufschriften und Ankündigungen wie «Persil» oder «Maggis unübertroffene Suppenrollen» oder «Continental-Gummiabsatz enorm haltbar» oder «Grundstück zu verkaufen» oder «Die beste Milch-Schokolade» oder ich weiß wahrhaftig nicht, was sonst noch alles. Wollte man so aufzählen, bis alles getreulich aufgezählt wäre, so käme man an kein Ende. Einsichtige fühlen und merken das.

Ein Plakat oder Tafel fiel mir vorzüglich auf; der Inhalt war folgender:

Kostgängerei

oder feine Herrenpension empfiehlt feinen oder wenigstens besseren Herren ihre prima Küche, die derartig ist, daß wir mit ruhigem Gewissen sagen können, sie befriedige den verwöhntesten Gaumen und entzücke den lebhaftesten Appetit. Auf allzu hungrige Mägen möchten wir indessen lieber verzichten zu reflektieren. Die Kochkunst, die wir darbieten, entspricht höherer Erziehung, womit wir angedeutet haben möchten, daß es uns lieb sein wird, nur wirklich gebildete Herren an unserer Tafel schmausen zu sehen. Kerlen, die ihren Wochen- und Monatslohn vertrinken und daher nicht prompt zu zahlen imstande sind, wünschen wir nicht im entferntesten zu begegnen; vielmehr halten wir in bezug auf unsere sehr geehrte Kostgängerschaft auf zarten Anstand und gefällige Manieren. Reizende, artige Töchter pflegen bei uns an den köstlich gedeckten, mit Blumen aller Art geschmückten, appetitlichen Tischen zu servieren. Wir sprechen das aus, damit Herren Reflektanten einsehen, wie nötig es ist, sich von dem Augenblick an fein zu benehmen und tatsächlich flott und proper aufzuführen, wo der allfällige Herr Pensionär seinen Fuß in unsere estimable, respektable Pension setzt. Mit Wüstlingen und Raufbolden, mit Prahlhelden und Großtuern wollen wir ganz entschieden nichts zu schaffen haben. Solche, die Anlaß zu haben glauben, sich zu sagen, daß sie zu dieser Sorte gehören, wollen die Güte haben, unserem Institut ersten Ranges fernzubleiben und uns mit ihrer unangenehmen Gegenwart zu verschonen. Jeder nette, zarte, höfliche, artige, feine, zuvorkommende, freundliche, fröhliche, aber nicht übermäßig freudige und fröhliche, sondern eher leise, vor allen Dingen aber zahlungsfähige, solide, pünktlich zahlende Herr hingegen wird uns in der Tat in jeder Hinsicht willkommen sein, und er soll auf das feinste bedient und auf das allerhöflichste und schönste behandelt sein; das versprechen wir ehrlich und denken es auch allezeit zu halten, daß es eine Lust ist. Ein solcher netter, reizender Herr soll auf unserer Tafel so ausgesuchte Leckerbissen finden, wie er die größte Mühe haben würde, sie andernortes anzutreffen; denn tatsächlich gehen aus unserer exquisiten Küche Meisterwerke der Kochkunst hervor; das wird jeder Gelegenheit haben zu bestätigen, der es mit unserer vornehmen Herrenkostgängerei versuchen will, wozu wir ihn auffordern und jederzeit ermuntern. Das Essen, das wir auf den Tisch setzen, übersteigt sowohl an Güte wie an Menge jeden einigermaßen gesunden Begriff, und keine noch so lebhafte Phantasie und menschliche Einbildungskraft ist fähig, sich die delikaten und mundwässernden Bissen auch nur annähernd vorzustellen, die wir zu verabfolgen und vor die freudig erstaunten Gesichter unserer Herren Eßmannschaften zu stellen gewöhnt sind. Aber es kommen, wie bereits mehrmals betont, nur bessere Herren in Betracht, und man erlaube uns gütig, um Irrtümer zu vermeiden und Zweifel zu beseitigen, unsere diesbezügliche Auffassung kurz kundzutun. In unseren Augen ist nur derjenige ein besserer Herr, der von Feinheit und Bessersein strotzt und der in jeder Beziehung halt einfach viel besser ist als andere schlichte Leute. Leute, die weiter nichts als schlicht sind, passen uns durchaus nicht. Ein besserer Herr ist nach unserer Meinung nur der, der sich ziemlich viel eitles und albernes Zeug einbildet und der sich vor allen Dingen einzubilden vermag, daß seine Nase besser ist als irgendeines beliebigen andern guten und vernünftigen Menschen Nase. Das Betragen eines bessern Herrn spricht diese eigentümliche Voraussetzung deutlich aus, und hierauf verlassen wir uns. Wer nur gut, grad und ehrlich ist und weiter keinen andern bedeutsamen Vorzug aufweist, der bleibe uns bitte fern; denn er scheint uns kein feinerer und besserer Herr zu sein. Für die Auswahl von nur feinsten und gediegensten besseren Herren besitzen wir das feinste Verständnis. Wir merken es sofort am Gang, an der Tonart, an der Art, Unterhaltung zu machen, am Gesicht, an den Bewegungen und namentlich an der Kleidung, am Hut, am Stock, an der Blume im Knopfloch, die entweder existiert oder nicht, ob ein Herr zu den besseren Herren zu zählen sei oder nicht. Der Scharfblick, den wir hierin besitzen, grenzt an Zauberei, und wir wagen zu behaupten, daß wir uns in diesen Stücken eine gewisse Genialität zumuten. So, nun weiß man, mit welcher Art von Leuten wir rechnen, und kommt ein Mensch zu uns, dem wir von weitem ansehen, daß er sich für uns und unsere Pension nicht eignet, so sagen wir ihm: «Wir bedauern sehr, und es tut uns recht leid.»

Zwei bis drei Leser werden vielleicht in die Wahrscheinlichkeit dieses Plakates einige Zweifel setzen, indem sie sich sagen werden, daß man nicht recht daran glauben könne.

Vielleicht sind da und dort Wiederholungen vorgekommen. Ich möchte aber bekennen, daß ich Natur und

Menschenleben als eine ebenso schöne wie reizende Flucht von Wiederholungen anschaue, und ich möchte außerdem bekennen, daß ich ebendiese Erscheinung als Schönheit und als Segen betrachte. Es gibt freilich mancherorts durch Überreizung verdorbene, sensationslüsterne Neuigkeitenschnapper und -lecker, Menschen, die fast jede Minute nach irgend noch nie dagewesenen Genüssen lüsten. Für solcherlei Leute dichtet der Dichter keinesfalles, wie der Musiker nicht Musik für sie macht und der Maler nicht für sie malt. Im großen und ganzen dünkt mich das stetige Bedürfnis nach Genuß und Kost von immer wieder gänzlich neuen Dingen ein Zug von Kleinheit, Mangel an innerem Leben, Naturentfremdung und mittelmäßiger oder mangelhafter Auffassungsgabe zu sein. Kleine Kinder sind es, denen man immer irgend etwas Neues und anderes vorführen muß, damit sie nur nicht unzufrieden sind. Der ernsthafte Schriftsteller fühlt sich nicht berufen, Anhäufungen des Stofflichen zu besorgen, nervöser Gier behender Diener zu sein, und er fürchtet sich folgerichtigerweise nicht vor einigen natürlichen Wiederholungen, obgleich er sich selbstverständlich stets Mühe gibt, zu viele Ähnlichkeiten fleißig zu verhüten.

Es war nun Abend geworden, und da gelangte ich auf einem hübschen, stillen Weg oder Seitenweg, der unter Bäumen hinlief, zum See hinaus, und hier endete der Spaziergang. In einem Erlenwäldchen, am Rand des Wassers, war eine Knaben- und Mädchenschule versammelt, und der Herr Pfarrer oder Lehrer erteilte inmitten der Abendnatur Naturunterricht und Anschauungslehre. Mir fielen, indem ich langsam weiterging, zweierlei Menschengestalten ein. Vielleicht infolge gewisser umfassender Ermüdung dachte ich an ein schönes Mädchen und daran, wie ich so allein in der weiten Welt sei und daß das nicht ganz recht sein könne. Selbstvorwürfe rührten mich von hinten an und traten mir von vorn in den Weg, und ich hatte stark zu kämpfen. Gewisse böse Erinnerungen bemächtigten sich meiner. Selbstanklagen machten mir urplötzlich das Herz schwer. Indessen suchte und sammelte ich in der Umgebung, teils in einem Wäldchen, teils im Felde, Blumen. Sanft und leise fing es an zu regnen, wodurch das zarte Land noch zarter und stiller wurde. Mir war es, als weine es, und während ich Blumen sammelte, horchte ich auf das leise Weinen, das auf die Blätter herabrieselte. Warmer, schwacher Sommerregen, wie bist du süß! ‹Warum sammle ich hier Blumen›, fragte ich mich und schaute nachdenklich zu Boden, und der zarte Regen vergrößerte meine Nachdenklichkeit, die er bis zur Trauer steigerte. Alte vergangene Verfehlungen fielen mir ein, Treubruch, Haß, Trotz, Falschheit, Hinterlist, Bosheit und vielerlei heftige, unschöne Auftritte. Ungezügelte Leidenschaft, wilde Wünsche, und wie ich gar manchen Leuten weh getan hatte, wie ich Unrecht getan hatte. Wie eine Schaubühne voll dramatischer Szenen öffnete sich mir das vorübergegangene Leben, und ich mußte über meine zahlreichen Schwächen, über alle Unfreundlichkeiten und Lieblosigkeiten, die ich hatte fühlen lassen, unwillkürlich staunen. Da trat mir die zweite Gestalt vor die Augen, und ich sah plötzlich den alten, müden, armen, verlassenen Mann wieder, den ich vor einigen Tagen in einem Wald am Boden liegen gesehen hatte, und zwar so erbärmlich, blaß und zum Sterben kläglich, so leidvoll und todesmatt, daß mich der traurige und seelenbeengende Anblick tief erschreckt hatte. Diesen müden Mann schaute ich jetzt im Geiste, und es wurde mir schwach davon. Ich fühlte das Bedürfnis, mich irgendwo hinzulegen, und da gerade ein freundliches, trauliches Uferplätzchen in der Nähe war, so machte ich es mir, gewissermaßen erschöpft wie ich war, auf dem weichen Boden unter dem treuherzigen Geäste eines Baumes bequem. Erde, Luft und Himmel anschauend, kam mich der betrübliche, unweigerliche Gedanke an, daß ich zwischen Himmel und Erde ein armer Gefangener sei, daß alle Menschen auf diese Art und Weise kläglich gefangen seien, daß es für alle nur den einen finsteren Weg gebe, nämlich in das Loch hinab, in die Erde, daß es keinen andern Weg in die andere Welt gebe als den, der durch das Grab geht. ‹So muß denn alles, alles, dieses ganze reiche Leben, die freundlichen, gedankenvollen Farben, dieses Entzücken, diese Lebensfreude und Lebenslust, alle diese menschlichen Bedeutungen, Familie, Freund und Geliebte, diese helle, zärtliche Luft voll göttlich schöner Bilder, die Vater- und Mutterhäuser und lieben, sanften Straßen eines Tages vergehen und sterben, die hohe Sonne, der Mond, und die Herzen und Augen der Menschen.› Lange dachte ich darüber nach und bat im stillen die Menschen, denen ich vielleicht weh getan haben mochte, um Verzeihung. Lange lag ich in undeutlichen Gedanken da, bis mir wieder das Mädchen einfiel, das so schön und jugendfrisch war, so süße, gute, reine Augen hatte. Ich stellte mir recht lebhaft vor, wie reizend ihr kindlich-hübscher Mund sei, wie hübsch ihre Wangen, und wie ihre körperliche Erscheinung mich mit ihrer melodischen Weichheit bezaubere, wie ich vor einiger Zeit sie etwas fragte, wie sie im Zweifel und Unglauben die schönen Augen niederschlug, und daran, wie sie «nein» sagte, als ich sie fragte, ob sie an meine aufrichtige Liebe, Zuneigung, Hingabe und Zärtlichkeit glaube. Die Umstände hatten ihr befohlen, zu reisen, und sie war fortgegangen. Vielleicht würde ich sie noch rechtzeitig haben überzeugen können, daß ich es gut mit ihr meine, daß ihre liebenswürdige Person mir wichtig und daß es mir aus vielen schönen Gründen daran gelegen sei, sie glücklich zu machen und damit mich selbst; aber ich gab mir weiter keine Mühe mehr, und sie ging fort. Wozu dann die Blumen? ‹Sammelte ich Blumen, um sie auf mein Unglück zu legen?› fragte ich mich, und der Strauß fiel mir aus der Hand. Ich hatte mich erhoben, um nach Hause zu gehen; denn es war schon spät, und alles war dunkel.

PROSASTÜCKE
1917

DAS SEESTÜCK

Dieses Stück ist sehr einfach, es handelt von einem schönen Sommerabend und von vielen Leuten, die am Seeufer hin- und herpromenierten. Die Menschenmenge, unter der auch ich mich befand, war außerordentlich. Die ganze Stadt schien zu spazieren. Wenn ich sage, daß der weite, nächtliche See einem schlummernden Helden glich, dessen Brust auch im Schlafe noch von Angelegenheiten der Kühnheit und der hohen Denkart bewegt sei, so drücke ich mich vielleicht etwas gewagt aus. Viele lichtergeschmückte Nachen bewegten sich im dunklen Wasser. Die Straßen und Nebenstraßen, die zum See führten, schienen mir Kanäle zu sein, und ich bildete mir mit Leichtigkeit ein, daß die Nacht eine venezianische Nacht sei. Heller Feuerschein loderte da und dort rötlich aus dem Schwarz auf, und nächtliche Menschengestalten spazierten in die hellen und in die dunklen Stellen. Es fehlte an Liebespaaren keineswegs, die sich hinter allerlei Dickicht zärtlich umarmten und küßten, und ebenso wenig fehlte es an kosender und lispelnder, an freundlich streichelnder und gleich einem plätschernden Gewässer rieselnder Nachtmusik. Der Halbmond in der Höhe glich, wie soll ich sagen, einer Wunde, woraus ich folgere, daß der schöne Körper der Nacht verwundet war, ähnlich wie eine schöne edle Seele verletzt und verwundet sein kann, und darum ihre Hoheit und Schönheit noch deutlicher offenbart. Im Leben, das roh und unedel ist, macht sich mitunter die verletzte edle Seele lächerlich, nicht aber in der Dichtkunst, und der Dichter lacht niemals über empfindlicher Seelen Verletzbarkeit. Da ich über eine gebogene Brücke ging, hörte ich von unten, aus dem Wasser, eine wundervolle Stimme zu mir heraufdringen, es war ein hellgekleidetes Mädchen in einer hier vorüberfahrenden Gondel, und ich und vielleicht noch ein anderer, den die zarte Stimme ebenfalls interessierte, beugten uns über das Geländer, um auf den entzückenden Gesang mit angespannter Aufmerksamkeit zu lauschen, der im Zirkus oder im Konzertsaal, den die holde Nacht bildete, warm und hell verhallte. Wir zwei oder drei, die wir lauschten, gestanden uns, daß wir noch nie so schön singen gehört hätten, und wir sagten uns, daß das Lied der im beinahe unsichtbaren Nachen dahingleitenden liebenswürdigen Sängerin weniger durch Kunst und großes gesangliches Können als vielmehr nur durch eine wunderbare Seelen-Anspannung und durch die Begeisterung eines lieben edlen Herzens groß sei. Wir sagten uns ferner, das heißt es fiel uns ein, zu denken, daß vielleicht, ja sogar sehr wahrscheinlich die junge Sängerin unten im dunklen Boot über die Kühnheit und Hochherzigkeit ihres Gesanges und wegen ihrer Fähigkeit, sich zu berauschen und zu begeistern, glühend erröte, und daß ihre reizende jugendfrohe und süße Wange vor Scham über die Freiheit und über den Enthusiasmus des himmlischen gesanglichen Ergusses heftig brenne. Königspalastähnlich wurde das Lied und wuchs zu fabelhafter Größe empor, daß man Prinzen und Prinzessinnen auf herrlich geschmückten Pferden vorübertanzen und

-galoppieren zu sehen meinte. Alles verwandelte sich in tönendes Leben und in eine tönende Schönheit, und die ganze Welt erschien wie die Liebenswürdigkeit selber, und am Leben, am menschlichen Dasein gab es nichts mehr auszusetzen. Ganz besonders anziehend und schön war, wie das Mädchen so ihre zarte Seele singend preisgab, alle ihre Geheimnisse öffnete, hoch über sich selbst und über ihre Zurückhaltung, über alle anerzogene Sittsamkeit hinwegdrang, alles Denken und Sehnen offen aussprach, daß es, Heldinnen gleich, wie eine Gestalt in die Luft hinaufragte. Der Kampf, den das zarte Wesen mit der Schüchternheit und mit dem alltäglichen Benehmen kämpfte, ergab die schönste Klangfarbe, und auf den schamhaft-stolzen Klang lauschten, wie bereits gesagt, mehr Leute, die alle bedauerten, daß das Lied nun nach und nach in der Ferne sich verlor.

DIE ITALIENISCHE NOVELLE

Ich habe starke Ursache, mich zu fragen, ob eine Geschichte gefallen wird, die von zwei Leuten oder Leutchen, nämlich von einem reizenden netten Mädchen und von einem in seiner Art mindestens ebenso netten braven guten jungen Mann berichtet, die im schönsten und innigsten Freundschaftsverhältnis zu einander standen. Die zärtliche und leidenschaftliche Liebe, die sie gegenseitig fühlten, glich an Hitze der Sommersonne und an Reinheit und Keuschheit dem dezemberlichen Schnee. Ihr beidseitiges liebenswürdiges Vertrauen schien unerschütterlich, und die feurige unschuldige Neigung wuchs von Tag zu Tag wie eine wundervolle farben- und duftreiche

Pflanze. Nichts schien den allerholdesten Zustand und das allerschönste Zutrauen stören zu können. Alles wäre schön und gut gewesen, wenn nur der brave gute liebe und junge Mann die italienische Novelle nicht so gut gekannt hätte. Die exakte Kenntnis jedoch von der Schönheit, Pracht und Herrlichkeit der italienischen Novelle machte ihn, wie der aufmerksame Leser sogleich erfahren wird, zum Schafskopf, raubte ihm für eine Zeitlang die Hälfte des gesunden Verstandes und veranlaßte, zwang und nötigte ihn eines Tages, morgens oder abends, um acht, zwei oder sieben Uhr zu seiner Geliebten mit dumpfer Stimme zu sagen: «Du, höre, ich habe dir etwas zu sagen, etwas, das mich schon die längste Zeit drückt, plagt und foltert, etwas, das uns beide vielleicht unglücklich machen wird. Ich darf es dir nicht verschweigen, ich muß, ich muß es dir sagen. Nimm allen deinen Mut und alle deine Festigkeit zusammen. Es kann sein, daß dich die Kunde von dem Schrecklichen und Furchtbaren tötet. O ich möchte mir tausend schallende Ohrfeigen geben und mir das Haar ausraufen.» Das arme Mädchen rief angstvoll aus: «Ich kenne dich nicht mehr. Was quält, was peinigt dich. Was ist es Schreckliches, das du mir bis dahin verheimlicht und das du mir anzuvertrauen hast. Heraus mit der Sprache auf der Stelle, damit ich weiß, was ich zu fürchten und was ich irgendwie noch zu hoffen habe. An Mut, das Härteste zu dulden und das Äußerste zu ertragen, fehlt es mir nicht.» – Die so redete, zitterte freilich vor Angst am ganzen Körper, und das Unbehagen verbreitete eine tödliche Blässe über ihr liebreizendes, sonst so frisches und hübsches Gesicht. «Vernimm», sagte der junge Mann, «daß ich leider nur ein zu gründlicher Kenner der italienischen Novelle bin und daß eben diese Wissenschaft unser Unglück ist.» – «Wieso das, um Gotteswillen?» fragte die Bedauernswürdige, «wie ist es möglich, daß Bildung und Wissenschaft uns trostlos machen und unser Glück zerstören können?» Worauf es ihm beliebte, zu erwidern: «Weil der Stil in der italienischen Novelle an Schönheit, Saft und Kraft einzig dasteht, und weil unsere Liebe keinen derartigen Stil aufzuweisen hat. Dieser Gedanke macht mich trostlos, und ich vermag an kein Glück mehr zu glauben.» Beide guten jungen Leute ließen zirka zehn Minuten lang oder etwas länger den Kopf und das Köpfchen hängen und waren völlig rat- und fassungslos. Nach und nach gewannen sie jedoch die Zuversicht und den verlorenen Glauben wieder zurück, und sie kamen wieder zur Besinnung. Sie rafften sich aus Trauer und Entmutigung auf, schauten einander freundlich in die Augen, lächelten und gaben sich die Hand, schmiegten sich eng zusammen, waren glücklicher und vertraulicher als je zuvor, indem sie sagten: «Wir wollen nach wie vor trotz allen stilvollen und prachtvollen italienischen Novellen Freude und Genuß aneinander haben und uns zärtlich lieben, so wie wir einmal sind. Wir wollen genügsam und zufrieden sein und uns um keine Vorbilder kümmern, die uns nur den Geschmack und das natürliche Vergnügen rauben. Schlicht und ehrlich aneinanderhängen und warm und gut sein ist besser als der schönste und vornehmste Stil, der uns gestohlen sein kann, nicht wahr.» Mit diesen fröhlichen Worten küßten sie sich auf das innigste, lachten über ihre lächerliche Mutlosigkeit und waren wieder zufrieden.

KOFFERMANN UND ZIMMERMANN

Ein bekannter und rühriger Verleger, unternehmungslustig wie er war, sagte eines schönen Tages zum Schriftsteller Koffermann: «Lieber Koffermann, packen Sie sofort Ihren Koffer oder meinetwegen Köfferchen und reisen Sie, ohne daß Sie sich vorher lange besinnen, nach Japan. Haben Sie verstanden?» Der flinke und behende Koffermann, sogleich entschlossen, den schmeichelhaften Auftrag auszuführen, besann sich keine zehn Minuten lang, sondern machte sich auf die Beine, packte alle seine Gedanken und Utensilien in seinen Handkoffer, stieg in den Eisenbahnwagen und dampfte, reiste und fuhr ab nach dem berühmten und sehenswerten Lande Japan. Der Verleger oder Verlagsmann telephonierte einem mächtigen Zeitungsmann, er möchte so freundlich sein und es in die Zeitung setzen, daß Koffermann seinen Koffer gepackt habe und nach Japan abgeflogen und fortgeflutscht sei. Das las bald ein anderer Verleger oder Verlagsmann und er forderte den Schriftsteller Zimmermann auf, so rasch wie möglich zu ihm zu kommen, denn er habe ihm etwas Wichtiges zu sagen. Zimmermann war gerade damit beschäftigt, eine höfliche und weitläufige Ansprache an seine Katze zu halten, auch schlürfte er Tee, und rauchte er eine Zigarette, als der Brief anlangte, der ihm ankündigte, er solle zu seinem Verleger rennen, weil ihm derselbe etwas Wichtiges zu sagen habe. Er zog seinen bessern Anzug an, bürstete, säuberte, kämmte, wusch und verschönerte sich, wie es sich schickte, und marschierte in aller Seelenruhe zu seinem Geschäftsmann. «Lieber Zimmermann», sagte derselbe zu Zimmermann, «ich weiß, daß Sie ein ruhiger Mensch sind, der seine Ruhe liebt! Jetzt aber müssen Sie aus aller Behaglichkeit heraus und mit der größten Unruhe, Hast und Schleunigkeit nach der Türkei fliegen. Koffermanns Verleger hat Koffermann nach Japan entsandt, weshalb ich nun Sie, mein lieber Zimmermann, nach der Türkei senden muß. Haben Sie begriffen?» Zimmermann aber begriff nicht so leicht; er besaß keine so leichte und flinke Auffassungsgabe wie Koffermann. Er bat sich eine Bedenkzeit von acht Tagen aus und ging wieder in sein Zimmer zurück, wo er sich ebenso vergnüglich wie nachdenklich auf seinen alten Reisekorb setzte, der unter der Last zu ächzen und zu seufzen begann, wie Reisekörbe bei solcher Gelegenheit zu tun pflegen. Zimmermann, der seine Ruhe und seinen stillen Aufenthalt im Zimmer liebte, war unfähig, von demselben Abschied zu nehmen. «Ich bin unfähig, vom Zimmer Abschied zu nehmen, auch ist mein Reisekorb alt, und es würde mir weh tun, ihn auf eine so weite Reise zu schicken», schrieb Zimmermann seinem Geschäftsmann, «ich habe mir die Sache überlegt, und bitte Sie versichert zu sein, daß ich nicht nach der Türkei reisen kann. Ich eigne mich nicht dafür. Ich bin soeben in Gedanken eine halbe Stunde lang in der Türkei gewesen und habe es dort sehr langweilig gefunden. Mit dem ehemaligen Königreich Polen möchte ich es wohl eher probieren. Lassen Sie mich bitte Ihre Meinung wissen. Ich gebe Ihnen acht Tage Bedenkzeit. Nach Polen passe ich nämlich besser als nach der Türkei.» Der Verleger lachte, als er den Brief las und sagte: «Mit Zimmermann ist nichts anzufangen.»

DER FLINKE UND DER FAULE

Ich gestehe, daß mich die Erfindung der Geschichte, die ich hier erzähle, die größte Mühe gekostet hat, obwohl man vielleicht finden wird, daß sie ein wenig läppisch sei. Sie handelt von einem faulen Flinken und von einem flinken Faulen. Zu beachten ist, daß der Flinke mit all seiner eichhornhaften Flinkheit weit hinter des Faulen grober Faulheit zurückblieb, worüber er sich nicht wenig verwunderte, was recht sehr zu begreifen ist. Das Seltsame und Bemerkenswerte an der einfältigen und albernen Geschichte, die glücklicherweise nicht allzu lange und breite Umstände macht, ist, daß der Flinke im Grunde der Faule ist und der Faule im Grunde der Flinke, und zwar deshalb, weil der Flinke eigentlich leider nur zu flink war und weil der Faule mit der gesamten Summe seiner Faulheit sich glücklicher- oder unglücklicherweise glänzend bewährte, indem er gar nicht flink und dennoch, im Grunde, viel flinker war als der flinkste Flinke, während leider der Flinke mit dem ganzen Reichtum seiner Flinkheit und Behendigkeit zwar durchaus nicht faul und dennoch viel fäuler war als der fäulste Faule, was jedenfalls recht sehr bedauerlich ist. Der Flinke übertraf freilich den Faulen an regelrechter Flinkheit, aber er kam dennoch zu kurz und stand zuletzt weit hinter dem Faulen, welcher, falls wir uns nicht gröblich irren, freilich den Flinken hoch an Faulheit überragte, indem er faul war wie die personifizierte Faulheit, dennoch aber lange nicht so faul und viel flinker war, als der Flinke dachte, den er weit hinter sich ließ und prächtig besiegte, über welchen außerordentlichen Umstand der bedauernswürdige arme Flinke fast vor Schreck umkam. Dieses, mein bester Leser, ist die Geschichte vom Flinken und vom Faulen oder vom Faulen und vom Flinken, je nachdem du willst und wie es dir gefällt. Beurteile sie milde, belache sie und zürne nicht allzustark ihrem Verfasser, dem sie so fest im Kopf saß, daß er sich genötigt sah, sie niederzuschreiben, um sie loszubekommen.

DER MASKENBALL

Einmal gab es einen Maskenball, der von vielen lebenslustigen und vergnügungsfröhlichen jungen Leuten besucht wurde, die sich alle hier einfanden, um recht aus der Seele und aus vollem Herzen glücklich zu sein, Sorgen und Kümmernisse auf ein paar Stunden zu vergessen, zu lachen, zu tändeln und zu tanzen und sich frei und leicht zu fühlen wie die ersten Menschen, die vom erbärmlichen Kampf ums Dasein und von der traurigen Jagd nach dem Erwerb noch überhaupt nichts wußten. Herrlich war der Anblick des von einem vorzüglichen Geschmack und von einem feinen und zarten Kunstsinn dekorierten, blumen- und bändergeschmückten Tanzsaales, dessen hohe Wände entzückende Wandmalereien deckten, die, man kann sagen, von demselben Geist und von derselben Erfindung waren wie die graziöse reizende Musik, die sommerregengleich von einem Podium herab in den Saal und in den heiteren Tanztumult niederrieselte und säuselte, damit die versammelten fröhlichen Menschen sich nach dem schmeichlerischen wellenhaften Takt ihrer süßen und angenehmen Melodien hin und her bewegten und drehten. Das tat denn auch alle Welt, und es war ein blitzendes, geschmeidiges Gewoge, das da durcheinanderwogte. Auf die lächelnden Gesichter herab schimmerte der Strahl der Kerzen, deren blendendes Leuchten den Saal zu einem Zauberpalast machte. Alles war glücklich, alles lachte und scherzte. Neid, Bosheit und Mißgunst und noch manche andere üblen Eigenschaften und bösen Empfindungen hatten keinen Einlaß in das schöne Lokal gefunden, das lediglich von Heiterkeit, Behagen und Lebensfreude widerhallte und widerstrahlte. Jedoch waren alle Geräusche der Freude und des Vergnügens angenehm gedämpft, wie wenn alle Teilnehmer lebhaft gefühlt hätten, daß selbst im Rausch und im Entzücken der Mensch sich, aus Rücksicht und aus Liebe für seinen Mitmenschen, Zügel auferlegen muß, um die allgemeine Schönheit und das allgemeine Gefallen nicht zu verletzen. Gelächter vermischte sich mit Gläsergeklirr, das wie Silber an den Wänden widertönte. Schelmische Witze wurden gerissen, die niemanden beleidigten. Nur Dummköpfe und eitle hochmütige Menschen ärgern sich über einen guten Witz, der so gut ein Recht zu existieren hat wie der düstere, bittere Ernst; denn der liebe Gott gab uns nicht umsonst die liebenswürdige Fähigkeit, zu lachen und den Dingen die heitere und lustige Seite abzugewinnen.

Solche Paare, die von der Anstrengung des Tanzes müde waren, zogen sich für eine Weile, um recht behaglich auszuruhen und sich an allerlei Erfrischungen zu erlaben, aus dem Getümmel in irgendeine reizend versteckte grüne weiche Plaudernische zurück, während andere Paare frisch sich in das anmutige Gewoge stürzten. Hier sah man einen vor der Dame seines Herzens leidenschaftlich niederknien. An einer andern Stelle wieder suchte ein Tänzer seine entschwundene, im Gewirr verlorengegangene Tänzerin. Andern Ortes wieder erteilte eine Schöne ihrem bisher so dienstfertigen Galan und Ritter urplötzlich den Abschied, daß ihn die Bestürzung, in die er sich unvermuteterweise geworfen sah, zittern machte, und ihm die grausame Enttäuschung die Gesichtszüge verzerrte.

Colombine, so nannte sich eine übermütige schelmische Tänzerin, die mit ihrer ans Unglaubliche grenzenden Tanzkunst die Bewunderung aller derer, die sie sahen, hervorrief. Sie tanzte ganz allein, als wenn es keinen Tänzer gegeben hätte, der fähig gewesen wäre, sie mit einigem gleichmäßigem Geschick zu accompagnieren. Und doch gab es einen! Aber von diesem tollen Burschen reden wir später. Einstweilen neigen wir uns voll Staunen und Mitleid zu einem armen Narren herab, der, einer Statue, einem Steinbild ähnlich, in einem Winkel des Saales am Boden kauerte, wo er sich auf die ausgiebigste Art mit düsterer Philosophie, mit schrecklicher Betrachtung des Lebens abzugeben schien, ganz in Trauer, in Wehmut und in tödliche Melancholie gehüllt. Tausenderlei giftige Spitzfindigkeiten schienen den armen unglücklichen Menschen in diesen Zustand der Gebrochenheit und Zerrissenheit versetzt zu haben. Pierot oder Mehlmann hieß er, und er glich auf gewisse Art dem tödlich verwundeten Helden, der das Gefühl hat, daß er verbluten muß. Sein eigenes krankes Wesen war es vielleicht, das ihn hier im verlassenen Winkel an den Boden niederstreckte. Des armen tragischen Narren Wangen waren mit Mehl bestreut. Seine Lippen waren rot wie Rosen, aus seinen jungen dunklen Augen drang ein unnennbarer Seelenschmerz, und die gefärbten Lippen lächelten ein graziöses und verzweifeltes Lächeln. «Schade um den jungen Mann!» mußte der ausrufen, der ihn sah, aber es beachtete ihn niemand, dessen Kopf ein zierliches Dummkopfkäppchen schmückte, daß der Schmerz und der Gram noch lächerlich aussahen und der Hoffnungslosigkeit, dem Leid noch der Ausdruck frivoler Dummheit anhaften mußte. Warum kam er hierher, wo alles lachte und tanzte? Was bezweckte er mit seinem unerfreulichen Auftreten? Was hoffte er von seiner Erscheinung? Vielleicht war er ehemals fröhlich gewesen. Jetzt aber war er todesmüd und matt. Denn von der Lebensmüdigkeit, die ihn erfüllte, redete die Sterbensblässe, die ihn bedeckte, deutlich. Wer versetzte ihm den Stoß? Sein eigener verderblicher Charakter selber? Hm! Kann sein.

Angenehm oder unangenehm bemerkbar machte sich auf dem Maskenball durch ein höchst lächerliches Gehaben und Gebaren, das ihn zum vollkommenen, ganz und gar in der Schafsköpfigkeit ertrunkenen Schafskopf stempelte, ein zweiter und zwar ältlicher, sehr soignierter Narr. Vorhergehender Narr war sozusagen ein ernster Narr. Dieser aber gehörte zu der Kategorie der fraglos lächerlichen Narren. Himmlisch war der hohe, steife, feierliche Hut auf seinem ausgesprochenen Pantoffelheldkopf. Seine enorme Krawatte war grasgrün, seine gebogene lange Nase gesprenkelt mit roten und weißen Tupfen. Fabelhaft lächerlich war sein Beinkleid, mit welchem er offenbar zu imponieren hoffte. Die Handschuhe, die er trug, waren knallgelb und sein ganzes Auftreten zeugte von verblüffender Geschmacklosigkeit. Der Herr hieß Pantalone oder Hosenmann und wie es sich herausstellte, war er fürchterlich verliebt, der alte Racker, und zwar in wen?, ei ja doch, in die reizende Colombine, für die er ein verliebtes süßes Liebesbriefchen in der Tasche trug, um es der Schelmin bei günstiger Gelegenheit in der Einbildung zu übergeben, die ihm vorschwindelte, daß das schöne junge Mädchen Gefallen am alten, aber freilich schwerreichen Gecken finden werde, sobald der alte Torenknabe nur seine Börse öffnen würde. Hui! aber das Liebesbrieflein mit den üblen Anspielungen flog ihm um die Nase und wurde in tausend kleine Fetzen zerrissen, die wie Schneeflocken herumwirbelten, und Pantalone mußte mitsamt seinem gravitätischen imposanten Spazierstock gütig abspazieren und noch dazu eine ganze Salatschüssel voll Gelächter und spöttischer Bemerkungen aufessen. Ausgelacht und fortgeschickt zu werden ist wahrhaftig kein Leckerbissen. Drohungen ausstoßend und Augen wild rollend verließ Hosenmann den Tanzsaal, und die Grazien riefen ihm nach: «Auf Nimmerwiedersehen.»

Wir haben den tiefernsten und trauervollen Narren und dann den eitlen, albernen und spießbürgerlichen Narren gesehen, und wenn uns diese beiden interessiert haben, so wird uns gewiß nicht minder der dritte, nämlich der fröhliche kecke und übermütige, der schöne und glückliche Narr interessieren, das Ideal des Maskenballes, Hanswurst oder Harlekin mit der spitzbübischen frechen Pritsche, mit welcher er, leise alle Menschen neckend, im Saal herum tanzte, indem er alle, die ihn sahen, durch seine unschuldige antilopenhafte Fröhlichkeit und Lustigkeit in helles Entzücken setzte. Sein leichtes Kleid oder Gewand klebte ihm nur so am jugendlich-schönen tänzerischen und turnerischen Körper, der die gewagtesten und zugleich anmutigsten Bewegungen ausführte, daß es eine Freude war, ihn tanzen und tändeln zu sehen. Dieser Bursche war der erklärte Liebling aller und er war im besondern der Geliebte der schönen Colombine, die mit ihm in treuer Anhänglichkeit und Liebe starb und lebte. Ihre Augen verfolgten jeden Augenblick seine liebenswürdige Gestalt, die bald erzkomisch stillstand, als sei Harlekin oder Hanswurst ein rechter Trottel, die aber bald wieder wie eine durch keinerlei Schwergewicht gehemmte Engelsgestalt sich vom Tanzboden loslöste und alsdann Wunder der Tanzkunst verrichtete, bald einem eilfertigen, artigen Windhund, bald einem Wiesel, bald einem Eichhörnchen glich und immer voll bildhafter Schönheit war. Flog Hanswurst am schwermütig träumenden und kauernden armen Pierot vorbei, so versetzte er ihm mit seiner Narrenpritsche einen leichten kameradschaftlichen Schlag auf die Schulter und sprach flüchtig zu ihm: «Komm, sei doch vernünftig, du dauerst mich.» Hanswurst, dieser tolle Bursche, der mit seinen geschmeidigen Beinen alle Schwere und allen Erdenernst verspottete, war in seinem witzigen Übermut so schön, und in all seiner Ausgelassenheit so treuherzig, daß niemand im Saal auf den Einfall kam, ihm sein lustiges Wesen übelzunehmen, vielmehr befreundete sich jedermann im Augenblick mit ihm, und es hatten ihn alle von Herzen gern. Aber der liebe Bursche selber auch hatte ein Gefühl und ein Herz und ein Denken für alle, das sahen und fühlten alle. Indem er witzelte und tändelte, blieb er immer eine freundliche und angenehme Erscheinung, und indem er lustig war, belustigte und ergötzte er die andern. Seine bildhübsche Gestalt und seine scherzhafte Einfalt verbreiteten tiefe Rührung, und wenn er in die Luft emporflog und tanzte, war er groß und bedeutend. Sein Glück machte alle andern glücklich. Sein Anblick war zugleich unterhaltend und wohltuend. Indem

Hanswurst an sich selber und an sein eigenes Vergnügen dachte, wollte es der Geist, der ihn trieb, und der eigentümliche Umstand, daß er an alle andern dachte und daß er die Ursache vom allgemeinen Vergnügen war.

DIE VERLASSENE

Eisig kalter Wind brüllte und sauste durch die düsteren Straßen. Unbarmherziger Wind, und alles war finster, hoffnungslos und düster. Alle guten Eingebungen und alle guten Gedanken waren mir verloren, und ich selbst war verloren. Alles Gute, Milde und Schöne war hoffnungslos verloren. Die Seele war verloren. Alles kalt und tot, und die Welt gestorben. Alles Leben, alle Liebe und alles gute Denken waren wie vom finster brüllenden und tosenden Wind verschlungen, der wie ein gefräßiges Ungeheuer durch die hoffnungslosen, öden und leeren Straßen stürmte. Behaglichkeit und Geselligkeit waren wie für immer von der Erde verschwunden. Befriedigung und Freude schien es von nun an keine mehr geben zu können. Die langen Straßen voll scheußlicher Freudlosigkeit, voll entsetzlicher Leere zogen sich ins Ungeheure, ins Namenlose, ins Unendliche und ins Unfaßbare hinaus, und endlos schienen Hoffnungslosigkeit und Lieblosigkeit zu sein. Kein Stern und kein freundlicher Mond waren am Himmel, das Furchtbare und Schreckliche war zur gähnenden Wirklichkeit geworden, und das Gerechte, Gute, Sanfte, ach du großer Gott im Himmel, war nur noch ein bleicher, müder, nebelhafter Traum, wert, daß man ihn matt belächle. Und die Menschen waren arme, bleiche, kranke, sturmgejagte, ins Entsetzen hineingepeitschte Sklaven. Niemand traute mehr dem andern. Nachbarliebe und Güte waren verschwunden, verloren, und die Wohnhäuser waren Schreckens- und Entsetzenshäuser, Stätten des erschütternden Hasses und des vernichtenden Mordes. Wild stürmte ich dahin, gejagt und getrieben von wilden Gewissensbissen, von schrecklicher Vorwürfe ungeheuerlich lodernder Feuersbrunst. Alles war verloren, ich hatte keinen einzigen guten Gedanken mehr. Arm und elend war ich, wie nie zuvor. Zerrissen im Innersten war ich, wie nie zuvor. Unglücklich, arm und elend, o, daß ich es noch einmal sage, war ich, wie nie zuvor. Der Sturmwind riß mir den Mantel empor, daß er sich über meinem Kopfe hochauftürmte, und ich glich auf der finstern mitternächtlichen Straße in all der Finsternis und Düsternis dem fürchterlichen König Richard, dem ewigen Juden und dem Mörder Paricida. Ich war betrogen worden und war wieder selber Betrüger, ich war belogen worden und log wieder selber. Die Menschen haßten mich und ich haßte, verachtete die Hasser und Verächter. Sie hatten mich verraten und an den Verrätern übte ich selber wieder traurigen Verrat. Ein unendliches Sehnen nach Einfachheit, nach reiner Sitte, nach Treue und Liebe, nach Treuherzigkeit und nach Vertrauen, jagte mich umher, bis ich endlich ein trauriges verwahrlostes Armutshaus fand, in das ich eindrang.

Obwohl das Haus einem Schlupfwinkel für Räuber und Verbrecher glich, trat ich dennoch ohne das geringste Zögern und mit guter Zuversicht hinein, denn ich mußte mir sagen, daß ich nichts mehr zu verlieren hatte. Die verhärtete, eisenfeste, hoffnungsarme Seele war auf alles Schreckliche und Häßliche nur zu lang schon gefaßt. Nicht von Ferne erwartete ich mehr irgend etwas

Gutes und etwas Schönes. Kälte ringsumher und Kälte mitten im eigenen Herzen. Ich stieg das armselige, verwüstete, finstere Treppenhaus empor, auf einem Treppenabsatz kauerte ein armes junges Mädchen, dessen Haar ich mit der Hand streifte. Die Treppe war in ihrer ächzenden, stöhnenden, krachenden Verlottertheit furchtbar, denn mir war es, indem ich sie betrat, als sei sie die letzte aller Treppen, die Treppe, die zur Vernichtung, zur Verzweiflung, zum verzweiflungsvollen Selbstmord führen müsse. Trotzdem stieg ich empor, und ich erinnere mich, daß mir das elende Herz vor Bangigkeit zum Zerspringen klopfte und daß ich nach jedem kleinen Schritt innehielt, um mit angespannter Sorgfalt in all die Leere und in all die grausame kalte Finsternis hinein zu horchen und zu lauschen, aber es bewegte, regte, rührte sich in all der Entlegenheit und Einsamkeit nicht das Mindeste. Alles war totenstill im schrecklichen Haus der Armut. Im Bauche eines schlummernden Ungetümes konnte es nicht lautloser und stiller sein.

Über die Wohnungstüre, an die ich endlich im Dunkel tappte, muß ich noch besonders reden, denn sie war nicht wie irgendeine andere beliebige Türe, sie war offen! Sonst sind Türen sorgfältig verschlossen, ja sogar manchmal, oder vielmehr häufig, ängstlich zugeriegelt. Diese Türe hier war nur nachlässig angelehnt, so, als verlohne sich in der ganzen Welt in Zukunft infolge überhandnehmender Gleichgültigkeit und Herzlosigkeit keinerlei Treue und behutsame Aufmerksamkeit und Sorgfalt mehr und so, als sei in Zukunft im menschlichen Leben alles, alles gänzlich gleichgültig, und so, als sei alles, alles lebensüberdrüssig, müd, abgestumpft, ruchlos, kalt und gleichgültig, und so, als sei es gleich geworden, ob noch ein Leben vorhanden sei oder ob alles tot, nackt und zerrissen sei, und ferner so, als sei jede feinere, zartere Gemütsbildung ein Ding der Undenkbarkeit und etwas völlig Nebensächliches und Überflüssiges geworden, und zuletzt so, als freute sich die geknickte, zertretene und entmenschte Menschheit gar noch über ihre Verwahrlosung, über ihre Zerstückelung und über die Verwüstung. Wüste hier und Wüste dort, doch das macht nichts. Es ist ja jetzt alles, alles, alles gleichgültig ... So ungefähr redete die wüste, müde, traurige Türe, die ich nicht zu öffnen brauchte, weil sie bereits offen war. Eine solche Türe hindert niemanden, in eine Wohnung einzudringen, und so drang ich denn in den Korridor hinein, Schritt für Schritt, äußerst behutsam und vorsichtig, und bei jedem Schritte fleißig lauschend.

Vorhin die elende, traurige Treppe, dann die Türe, die nicht minder arm und elend war, und jetzt der dumpfe kalte Korridor, der ebenso arm, öd und elend war wie Treppe und Türe, ich selbst angestrengt auf das hervortretende Schrecknis lauschend, auf dessen Erscheinen ich gefaßt war, weil ich mir sagte, daß an solchem Ort nichts anderes als Schreckliches zu erwarten sei, mein Dastehen in der entsetzlichen Erwartung dessen, was jetzt kommen mußte: Ich darf wohl sagen, daß es einigen Mut brauchte, um den sinkenden, zusammenstürzenden Mut noch einigermaßen aufrecht zu halten und in dieser Öde auszuharren, in diese Wüste und Öde weiter einzudringen. Plötzlich jedoch zitterte ein süßer zarter Lichtschein aus einer Ritze mir entgegen, und ich glaubte eine schöne hohe gelinde Liebesmelodie zu vernehmen von weit, weit her und doch auch wieder aus allernächster Nähe.

Ich öffnete eine Türe und stieß einen Schrei des Entzükkens, der entzückenreichen Überraschung aus. In einem lichten schönen warmen Zimmer oder Gelaß saß eine Frau, und ich kannte sie von früheren Zeiten her und jetzt tönte von allen Seiten her frohe Freuden- und Trostmusik. Wie von allen offenen blauen Himmeln herab rauschte und rieselte das goldene, heitere Konzert, und Wälder, Wiesen und Felder schienen mir mit einmal nah, ich sah alle schönen, guten, befriedigenden lieben Farben, und die schöne Frau, die wie ein Engel aussah, lächelte mich freundlich und liebreich an, als sie mich elenden armen Wanderer, Umhergetriebenen erblickte. Alles war plötzlich wieder gut, eine sonnige, wonnige Jugendkraft stürzte über mein Wesen, und ich vergaß mit einmal allen Gram, und alles Elend, aller Unglauben waren mit einmal dahin. Ja doch, das war der wunderbare, wenngleich düstere Ort, wo ich die herrliche Verlassene wiederfand, der Ort der Einsamkeit, wo ich die schöne Verlassene wiedersah. Das war sie, die himmlische Ausgestoßene, die wunderbare Verfemte, die himmlisch schöne Einsame und Verlassene. Ich eilte, hinreißendem Antrieb gehorchend und mich zu der schönen Bewegung beglückwünschend, zu ihr hin, zu der Frau, die hier in der Verstoßenheit und in der Verfemtheit hauste und kniete vor ihr nieder, und die Entzückende schaute mich gütig an. – Sie tat nicht fremd. Ich war ihr gut. Ich war ihr recht. Sie zeigte sich über meine Gegenwart erfreut, und das freute mich unendlich.

DIE MÖRDERIN

Es fällt mir ein, daß ich neulich mit einem Landwirt über den Berg ging. Wie wir so von allerlei Dingen plauderten, trat uns auf der Straße, mitten im hübschen Bergdorf, eine stämmige Frau entgegen. Diese Bauernfrau war mir durch weiter nichts als durch ihre feste kerngesunde Erscheinung aufgefallen. Näher war mir nicht eingefallen, sie zu betrachten. Als die Frau an uns vorübergegangen war, hielt es der Wirt für erlaubt (worin er ganz recht hatte) die ruhige Bemerkung zu machen: «Der Frau, die da soeben an uns vorüberging, haben Sie gewiß nicht angemerkt, daß sie fünfundzwanzig Jahre Zuchthaus hinter sich hat.» Erstaunt fragte ich: «Warum?» Mein Wirt beeilte sich mit Aussagen in keiner Weise. Es verging eine Pause, nach deren Verlauf er sagte: «Sie hat einst ihren Mann totgeschlagen.» Entsetzt erkundigte ich mich nach den näheren Umständen. Wieder schwieg der Landmann, der über den Berg ging, um seine Matten zu beschauen, eine kleine Weile, worauf er mit sonderbarer Behaglichkeit, als sei er ein überlegener Erzähler, und als erzähle er eine halbverschollene Ballade oder Schauergeschichte, Folgendes vorbrachte: «Eines Morgens trat sie mit einer Hacke oder Karst in der Hand in das Schlafzimmer ihres Mannes, der im Bett lag. Als derselbe die Augen aufmachte und sie so sah, fragte er, weil ihn offenbar die Hacke erschreckte: ‹Was willst du hier im Zimmer mit der Hacke?› Darauf erwiderte die Mörderin: ‹Das will ich dir eben jetzt zeigen.› Mit diesen furchtbaren, gewissermaßen trocken-humoristischen Worten, holte sie zum Schlag aus und schlug ihm den Kopf ein.» Ich bat den Wirt, mir zu sagen, weshalb die

Frau eine so gräßliche Tat verübt habe. «Es ist nicht bekannt», antwortete er, «man hat es vergessen. Möglich ist, daß der Mann ein Trinker war, der nicht schaffen wollte und damit seine Ehefrau in die Erbitterung trieb.» Da ihn seine Absichten einen andern Weg als den, den ich verfolgte, gehen hießen, so verabschiedete er sich, und ich ging allein weiter, indem ich über das Verbrechen noch allerlei stille Betrachtungen anstellte und mich besonders über das gute unbefangene Aussehen der Frau wunderte, die wir so still und ohne alles Auffallen an uns hatten vorbeigehen sehen, als sei sie nicht sie selbst, sondern eine beliebige andere, nicht eine Mörderin, sondern irgendeine wackere rechtschaffene fleißige Frau. «Erstaunliche Kraft muß jedenfalls in ihr liegen», dachte ich, «eine Untat und fünfundzwanzig Jahre Zuchthaus und von allem dem nicht das geringste Kennzeichen zu offenbaren: Welche Summe von Unbeugsamkeit.» –

DIE BRÜDER

Darf ich dich, o du Guter, leise und gewiß ganz zaghaft an die Zeit erinnern, wo wir beide, du als beginnender schaffender Maler und ich als heimlich beginnender angehender Poet, uns mit unserer jugendlich anstrebenden Kunstburschen- oder Kunstlehrlingschaft und was alles hübsch damit zusammenhing, zu S... aufhielten? Meines Wissens schrieb und schickte ich dir, bevor ich in Person bei dir anlangte und auftauchte, ein ziemlich langes Sehnsuchts- und Freundschaftsgedicht, das du empfingest und mit Genuß lasest. Himmlisch dünkt mich das, wenn ich daran denke, obgleich es natürlich zum

Lachen ist. Göttlich schön und groß ist es, junge Wangen und junge Lebensanschauungen zu haben, ein unaussprechliches Sehnen nach dem Leben zu empfinden und achtzehn Jahre alt zu sein, denn ungefähr so alt waren wir damals beide. Herrlich kamen mir die Residenzstadt S ... und du selbst vor; du warest in den Augen des frischen Ankömmlings nichts geringeres als ein imposanter Haupt- und Weltstädter. O wie sind jugendliche Unwissenheit und Unerfahrenheit schön! Was Gutes und Schönes erwirbt man denn eigentlich mit der Erfahrung? Sehr viel Wertvolles sicher nicht. Du geleitetest mich freundlich durch die Straßen in eine gewisse Gerbergasse hinein und dann hinein in die berühmte und sicher uns allen beiden unvergeßliche Herberge zur Heimat, wo wir gemeinsam ein Zelt aufschlugen oder mit andern Worten eine Stube bezogen, um gemeinschaftlich darin zu wohnen und zu hausen, was sicher nur unser Vorteil und nicht unser Nachteil war. Entzückend, so schwöre und behaupte ich, sind erste kühne Künstler-Flugversuche, die mit öfteren Abstürzen verbunden sind. Aber ist das Hüte aus dem Fenster Hinaus- und auf Passanten in die Straße Herabwerfen nicht vielleicht noch fast schöner als alles Malen, Musizieren und Dichten? Waren wir nicht im Hutwerfen erlesene erste Meister und wahre dämonische Virtuosen, und sah sich der gute freundliche Wirt oder Herbergsvater nicht genötigt, uns vor Fortsetzungen des reizenden Unfuges väterlich zu warnen? Ach es ist vielleicht, von einem gewissen Gesichtspunkt aus gesehen, hundert-, wenn nicht gar tausendmal schöner, seinen oder seines Bruders Hut aus dem Fenster fliegen und wirbeln zu lassen, damit Vorübergehende unten staunen, als ein vollendetes Gedicht zu schreiben, damit das liebe Publikum staune. Gab es nicht in unserer Kunststube eines schönen Tages einen überraschenden Hofpredigerbesuch, über den wir beide einen Monat lang lachten? Ich stand gerade nackt da, dir als Modell zu einem Cäsars Leichnam beweinenden Markus Antonius dienend, als die Türe des Studier- und Aktzimmers unerwarteterweise aufging und dicht und urplötzlich vor uns strebenden armen Sündern wer stand? Der Herr Hofpfarrer. «O Gott, was muß ich mit meinen Augen erblicken? Was geht hier vor?» rief er aus und trat unverzüglich den Rückzug an, der in wilde Flucht ausartete. Wie gab uns das Entsetzen des guten Herrn, der künstlerischen Übungen offenbar fremd gegenüberstand, zu lachen. Lebten wir zwei Jünger und Brüder, Neulinge, Anfänglinge und Novizen nicht wie auf einer reizenden Freundschafts- und Verbrüderungsinsel, auf der alles gut und schön und sorglos ist, wo in ununterbrochenem freundlichem Gelispel und Gesäusel und in einem fortwährenden süßen Frieden die lebendigen Geschöpfe sich des zutrauenreichen, gütigen Daseins erfreuen, Himmel und Erde und Kreatur zusammengewachsen sind, und wo der Mensch so harmlos und gutherzig wächst und hinlebt vom Tag in die Nacht und von der Nacht in den Tag hinein wie die duftenden Blumen, die Pflanzen und die treuen guten Bäume. Wateten wir nicht ganze schöne Sonntage und sonstige Tage lang im üppig-grünen Landschaftsgras und in der göttlich weichen, träumerischen Mai-Landschaft umher, um dann da und dort unter blühenden Apfel- und Birnenbäumen vom Streifen und «Landschaften», vom schwierigen Malen und Versemachen köstlich auszuruhen, wobei wir oft einzuschlummern geruhten wie Grafen und Fürsten, um später wieder zu erwachen wie Prinzen? Wir lasen noch nicht Verlaine, aber wir lasen dafür doch Heinrich Heine und Uhland, und die mundeten und schmeckten uns nicht schlecht. War nicht auch das freie gliedererfrischende Baden im Neckar herrlich und beglückte uns nicht in Dorfgasthäusern der Genuß von Birnenmost? Wenn wir vom kühnen Ausmarsch gräßlich staubig und hungrig wieder in unsere Herberge zurückkamen, so bestellten wir ja bekanntlich jeweilen je einen Rostbraten mit gemischtem Salat für die Wanderer und Herren Gebrüder, worüber die ganze Stube höchlich staunte. Soupieren und dinieren große und reiche Herren reicher und besser als wir zwei damals? Das finde ich sehr fraglich, denn für uns war der Rostbraten ein Götterschmaus nach trefflich überstandenen Wanderanstrengungen. Wie ist es schön, arm und jung und unbekannt zu sein. Wie gerne gäbe mancher Schwerberühmte seinen Ruhm und all sein Ansehen für einen Achtel oder auch nur Achtzigstel, für einen Drittel oder Dreißigstel des Jugendzustandes her. Die Jungen sehnen sich nach Ehre, Ruhm, Erfolg und Ansehen, aber die Berühmten und die Mächtigen sehnen sich wieder in das arme wilde Jugendsehnen und in das heiße beglückende Ringen mit der Existenz zurück. Der Erfolg macht nicht glücklich, aber es muß ja eine Arbeit und ein Streben auf dieser armen, widerspruchsvollen Erde sein. Es muß ja einen Ruhm und einen Reichtum geben, aber Ruhm und Reichtum vermögen nur niedrige und flache Seelen zu beglücken. Es muß auf dieser Erde ein ewiges Auf und Ab und eine ewige Niebefriedigung sein. Ist nicht auch dir, ganz so wie mir, die Gestalt der gütigen, liebenswürdigen Opernsängerin B . . . in Erinnerung geblieben, die die hohe Freundlichkeit hatte, uns zwei doch sicher ziemlich arme Teufel, wahre Muster und Vorbilder an Unbeachtetheit, zu einem graziösen schöngeistigen Tee huldreich einzuladen? Sprangen und liefen wir nicht eine Zeitlang fast allabendlich mittels uns vom gnädigen und freigebigen Freiherrn-Intendanten gütig verabreichten und freundlich gegönnten Freikarten in das schimmernde Hoftheater, wo wir unter zahlreichen andern reichen Stehparterregenüssen den Genuß hatten, die Eysoldt als zierliche Desdemona und den kraftvollen Matkowsky als dieselbe im Sturm der Mohreneifersucht tötenden und abmordenden Othello zu sehen, und gab es für uns etwas Höheres und Schöneres als das? Nicht von ferne! Und die dürren oder gedörrten Zwetschgen, die wie unglückliche arme Ertrunkene auf dem Mittagstisch im Teller voll Wasser schwammen, könnte es denkbar sein, daß du sie vergessen hättest oder daß du sie je würdest vergessen können? Ebenso des knorrigen Betknechtes und -bruders Knoop schrille Andachtstimme und Worte? Was vermöchtest du mir entgegenzustellen, wenn ich auf die Tribüne der Beredsamkeit stiege und laut sagte, daß nach dem Gefühl derjenigen, die vermöge einer erreichten Altersstufe in das abendsonnen- und morgensonnenbeschienene Land der Vergangenheit blikken, vergangene schöne Stunden ein Heiligtum seien? Ergreift nicht dich auch Rührung bei dem Gedanken an das fröhliche Frühe, an das heitere Einst?

SCHÜLER UND LEHRER

Ein Lehrer, den seine Schüler um seines lebhaften Wesens willen hochachteten und lieb hatten, ertappte eines Tages in der Stunde einen von denselben bei einer Schlingelei, worüber er außerordentlich zornig wurde. Der Schüler, der das Unglück hatte, seines Lehrers Unmut in so hohem Maß auf sich zu lenken, war bis dahin der Lieblingsschüler des Mannes gewesen, den er unvorsichtigerweise tief gekränkt hatte, aber von nun an war er in des Lehrers Augen ein Abscheuling, den derselbe Tag für Tag vor der ganzen Klasse grausam herabsetzte und erbärmlich verprügelte, eine Behandlung, die der Erzürnte dem armen Jungen versprach pünktlich und getreulich fortzusetzen. Zweifellos hatte der Lehrer einen persönlichen Haß auf ihn geworfen, und der Erwachsene ging hierin dem Kleinen gegenüber zu weit. Der Knabe, der sich so urplötzlich aus dem weichen Sitz des Wohlwollens auf die harte Bank der Ungnade herabgeworfen und sich so unvermutetermaßen vom gepriesenen Schüler in einen notorischen Bösewicht verwandelt sah, wußte sich nicht zu helfen. Nachdem er indessen durch Wochen so tapfer, als er vermochte, das traurige Los eines gesunkenen Bevorzugten und die damit verbundene grausame und verachtungsvolle Behandlung ertragen hatte, griff er eines Tages, vom Bedürfnis gedrängt, eine Veränderung der schier unerträglichen Lage herbeizuführen, zur Feder und schrieb an seinen grimmigen Verfolger und Peiniger Folgendes: «Ich kann mich, da ich meinen lieben Eltern kein Geständnis machen darf, weil ich ihnen nicht zu den vielen Sorgen, die sie haben, noch eine neue bereiten will, an niemand anderes als an Sie selber wenden, um zu versuchen, ob es mir möglich sei, wieder einige Gunst von Ihnen zu erlangen. Vielleicht wird dieser Brief Sie veranlassen, aufzuhören, mich mit Schmach zu bedecken. Da ich, wie ich bereits sagte, meinen Eltern mein Leid nicht klagen kann, so klage ich es Ihnen. Da ich diejenigen nicht bitten will, mich in Schutz zu nehmen, die mich lieben, so trage ich die Bitte dem vor, der mich haßt und an mir seinen Zorn ausläßt. Also bitte ich den um Schutz, dem ich schutzlos preisgegeben zu sein scheine und ersuche den um Schonung, der, weil er sich durch mein Betragen beleidigt fühlt, schonungslos mit mir verfährt. Ich habe den Mut, wie Sie sehen, dem mein Leid zu klagen, der es mir zufügt und dem meinen Schmerz anzuvertrauen, der ihn verursacht. An der Schule habe ich keine Freude mehr.» Der Lehrer, dem der Inhalt des Briefes allerlei zu betrachten und zu bedenken gab, verhielt sich gegenüber dem Schüler von da an wieder milder.

SOHN UND MUTTER

Ein liebes, gutes Mütterchen, wahrhaftig: ich meine, man sollte ihr ein Denkmal errichten! führte durch fleißige Sparsamkeit und durch nächtelanges, emsiges Nähen die schöne Möglichkeit herbei, daß ihr Sohn, den sie fast wie einen Abgott liebte, die hohe Schule besuchen und sich dadurch die beste Bildung erwerben konnte. Merke dir, lieber aufmerksamer Leser, was nun geschah. Der große Sohn, Gegenstand der mütterlichen Aufopferung, blitzendes Juwel und köstlicher Edelstein von Sohn, machte freilich mit der Zeit so große Fortschritte, daß er in jungen Jahren schon hoch hinaufkletterte und es zu einer Stellung brachte, die ihm nicht nur erlaubte, die ihn vielmehr geradezu nötigte, sich aufzublasen, hochmütiges Wesen kalt und nachlässig zur Schau zu tragen und den großen Herrn zu spielen, als welcher er sich rasch über seine arme bescheidene Herkunft hinwegsetzen lernte. Vorzüglich dickes, fettes und hochangesehenes Tier, wie man so sagt, fühlte er sich über alle kleinen engen Nöte des täglichen Lebens erhaben, und mit der stets höher und höher steigenden Wertschätzung der eigenen werten und wichtigen Person vergaß er den mütterlichen Menschen. Das arme gute Mütterchen! Ei, die soll doch nur hübsch brav in ihrem Sorgen- und Dachstübchen stillsitzen, denn derlei Personen kann man ja unmöglich in die feine Gesellschaft einführen. In der hohen Atmosphäre und in den glänzenden Verhältnissen, in denen Emporkömmlinge leben, redet bekanntlich niemand ein Wörtchen über Kindesdankbarkeit und -liebe. Von schwüler, genußreicher Liebe wird dort wohl gesprochen, aber über schlichte Liebe zuckt man bestenfalles mitleidig die stolze Achsel. Wenn wir nun auch den Fall setzen und annehmen, daß der große Sohn sein Mütterchen einmal habe besuchen wollen, so müssen wir doch sogleich bedenken, daß ein solcher Besuch unmöglich war, weil der Vortreffliche ja für den Eintritt in die Armutstube durch den engen ärmlichen Rahmen der bescheidenen Stubentüre viel zu breit und breitspurig, viel zu dick und zu geschwollen, viel zu stolz und zu reich war. Für den Stolz und für den Hochmut gibt es Palast- und hohe breite Salontüren. Mehr zu sagen, ist wohl überflüssig, und man wird schon verstehen, wie ich es meine. Der Weg zum Mütterchen und damit zur menschlichen Bescheidenheit war und blieb dem Parvenü versperrt, wegen des Rahmens und wegen der kleinlichen Verhältnisse, in die er sich wieder zu schicken gehabt hätte. Vielleicht erlaubt man mir die freilich scheinbar etwas gefühlvolle Bemerkung, daß ich große Lust hätte, zu sagen, ich wolle vor dem lieben alten Mütterchen niederknien und daß es mich fast hinreißen möchte, das Geld, das die Mutter für den stolzen Tölpel in mühseliger Nachtarbeit zusammenrackerte, ehrfürchtig zu küssen. Der Tölpel mag nur immerhin mit seinesgleichen spazieren gehen, wo es ihm beliebt. Vor ihm und seinesgleichen beuge ich mich nicht, und ich werde für ihn und seinesgleichen weder eine Artigkeit, noch irgendeine Achtung übrig haben.

DIE BÖSE FRAU

Eine Frau, die eines Tages, so wie die Dinge lagen, den Traum, den sie sich von ihrem Leben machen zu dürfen gemeint hatte, begraben mußte, weinte ganze lange Tage und Wochen lang über den Verlust desselben. Als sie aber endlich ihren Schmerz ausgeweint hatte, war sie, fast zu ihrem eigenen Erstaunen, eine böse Frau geworden, die von nun an kein so lebhaftes Bedürfnis mehr wie dieses hatte, andere Frauen recht bestürzt, verlegen und niedergeschlagen zu sehen, indem sie sie unglücklich zu machen versuchte. Sie fing mehr und mehr an, jedes fröhliche weibliche Gesicht zu hassen, weil sie sich durch jede glückliche Miene gekränkt und beleidigt fühlte. Es drängte sie, gegen jederlei Vergnügen, das sie erblickte, Ränke und Bosheitspläne zu schmieden, da jeder heitere Anblick ihr weh zu tun schien. Darf ein unglücklicher Mensch es im Menschenhaß so weit treiben? Nun und nimmer! muß entschieden geantwortet werden. Die durch vielerlei Leid, durch gescheitertes Streben nach Lebensglück verdorbene böse Frau machte es sich zur traurigen Aufgabe, junge Mädchen mit jungen Männern geschickt zusammenzuführen, sie gegenseitig aufeinander aufmerksam zu machen, sie enger und enger zusammen zu befreunden und, wenn dann die holde Freundschaft ihr reif zu sein schien, dieselbe durch listige Verrätereien, rohe Künste, grausame Verleumdung und Verwirrung, wieder zu zerreißen. Der Anblick einer weinenden verratenen Angehörigen ihres Geschlechts tat ihr dann wohl und war für sie ein Genuß. So und ähnlich trieb sie es ziemlich lange, währenddessen die um ihre Freude und ihre Zufriedenheit betrogenen Mädchen sie für eine edle und feine Frau hielten. Nach und nach aber merkte jedermann, wie böse sie sei, und sobald die Leute sich hierüber Gewißheit verschafft hatten, so wurde die gefährliche Gesellschaft fortan sorgfältig vermieden, derart, daß die böse Frau bald keinerlei Gelegenheit mehr erhielt, Unglück anzustiften, Böses zu tun und Unfrieden und Unbehagen zu verbreiten.

BERTA

Berta arbeitet als fleißige Angestellte im Kontor einer Fabrik. Ihr Vorgesetzter, ein allerdings leider Gottes schon etwas ältlicher Herr, sehr galant natürlich, spielt, so ist mir neulich zufälligerweise zu Ohren gekommen, da er den Tag über mit ihr in Berührung kommt, den Liebhaber bei ihr. Einmal tut er, als sei er verliebt in sie bis über die Ohren, und ein anderes Mal wieder gebärdet er sich wie der gestrenge Herr und Meister und behandelt das ganz gewiß nette Mädchen mit ausgesuchter Kälte. Ist das nicht entweder ein Schlaukopf oder aber einer, der nicht weiß, was er will. Heute ist er ein Verehrer und morgen ist er ein Verächter des weiblichen Geschlechtes, je nachdem es ihm zu passen scheint. Gewiß steht dieser

Herr keineswegs in seiner Art einzig da, es gibt ihrer mehr, die es genau so oder ähnlich machen. Zu der und der Stunde möchte er sie vor lauter Verliebtheit auf den Händen tragen, ihr vielleicht gar die Hand kniefällig küssen; zu einer andern Zeit hingegen scheint er sich besonnen zu haben und alsdann kommt sie ihm nicht anders als ein armes Tröpfchen vor, das nicht wert ist, auch nur flüchtig mit einiger Freundlichkeit und Achtsamkeit betrachtet zu werden. O, so ein Schurke, so ein Hauptkerl! Bald ist er Herr, und bald ist er Diener bei ihr, bald schnauzt und knurrt er sie mit groben Vorgesetztentönen an; bald bettelt er mit flehender Miene und Stimme wieder um Gnade, ganz je nachdem er geruht, aufgelegt zu sein. Sollte es nicht als Verdienst und als wichtige Aufgabe gelten, daß jemand, der diese Art von Arbeit über sich zu nehmen entschlossen wäre, dem wetterwendischen Halunken einen gehörigen Puff gäbe. Gewiß sind Hunderte von Menschen ganz meiner Meinung, wenn ich sage, daß der Spitzbube zehntausend Rippenstöße verdiente. Geht auf Verehrersfüßen und gleichzeitig noch auf andern Füßen. Ist er etwa ein Vierfüßer? Ich weiß es nicht genau. So viel aber weiß ich, daß ich nächstens Berta raten werde, alles aufzubieten, damit sie sich den launenhaften Mann unterjoche. Teufel noch einmal, so einer sollte mir, wenn ich Frau wäre, parieren!

DIE WURST

An was denke ich? An eine Wurst denke ich. Es ist schrecklich. Jünglinge, Männer, die ihr dem Staate dient, auf die der Staat seine Hoffnung setzt, betrachtet mich sorgsam und nehmt an mir ein abschreckendes Exempel, denn ich bin tief gesunken. Ich vermag mich vom Gedanken nicht loszureißen, daß ich soeben noch eine Wurst besaß, die nun für immer dahin ist. Ich zog sie aus dem Kleiderschrank hervor, und bei dieser Gelegenheit aß ich sie. Mit offenbar nur allzu aufrichtigem Behagen habe ich verzehrt, was noch vorhanden sein könnte, wenn ich es nicht vertilgt hätte. Vor wenigen Minuten war die beste saftigste Wurst noch leibhaftig da, doch jetzt ist durch leider nur allzu voreiliges Verzehren die wohlschmeckendste Wurst verschwunden, worüber ich untröstlich bin. Was soeben noch da war, ist fort, und niemand bringt es mir jemals wieder. Ich aß, was ich nimmermehr so schnell hätte essen, was ich mir lieber nimmermehr so eilig hätte schmecken lassen sollen. Ich habe aufgegessen, was mir noch jetzt schmecken könnte, wenn ich der Begierde widerstanden hätte. Ich beklage tief, daß ich der Begierde nicht widerstanden habe und daß ich verbraucht habe, was vor wenigen Minuten noch frisch und rot zu meiner Verfügung stand, was aber nun und nimmermehr zu meiner Verfügung stehen wird, weil ich es voreilig verbrauchte. Ich habe Gebrauch gemacht, wovon ich noch jetzt Gebrauch machen könnte, wenn nicht vorgefallen wäre, was vorgefallen ist und was nicht wiedergutzumachen ist. Was dahin ist, könnte noch ruhig und friedlich da sein, und was auf Nimmerwiedersehen verlorengegangen ist, könnte Appetit erwecken, doch das Appetit Erweckende ist dahin, und das beklage ich ehrlich, obschon ich einsehe, daß alles Klagen wenig oder gar nichts nützt. Was angetastet wurde, könnte unangetastet, was gegessen wurde, könnte unaufgegessen, was weggeschnappt wurde, könnte unaufgeschnappt sein, wenn ich vorsichtiger und enthaltsamer gewesen wäre, aber leider war ich weder enthaltsam noch vorsichtig, und das bedaure ich tief, obschon ich einsehe, daß Klage und Reue wenig oder gar nichts nützen. Was verschwunden ist, könnte vorhanden sein und was tot ist, könnte fröhlich leben. Was grausam zerbissen und zerstückt wurde, könnte ganz sein, aber es ist leider zerstückt, da hilft keine Klage. Was nicht mehr dient, könnte die besten Dienste leisten, und was weg und fort ist, würde mich noch jetzt mit seiner schönen Gegenwart erfreuen, wenn ich das Beklagenswerte nicht getan hätte, was ich mit leider nur zu viel Grund bedaure. Was, wie gesagt, fort ist, brauchte, wie gesagt, nicht bereits abhanden gekommen zu sein, wenn ich widerstandsfähiger und stärker gewesen wäre und bösen Neigungen entsagt hätte. Schlimme Begierden, ihr habt mich meiner Wurst beraubt. Ich habe gekostet, was als Kost noch fernerhin zu kosten wäre, wenn ich es ungekostet und ungenossen liegen gelassen hätte, worüber ich, wie ich bereits mehrfach sagte, trostlos bin, was ich nur immer wiederholen kann. Ich brachte mir eine Schlappe durch Probieren einer nur zu vorzüglichen Kost bei, die nun ausgekostet und ausprobiert ist, weil ich nicht enthaltsam gewesen bin, was ich bereue. Reue nützt nichts; sie macht den Wurst-Verlust eher größer als kleiner, ich will daher versuchen, auf Reue zu verzichten, was aber jedenfalls sehr schwer ist, weil die Ursache, reuig zu sein, stark und groß ist. Ich habe mir eine Niederlage zugezogen, weil ich nicht aufgespart habe, was ich unbedingt hätte aufbewahren und in acht nehmen sollen, was ich aber leider nicht in acht nahm, obschon ich es kaum glaube, da ich immer des Glaubens war, daß ich stark und widerstandsfähig sei, worin ich mich aber scheinbar irrte, was mich schmerzt, obschon, wie gesagt, Reue offenbar gar nichts nützt. O, diese Wurst, ich schwöre, sie war herrlich. Wunderbar geräuchert war sie, und mit entzückenden Speckmocken war sie gespickt, und eine durchaus stattliche, annehmbare Länge hatte sie, und einen Duft hatte sie, so milde, so bestrickend, und eine Farbe hatte sie, so rot, so zart, und gekracht hatte sie, als ich sie zerbiß, ich höre noch jetzt beständig, wie sie krachte, und saftig war sie, etwas Saftigeres habe ich in meinem ganzen Leben nie gegessen, und dieses Saftige und Schmackhafte könnte noch jetzt schmackhaft und saftig sein, das Rote und Zarte noch jetzt rot und zart, das Wohlriechende noch jetzt wohlriechend, das Vorzügliche und Appetitliche noch jetzt vorzüglich und appetitlich, das Längliche und Runde noch jetzt rund und länglich, das Geräucherte noch jetzt geräuchert und das Speckgespickte noch jetzt mit Speck gespickt, wenn ich Geduld gehabt hätte. Ich könnte es noch jetzt krachen hören, wenn ich es nicht schon krachen gemacht hätte, und zu beißen gäbe es noch jetzt, was ich leider allzu schnell zerbiß.

DER JUNGGESELLE

Letzthin, beim Mittagessen, sagte mir mein täglicher Tischgenosse, der Herr Doktor G . . ., daß er soeben auf gewisse Art und Weise seinen liebsten Freund verloren habe. Auf meine Frage, wie das gekommen sei, antwortete und erzählte er, daß er soeben die Einladung zu seines Freundes Hochzeitsfeier erhalten habe, und er fügte mit gewissermaßen traurig verschleierter Stimme bei, daß er mir eigentlich nichts weiter mehr zu sagen brauche, da damit schon alles gesagt sei. Er lächelte sein eigentümliches, sehr feines und gescheites Lächeln und machte eine kleine Pause, während deren er bestimmte aufdringliche Gedanken verdrängen zu wollen schien. Ich kannte den Doktor G . . . als eine zarte und, wie ich sagen möchte, empfindsame und poetische Natur. Er ist außerordentlich gebildet und dazu außerordentlich ungeschickt, weswegen ich ihn sehr hoch achte und sehr gern habe. An gewandten Leuten bemerkt man stets irgend etwas Gemeines. Doktor G . . . liest die Memoiren des Herzogs von Saint-Simon, und er begeistert sich für die majestätische Gestalt Ludwigs des Vierzehnten. Er schwärmt für Alexander den Großen, und er findet den Emporkömmling Napoleon unerträglich. Die Frauen schätzen ihn, wie ich längst gemerkt habe, ziemlich gering, weil er nicht den Eindruck eines energischen Mannes macht. Ich dagegen, der ich ein Mann bin, finde ihn beachtenswert, weil er eine weiche Seele ist, und ich schätze ihn höher als zweitausend Energische, denn die Energie ist durch die Verbreitung von Büchern wie z. B. das Buch: «Wie werde ich energisch», ganz gemein geworden. Nachdem er, wie gesagt, eine Weile geschwiegen hatte, gestand er mir, daß er sich fast fürchte, bei der Hochzeit seines Freundes zugegen zu sein, daß er nichtsdestoweniger selbstverständlich der Einladung folgen werde, die ihm peinlich sei, weil er so wenig Ursache habe, sich über das Ereignis zu freuen. Er komme sich wie aus einer traulichen warmen Stube auf die kalte Straße hinausgestellt vor, und er habe sich weniger auf eine Lustbarkeit als auf den Umstand gefaßt zu machen, daß er auf unerfreuliche Weise mit seinem Innern werde kämpfen müssen. Er fühle sich so arm wie noch nie, es sei ihm zu Mut, als habe ihm irgend jemand einen rücksichtslosen Stoß versetzt, wodurch er sich in das traurige Bewußtsein geworfen sehe, das ihm sage, daß er sehr einsam geworden sei. Im übrigen sei ihm das alles sehr klar, und er verstehe alles sehr gut, weil sich alles ganz von selbst verstehe. «Alter, trockener Junggeselle», murmelte er vor sich hin, und ich sah deutlich, wie seine Augen mit einmal voll Tränen waren. Ich muß gestehen, daß ich mich tüchtig über seine Trauer lustig machte, und ich gebe gern zu, daß das nicht sehr zart war.

ZAHNSCHMERZEN

Ich erinnere mich, daß ich einmal eine Zeitlang heftige Zahnschmerzen hatte. Um die Qualen zu betäuben, lief ich ins Feld hinaus und brüllte dort wie König Lear. Zu Hause beliebte es mir, gegen die Wand zu rennen und im Grimm einige wertvolle Stühle aus der Biedermeierzeit zu zerschlagen, aber das Zahnweh hörte deswegen keineswegs auf, vielmehr wurde das Übel von Stunde zu Stunde ärger. Des Nachts weckten die Schauderszenen, die ich veranstaltete, sämtliche Hausbewohner, es war ein Skandal. Der häufige Genuß von feinstem Cognac half wenig. Ich versetzte mir Hiebe ins Gesicht, ähnlich wie Sancho Panza, als er den Verlust seines Esels wahrnahm. Einmal brachte ich mir mit einem Messer eine allerdings glücklicherweise durchaus nicht lebensgefährliche Wunde bei, aber diese grobe Maßnahme besserte an meinem Zustand nicht das Geringste, sondern schien die Folter nur noch zu verstärken. Endlich ging ich zum Zahnarzt, und zwar der lieben Billigkeit halber in eine zahntechnische Klinik, wo ich mich mit Vergnügen zu Studienzwecken hergab. Mein Mund wurde von der Hand eines Lehrfräuleins sorgfältig untersucht und hierauf begannen die Operationen. Ich darf wohl mit einiger Berechtigung sagen, daß ich vieles sanft über mich ergehen ließ und daß ich allerlei mit starker Fassung hinnahm. Manches ertrug ich geduldig, doch von Zeit zu Zeit fand ich es für angebracht, einen ziemlich lauten Schrei auszustoßen, was ich absichtlich tat, denn dadurch erreichte ich, daß der Meister herbeisprang, um mit seinem meisterlichen Können helfend einzugreifen, was für mich keine unerhebliche Wohltat war. In solchen Fällen zürnte mir freilich das Fräulein, und sie fand, daß es sehr unartig von mir sei, so starkes Geräusch zu verursachen. Ich erlaubte mir, ihr zu sagen, daß ich noch öfters schreien wolle, sobald man mir überflüssige Pein zufüge. Das sei gar nicht hübsch von mir, so zu reden, gab sie zurück. Ich kam nach und nach in einen ganz fröhlichen Verkehr mit ihr und einmal hatte sie den Einfall, mich zu fragen, was ich sei. Ich sei etwas wie Schriftsteller, erwiderte ich bescheiden. Sie rief laut in die zahnärztliche Stube hinaus: «Ich habe einen Schriftsteller», worauf sämtliche Herren und Damen, darunter auch der Meister, herbeigeeilt kamen, um den eigenartigen Patienten behaglich zu betrachten. Ich wurde einer genauen Besichtigung unterworfen. «Wenn Sie Schriftsteller sind», sagte der Meister, «dann sind Sie sicher einer von den ärmern, einer von denen, die ihr Leben lang erfolglos bleiben, denn das sieht man Ihnen deutlich an.» Ich mußte über die feine Bemerkung lachen und erwiderte: «Ich bin allerdings arm und an Erfolglosigkeit hat es mir bis heute nie gefehlt, aber das Leben kann auch ohne Erfolg hübsch sein. Wenn ich nur wieder gesunde und schöne Zähne habe, was ich lebhaft hoffe, so springe ich herum wie ein Hirsch und bin fröhlicher als mancher sogenannte Glückspilz.»

DER ANDERE JUNGGESELLE

Ein anderer Junggeselle, einer der hartnäckigsten, die es je gab, ein Frauenfeind erster Güte und doch wieder absolut kein Frauenfeind, sondern ein ganz netter, artiger Mensch, der keinem weiblichen Wesen nur ein Haar krümmte, tat seine Sache, erfüllte auf das Eifrigste seine Obliegenheiten und war ehrlich, solid und lebensfröhlich. Das aber war es ja gerade, das Schurkische, nämlich, daß er fröhlich war, denn es gab Leute, die das unverzeihlich fanden. Es gab ehrenwerte und nette Leute, die der Meinung waren, daß der gute Junggeselle verpflichtet sei, sich unglücklich zu fühlen. Das war er jedoch keineswegs, sondern er lebte, wie gesagt, ganz vergnügt dahin und von Verzweifeln wegen seines Junggesellentums war bei ihm keine Spur. Der Junggeselle ahnte, daß er einige nette und achtenswerte Leute mit seiner Vergnügtheit und Zufriedenheit beleidige, und daß seine heitere unbefangene Existenz für diejenigen fast ein Ärgernis sei, die lebhaft wünschten, daß der Junggeselle an seinem Junggesellenwesen zerschelle. Allerlei nette und achtenswerte Leute trafen allerlei gefährliche kriegerische Vorkehrungen, um dem Unhold sanft oder unsanft auf den Leib zu rücken, ihm das edle Gleichgewicht zu rauben, die Seele zu erschüttern, den guten Glauben an sich selbst zu untergraben und seine Charakterfestigkeit zunichte zu machen. Zahlreiche, wohlvorbereitete Angriffe wurden ins Werk gesetzt, um des Junggesellen zähes Selbstbewußtsein zu zerschmettern, doch es wurde nichts erreicht, denn der Schreckliche blieb unerschütterlich. Unerhörte Leckerbissen wurden der grausamen Bestie mit wir möchten sagen vollendeter Kunst vorgeworfen, aber das Ungeheuer verzichtete mit diebischem Vergnügen auf alle dargebotenen Genüsse, recht wohl wissend, daß es die liebliche Kost mit dem Verlust von Freiheit und Unabhängigkeit bezahlen müsse. Fallstricke wurden gelegt, Schlingen und Angeln säuberlich und appetitlich dargehalten, Fallgruben vorbereitet, schön mit Höflichkeiten und Artigkeiten zugedeckt, Netze wurden ausgestreckt, doch der Junggeselle fiel nicht in die Falle und stürzte nicht in die Grube, ging nicht in die Schlinge und rannte nicht ins Netz. Eine Dame, die sich besonders Mühe gegeben hatte, unsern guten und muntern Junggesellen zu entjunggesellen, schrieb ihm eines Tages voll Unmut und Ungnade: «Wissen Sie, daß Sie sehr unhöflich sind? Wissen Sie, daß es scharmante Leute gibt, die berechtigt sind, von Ihnen zu sagen, daß mit Ihnen nichts anzufangen sei? Wissen Sie, daß man allgemein über Ihr Betragen, das sehr absonderlich ist, die Achsel zuckt und den Kopf schüttelt? Man glaubte sich einreden zu dürfen, daß Sie unglücklich seien, nun sind Sie aber scheinbar ganz glücklich und vergnügt. Statt herzlich froh zu sein, daß reizende und nette Leute Sie aus dem Kerker des Junggesellenstandes zu erlösen versuchten, spötteln und lächeln Sie wohl gar noch! Das ist nicht fein, leben Sie wohl. Ich überlasse Sie der Menge von Vorwürfen, die Sie sich zu machen haben. Ihr Betragen muß von niemand anderem so aufrichtig bedauert werden, wie von Ihnen selber.» – «Gnädige Frau», schrieb der standhafte Junggeselle anmutig und manierlich zurück: «Ich vermag nicht einzusehen, wie ich mir irgendeinen Vorwurf zu machen hätte. Gnädige Frau werden mir gütig erlauben, zu bemerken, daß ich mir unmöglich einreden darf, es habe irgend jemand an der rein menschlichen Verfassung, die ich vergegenwärtige, ein Interesse. Ich beklage die sehr unangenehme und bedauerliche Tatsache, daß sich nette und charmante Leute meinethalb umsonst angestrengt haben; verantwortlich kann ich mich jedoch hiefür ganz unmöglich fühlen. Ich bin so frei, Sie daran zu erinnern, daß ich als Mann von einiger Bildung entschlossen sein muß, zu denken, ich sei fähig, für mein Wohlergehen jederzeit selber zu sorgen.»

SCHWENDIMANN

Einmal war ein sonderbarer Mann. Hallo, hallo, was denn für ein sonderbarer Mann? Wie alt war er, und woher kam er? Das weiß ich nicht. So kannst du mir vielleicht sagen, wie er hieß? Er hieß Schwendimann. Aha, Schwendimann! Gut, sehr gut, très bien, très bien. Fahre also fort, wenn es dir gefällt und sage uns: was wollte denn der Schwendimann? Was er wollte? Hm, das wußte er wohl selber nicht recht. Er wollte nicht viel, aber er wollte etwas Rechtes. Was suchte, nach was forschte Schwendimann? Er suchte nicht viel, aber er suchte etwas Rechtes. Zerfahren, verloren in weiter Welt war er. So, so? Verloren? Aha, zerfahren! Großer Gott, wo hinaus soll es denn mit dem armen Mann? Ins Nichts, ins All oder in was sonst? Bange Frage! Alle Leute schauten ihn fragend an, und er die Leute. O wie ängstlich, wie kläglich! Er ging so dahin, matt und schwerfällig, mit wankenden unsicheren Schritten, und die Schulkinder liefen ihm mutwillig nach und neckten und fragten ihn: «Was suchst du, Schwendimann?» Er suchte nicht viel, aber er suchte das Rechte. Mit der Zeit hoffte er das Rechte schon zu finden. «Das wird sich finden», murmelte er in seinen zerzausten schwarzen Bart. Schwendimanns Bart war ganz struppig. So, so? Struppig? Sessa! Voilà! Ausgezeichnet. In der Tat! Hochinteressant! Mit eins und so stand er vor dem Rathaus. «Mir ist weder zu helfen noch zu raten», sagte er, und da er seines Wissens im Rathaus nicht das geringste zu suchen hatte, so ging er sachte weiter und kam vor das Armenhaus. «Ich bin wohl arm, aber ich gehöre nicht ins Armenhaus», dachte er und ging fleißig weiter, und nach einer Weile kam er unvermutet vor das Spritzenhaus. «Es brennt nirgends!» machte er und ging mürrisch weiter. Einige Schritte weiter kam das Pfandhaus. «Ich habe in Gottes weiter Welt nichts zu pfänden», und eine kleine Strecke weiter das Badhaus. «Ich brauche nicht zu baden!» Als er nach einiger Zeit vor das Schulhaus kam, sagte er: «Die Zeiten, wo ich zur Schule gegangen bin, sind vorüber», und ging leise weiter, indem er den sonderbaren Kopf schüttelte. «Mit der Zeit komme ich schon vor das rechte Haus», sagte er. Nicht lange und so stand Meister Schwendimann vor einem großen, finstern Gebäude. Es war das Zuchthaus. «Ich verdiene nicht Strafe, ich verdiene etwas anderes», sprach er dunkel vor sich hin und marschierte weiter und gelangte bald vor ein anderes Haus, nämlich vor das Krankenhaus, wo er sagte: «Ich bin nicht krank, ich bin anders. Ich habe keine Krankenpflege nötig, ich habe etwas ganz anderes nötig.» Schwankend ging er weiter, heller, heiterer Tag war's, die Sonne blitzte und die hübschen Straßen waren voll Leute, und das Wetter war so säuberlich, so freundlich, aber Schwendimann achtete nicht auf das schöne Wetter. Da kam er vor das Elternhaus, vor das liebe Haus der Kindheit, vor sein Geburtshaus. «Ich möchte wohl wieder ein Kind sein und Eltern haben, aber die Eltern sind gestorben und die Kindheit kommt nicht wieder zurück.» Zögernd mit bedächtigen Schritten ging er weiter und sah das Ballhaus und nachher das Kaufhaus. Vor dem Tanzhaus sagte er: «Ich mag nicht tanzen», und vor dem Kaufhaus: «Ich kaufe und verkaufe nichts.» Da wurde es allmählich Abend. Wohin gehörte denn eigentlich Schwendimann? Ins Arbeitshaus? Er hatte keine Lust mehr, zu arbeiten. Oder ins Freudenhaus? «Lust und Freude sind mir vergangen.» Nicht lange ging es, und so stand er vor dem Gerichtshaus, und da sagte er: «Ich brauche keinen Richter, ich brauche etwas anderes.» Vor dem Schlachthaus meinte er: «Ich bin kein Schlächter.» Im Pfarrhaus hatte er seines Bedünkens nichts zu schaffen, und im Schauspielhaus haben Leute wie Schwendimann kaum etwas zu suchen, auch ins Konzerthaus treten solche Leute nicht. Still und mechanisch ging er weiter, vermochte kaum die Augen offen zu behalten, so müde war er. Es war ihm, als schlafe er, als marschiere er im Schlafe. Wann kommst du wohl vor das rechte Haus, Schwendimann? – Geduld, das wird sich finden. Er kam vor ein Trauerhaus. «Ich bin wohl traurig, aber ich gehöre nicht ins Trauerhaus», und ging weiter; kam vor das Gotteshaus und ging wortlos weiter und kam vor ein Gasthaus, wo er sprach: «Ich bin kein guter Gast, und niemand sieht mich gern», und ging seinen Weg weiter. Endlich, nach beschwerlicher Wanderung, nachdem es schon dunkel geworden war, kam er vor das rechte Haus, und sobald er es sah, sagte er: «Endlich habe ich gefunden, was ich suche. Hier hinein gehöre ich.» Ein Gerippe stand an der Türe, er fragte: «Darf ich wohl hier eintreten, um auszuruhen?» Das Gerippe grinste auf das freundlichste und sagte: «Guten Abend, Schwendimann. Ich kenne dich wohl. Komm nur herein. Du bist willkommen.» Er trat in das Haus hinein, das am Ende jeder findet, und wo nicht nur für ihn, sondern für alle Platz vorhanden ist, und wie er hineingekommen war, sank er um und war tot, denn er war ins Totenhaus gekommen, und hier hatte er Ruhe.

ICH HABE NICHTS

Sorglos und heiter, wie nur ein rechter Habenichts sein kann, wanderte eines Tages durch das schöne grüne Land ein guter Bursche mit einer dummen Nase. An Busch und Baum, an Haus und Hof vorbei, durch Wald und Feld ging er vergnügt, leicht, froh und nett dahin, und weil er ein so gutmütiges Gesicht hatte, so grüßten ihn alle Leute überaus freundlich, und das war natürlich dem Burschen nichts als recht. Er war aber auch einer, der es mit allen Geschöpfen, sei's Mensch, sei's Tier, herzlich gut meinte, und hold gesinnt war er der ganzen Welt, und das sahen ihm die Leute an, die ja immer sogleich alles von weitem merken. Ehrbar und leise sagte er jedermann sein: Guten Abend, denn der schöne Edelknabe Abend schlich mit Goldhänden und Goldaugen bereits zwischen den Häusern und Bäumen herum, und aus nah und fern tönte der Klang der Glocken. Wie nun der Bursche an einer Wiese vorbeiging, streckte ihm ein Kälbchen seinen Kopf dar und gab ihm zu verstehen, daß es etwas von ihm haben wolle. Oder vielleicht wollte es Freundschaft mit ihm schließen, ihm etwas sagen, ihm etwas von seinem Kälbchenleben erzählen. «Ich habe nichts, du gutes Tier. Gern gäbe ich dir etwas, wenn ich etwas hätte», sagte der Bursche und ging weiter, aber im Weitergehen mußte er immerfort an das Kälbchen denken, das etwas von ihm haben wollte. Etwas später ging er an einem prächtigen Bauernhaus vorbei, das am Waldrand lag. Da rannte mit lautem Gebell ein großer Hund gegen ihn los, daß er ganz ängstlich wurde. Aber die Ängstlichkeit war überflüssig; der Hund sprang wohl hoch an ihm auf, aber nicht zornig, sondern freundlich, und das Gebell war die deutliche Kundgebung der Freude, und die gute Bäuerin hätte nicht nötig gehabt, dem Tier von weit her zuzurufen, es solle nicht Leute so unmanierlich anfallen. «Was willst du von mir, du gutes Tier? Ich sehe wohl, daß du etwas von mir haben möchtest, aber ich habe leider Gottes nichts. Gerne gäbe ich dir etwas, wenn ich etwas hätte», sagte der Bursche, den der große Hund in den Buchenwald hineinbegleitete, als wolle er Freundschaft mit ihm schließen und ihm von seinem Tierdasein allerlei erzählen. Als indessen der Hund sah, daß sein Freund weiter und weiter ging, hielt er mit Begleiten inne und kehrte wieder zum Bauernhaus und zu seiner Pflicht zurück, und der Bursche wanderte weiter, aber im Weiterwandern mußte er immerfort an den Hund denken, der sich so zutraulich an ihn anschloß und der gewiß etwas von ihm haben wollte. Nach einer guten Weile, unten im Tale, traf der Bursche auf der schönen breiten Landstraße eine Ziege an, die, als sie ihn sah, sogleich auf ihn zukam und sich ihm freundlich zugesellte, wie wenn sie ein freundschaftsbedürftiger Mensch wäre und ihm vielerlei aus ihrem armen Ziegenleben hätte anvertrauen wollen. «Du möchtest wohl etwas von mir haben, aber ich habe nichts. Gerne gäbe ich dir etwas, wenn ich etwas hätte, du gutes Tier», sagte er voll Mitleid und ging weiter, aber im Weitergehen mußte er immerfort an die Tiere denken, die etwas von ihm haben wollten, an die Ziege, an den Hund und an das Kälbchen, die da Freundschaft mit ihm hatten schließen und ihm von ihrem stummen, geduldigen, dumpfen Dasein hatten erzählen wollen, die keine Sprache haben und nicht reden können, die zum Nutzen der Menschen gefangen und geknechtet in der Welt stehen, denen er gut war, wie auch sie ihm wieder gut waren, die er von Herzen gern mit sich genommen hätte, die ihn vielleicht gerne weithin begleitet hätten, die er gerne aus dem engen armen Tierreich in eine freiere, bessere Existenz hätte hinüberziehen helfen mögen. «Aber ich bin ja nichts, kann ja nichts, habe in Gottes Namen nichts, und in dieser weiten großen Welt bin ich nur ein armer, schwacher, machtloser Mensch», sprach er, und wie er die Welt so schön sah, und wie er so an die Tiere dachte, und daran, daß er und alle seine Freunde, Menschen und Tiere, so hilflos seien, konnte er unmöglich weitergehen. Er legte sich, unweit von der Straße, in die Wiese, um sich satt zu weinen, so ein dummer Bursche!

KLEINE PROSA
1917

LEBEN EINES DICHTERS

WANDVERZIERUNGEN VON KARL WALSER IM LANDHAUSE DES VERLEGERS S. FISCHER

Der Maler stellt sich das Leben eines Dichters vor, entnimmt demselben die wichtigsten Momente, um sie in ruhiger Reihenfolge, Bild für Bild, in aller Sorgsamkeit und Behaglichkeit auf die Wandfläche zu zaubern. Zwischen den Bildstücken, die das Leben ergeben, würde freilich vieles liegen, das umständlich erzählt werden müßte. Briefe und Gespräche wären zu erwähnen, Bekanntschaften und Erfahrungen würden hervorzuheben sein. Stunden der Sehnsucht, der Leere, der Langeweile oder Stunden der Einkehr, der Besinnung, des Erstaunens über sich selber würden deutlich gemacht und sehr aufmerksam erklärt werden müssen. Auch hat jedes Leben ja sein fast Unsagbares, Unbeschreibbares. Das Entzücken, das Glück sowohl wie das Erstarren und das Unglück müßten in sorgsame Prüfung und Berücksichtigung gezogen werden. Lust und Trauer, Ermunterungen und Enttäuschungen, Aufrichtungen und Demütigungen würden eine farbenvolle, wechselreiche Rolle spielen. Wandlungen, Charakteränderungen kämen gewaltig in Betracht. Zahlreiche Örtlichkeiten und Gestalten gelangten zu unleugbarer Bedeutung. Dies alles ist wohl schon oft in Büchern, die man entweder sozusagen nur einmal oder vielleicht überhaupt nicht liest, auseinandergebreitet worden. Schade um die Mühe, die man an ein Buch vergeudet, das ungelesen zur Seite geschoben wird. Der Maler stellt in acht bis neun überaus lebhaften und reizvollen, länglich-ovalen Bildern ein Dichterleben dar, dem offenbar der Reife- und Alterszustand fehlt; es ist dies ein Zug von träumerischer, gleichsam blumendufthafter Romantik. Der Dichter stirbt früh, und dem Maler kann das Recht durchaus nicht abspenstig gemacht werden, ihm rascher, als es vielleicht in Wirklichkeit geschähe, ein Ziel zu setzen. Ich halte mich hier streng und im übrigen ganz bequemlich an das, was mir die Kunst und die Erfindungsgabe des Malers vorbildlich darbietet, und will der Reihe nach nun jedes einzelne Wandstück mit so artigen und ungezwungenen Worten, wie ich sie aufzustöbern imstande sein werde, zart und achtungsvoll begleiten:

DER SCHWAN

In einer kleinen Stadt mit reizender, naturreicher Umgebung wächst ein schöner, zarter Knabe unter liebevoller Obhut auf, den jedermann, wenn er ihn an der Hand der Mutter, des Vaters oder des Erziehers spazieren sieht, liebkosen möchte. Man nimmt an, daß er vermöglicher, gebildeter Eltern Kind sei, daß er eine fast nur zu feine, zu sorgsame und zu zarte Erziehung erhalte und daß Spielsachen aller Art, kindlicher Komfort, hübsche Kleider ihn umgeben. Mit seinen weichen blonden Locken spielen die Hände zärtlich gesinnter Erwachsener, und es mag sein, daß Tanten den jungen Burschen verhätscheln. Hinter dem von den Eltern bewohnten Landhaus breitet sich, so darf man sich wohl einbilden, ein schöner alter Garten aus, worin sich unter hochherabhängenden Zweigen und Ästen ein kleiner Teich befindet, den zwei bis drei Schwäne auf die anmutigste Art beleben. Natürlich liebt der Knabe diese Schwäne, und er geht öfters an den ziervollen Rand des Wassers, um kindlich über die vermeintliche Tiefe desselben nachzudenken. Sein eigenes Sinnen und Erwägen kommt dem Kinde bezaubernd vor, und indem er sich diesem Zauber überläßt, ist er bereits reifer als er selber ahnt, und älter als er scheint. Das schwärzlich-grünliche Wasser macht ihm den Eindruck des Unergründlichen, und er empfindet einen ebenso unbegreiflichen wie angenehmen und zarten Schauder davor. Er lockt die Schwäne mit irgend etwas Eßbarem in seine Nähe. Vorübergehend ist zu erwähnen, daß der Maler seine Figuren in das Kostüm vom Jahr 1830 eingekleidet hat, wodurch die Bilderfolge etwas besonders Graziöses erhält. Dunkel und fern fühlt und sieht der Knabe die Schönheit der Schwäne, er bemerkt und sieht aber immerhin mehr nur den Gegenstand als dessen Schönheit. Jenen sieht und diese fühlt er mehr. Ebenso muß ihm die Schönheit der Landschaft eigentlich noch fremd sein. Wohl genießt er das Land und den elterlichen Garten, aber wohl einstweilen nur auf Knabenart. Sein Auge sieht Verstecke und Plätze, Licht und Schatten. Er geht zur Schule und befreundet sich mit gleichaltrigen Kameraden. Er wird nach und nach anders, geht nicht mehr zu den Schwänen; andere Dinge locken und fesseln ihn, er kritisiert, liest Bücher, lernt fremde Sprachen. Er treibt sich als jugendlicher Elegant in den Gassen der Stadt herum, lernt heimlich das Treiben und Leben in dunkeln Kneipen kennen, die die aufblühende Phantasie seltsam reizen. Er mißt seine Körperkräfte in Spiel und Händel an denen der Mitschüler, und bei Gelegenheit lernt er Sympathie und Abneigung voneinander unterscheiden. In der Schule hat er Erfolg, er zeigt sich jedoch mehr talentiert als fleißig, verläßt sich großenteils auf seinen guten lebhaften Kopf, findet an einer gewissen großzügigen Liederlichkeit Geschmack, glaubt den Fleiß als hausbackene Ängstlichkeit verächtlich machen zu dürfen. Elterliche Einwendungen zu mißachten, hält er für keineswegs unschön und unklug, Übermut und Waghalsigkeit kommen ihm als schön, vorsichtige Aufführung und emsiges Streben als das Gegenteil vom Schönen vor.

FREUNDSCHAFT

Dieselbe hat einen mächtigen Reiz für ihn, er genießt sie in jeder erdenklichen Hinsicht. Er kennt und genießt den hohen Reiz, den Spaziergänge in Gesellschaft eines guten Freundes auf ein jugendliches Gemüt ausüben. In Feld und Wald herumzustreifen, Berghöhen zu besteigen, den Herbstnebel über die Wiesen streichen zu sehen, Holz zu einem Feuer zusammenzutragen, mit den Kameraden rings um das Feuer zu sitzen, der Zauber der Jahreszeiten, besonders der Winter, wenn recht viel Schnee fällt, Seen und Flüsse zugefrieren, das findet er wundervoll, ist entzückend für ihn, das schöne Geheimnis der Freundschaft versucht er sich zu erklären, überläßt sich aber immer wieder lieber dem Geheimnisvollen und Unaufgeklärten, dem holden willkommenen Unerklärlichen. Er und seine Freunde sind mutig, berauschen sich an der blitzenden, hellauflodernden Flamme des ins Leben hinausbegehrenden und -drängenden Jünglingsmutes.

In der Tat reist er jetzt in die weite Welt hinaus, und merkwürdig genug kommt ihm das vor. Eltern und Verwandte scheinen den angehenden Weltmann mit ziemlich viel Reisegepäck, überflüssigen Notwendigkeiten ausgestattet zu haben. Hoch oben auf dem Hochplateau der Reisekutsche, die ein entzückendes altväterisches Fuhrwerk ist, thronen die vollbepackten Koffer. Der Reisende nimmt Abschied und steigt kühn in den Wagen, der ihn einem reichen Leben entgegentragen soll. Später, schon in voller Fahrt, nimmt er nochmals Abschied von allen, nämlich dadurch, daß er mit seinem Taschentuch nachwinkt, was immerhin recht gut wirkt. Was wird aus ihm werden? denken die Eltern. Die Welt ist bildhübsch, wenn man sie vom Fenster einer Reisekutsche aus behaglich betrachtet. Nette, freundliche Wolken flattern dem Wagen munter nach, und der Kutscher oder meinetwegen Lokomotivführer ist ein während der Fahrt pfeiferauchender, überaus trockener und gemütlicher Mann, der sicher seine hübsche Pflicht in jeder Beziehung tut. Rolle nur munter zu, lieber Wagen! Die Räder knarren auf der harten Landstraße, vor den zurückschauenden Blicken versinken Stadt, See und Land, neue Ländereien tauchen prächtig blitzend auf, der Reisetag und -morgen ist herrlich, Erde und Himmel leuchten und schimmern und glitzern, daß es ein Vergnügen ist. Alles ist so warm, so gut, so wohlwollend und so frei. Vögel singen ihr Morgenlied hoch in der bläulich-weißlichen Sommerluft; Häuser, Bäume erscheinen und verschwinden; immer Neues, Anderes kommt daher, Menschen, Wagen, Hütten, Schlösser, Felder, Wälder, Äcker, und ich weiß nicht was alles. Gute Reise auf jeden Fall! Ein Wegweiser, der eckig am Weg steht, sagt das, und er meint, was er sagt, hoffentlich auch aufrichtig. «Fahr zu, fahr zu! Du wirst schon an eine Ecke anrennen!» Hat das eine Art, ist das eine Manier, so zu reden? Wer redet denn eigentlich so? Ei, der böse eckige Wegweiser. Gott, man muß ihn halt brummen und murmeln lassen. Er war nie in Paris und weiß daher von gutem Benehmen und von artigen Manieren wenig. Was da nur immer wieder kommt und geht, gurgelnde, murmelnde Bäche, kleine hübsche Pfützen. Alles wechselt schnell ab. Nun, so wollen auch wir uns Abwechslung verschaffen und daher den Wagen fahren lassen. Au revoir! Denn in der Tat, wir haben auch noch an anderes zu denken. Bitte sehr und empfehl mich sehr, leben Sie herzlich wohl und lassen Sie es sich so gut gehen als Sie wollen, mein Herr Weltreisender. Das wird ja schon an irgendeiner Ortschaft anhalten.

DER FAHRENDE SÄNGER

Er dürfte nun die Hochschule besuchen, kommt aber infolge vielleicht einer ihm angebornen Genialität zu rasch fort, bildet sich dies jedenfalls ein und scheint in gewissem Sinn seinen Lehrern an Geist und Weltauffassung, auf einer einzigen Seite wenigstens, überlegen zu sein. Wir vermuten das, denn wir haben eine derartige Vermutung oder Voraussetzung nötig. Wie sollte sonst der wilddahinfahrende Sänger erklärt werden? Er schien sich selber und seine gesamte Umgebung zu überflügeln, etwas Adlerhaftes, das in ihm sich regte, trug ihn hoch über alles Mittelmäßige in sonnige, wolkige Höhen hinauf. Er findet an den Wissenschaften etwas Trockenes, sie lähmen, hemmen seinen Flug, der ihm zum Bedürfnis geworden ist. Ein Glück und zugleich ein Unglück zeichnen den jungen Mann vor andern jungen Männern aus. Die Weisheit kommt ihm lächerlich vor. Sein Seelenfeuer erzählt ihm wundervolle Geschichten, und es treibt ihn zu den Erlebnissen hin. Seine zwanzig Jahre stürzen, stürmen über jede Regel, jede Ordnung, jedes weiche Bedenken und Betrachten weg, ihm ist das Menschenleben geheimnisvolle Herrlichkeit, und er schließt sich an Leute an, die nichts als Menschen sind. Seine Irrtümer sind ihm unabweisbare Bedingungen, auf seine raschen Meinungen gründet sich seine Anschauung von Welt und Dingen. Leben heißt Weisheit. Die feuerroten Wellen fassen ihn und zwingen ihn, mit den heraufsteigenden und herabfallenden Wogen fortzuschwimmen. Tage und Nächte werden ein schäumendes, berauschendes, göttlichschönes Ganzes. Alles ist zusammenhängend, unzertrennlich. In den Nächten ist es der Mond, und am Tag ist es die Sonne, die ihn beglücken und begeistern. Er liebt die Musik und wird ein fahrender Student, der schwärmend und musizierend das Land durchstreift und durchwandert. Manche Leute geben ihn preis und halten ihn für verloren. Da ihn die Natur berauscht, übernachtet er in einsamen wilden Spelunken, Schenken oder unter hohen Bäumen im Freien, unter den Sternen, die zu dem wilden, ungezügelten Gesellen freundlich herunterblinzeln. Welten scheinen ihn zu umklingen, der eiserne, eherne Geruch des Ewigen umwittert und umduftet ihn, Gestirne und Erde scheinen zu singen, zu tanzen, er atmet Gottes Bedeutung mit Wollust ein und schläft in der Finsternis auf seinem Moosbett ein, während ihn die Nachtlüfte umrauschen, und in seinen Schlaf fällt der Schrei irgendeines Nachttieres, und in wunderbaren Träumen hört er das Dasein donnernd posaunen. Ungeteilte unumwundene Natur treibt ihn dahin und dorthin, umklammert, umbraust ihn. Der Mond wird ihm zum Freund und die Sterne werden ihm zu Kameraden. Längst gibt er es auf, bei kluger Verfassung zu erscheinen. Sogenannte Weltklugheit ist ihm unerträglich, er verabscheut diese Maske. All dem Gesagten gegenüber verlangt es ihn mitten im wilden Treiben wieder nach Hause, wo er daheim sein könnte, er empfindet eine Art Bedürfnis, mit den Eltern zu reden, fromm, gut und sanft zu sein, artig und gerecht mit den Menschen. Die Gitarre am Rücken, irrt er nur noch gezwungen, verirrt in der Welt umher, sein unsicheres, irrlichterhaftes Sehnen vergeblich verschwendend. Er möchte geordnet, gefestigt sein und kann es nicht. Ein Nebel umgibt ihn, und er verliert sich in den dichten Ungenauigkeiten. Des Trotzes, des Übermutes ist er müde geworden, er sagt sich, daß er die Kraft nicht habe, kalt und trotzig zu bleiben. Die Seele erwacht ihm, er fühlt, daß er erst jetzt Mensch und Mann werden solle, er wird ein Träumer, still und besonnen geht er einher, und er erscheint jetzt den Leuten als Müßiggänger. Niemand mutet ihm ernste, gute Absichten zu. Er geht unter Menschen, aber sie stoßen ihn ab, sie freuen ihn ebensowenig wie er sie. Sie sagen ihm Wahrheiten, d. h. sie sagen ihm Dinge, die er sich längst tausendmal selber sagte. Er kränkt die Menschen, wie sie ihn kränken. Unter kleinen Kindern, unter den Verachteten und Armen fühlt er sich wohl. Der Glanz und das Blenden in den Salons sagen ihm nichts. Er vermag sich nichts davon zu versprechen. Während ihn die Kleinen lieben, weil sie seine Haltung, seine Miene und seine Sprache verstehen, machen ihm die Erwachsenen kalte Vorwürfe und verhalten sich ihm gegenüber ablehnend.

DIE BEGEGNUNG

Mit seinen Gaben hatte er Frauen, die er nicht weiter zu achten brauchte, vielfaches Vergnügen gemacht. Eines Tages jedoch begegnete er, es ist heller blendender Mittag, auf vornehmer Promenade, einer jungen schönen Dame, wie sie, ihre knisternden Röcke zierlich hebend, eben eine imposante Treppe besteigt. Er bleibt, wie vom Donner getroffen und vom Blitzstrahl berührt, stillstehen und grüßt. Sein ganzes Wesen bebt, er will sprechen, aber er bringt kein Wort über die Lippen, und die Zunge, sonst seine geschmeidige Dienerin, versagt ihm den Dienst. Ein unendlicher Schmerz, der mit Empfindungen der Kindheit vermischt ist, fällt über ihn her. Er liebt! Die Erde, die Luft, die Welt umarmen ihn. Sorglos und lächelnd will ihm plötzlich alles erscheinen. Er macht sich der Dame bemerkbar, sie jedoch hat nur einen befremdenden, geringschätzigen Blick für ihn. Er sieht sie hinter Büschen, hinter Türen verschwinden. Lange bleibt er in der harrenden Stellung, doch die Frau bleibt seinen Augen entschwunden. Müde geht er endlich fort.

UNGLÜCKLICHE LIEBE

Er sucht sie, hat nur sie vor den Augen. Ihre stets gegenwärtige Erscheinung macht ihn krank. Er schreibt Briefe, die voll rasender Zärtlichkeit sind, aber sie bleiben unbeantwortet. Wir sehen den Elenden mit in die Ellbogen gestütztem Kopf matt und abgehärmt auf einer

Ruhebank sitzen, stöhnend, wie es kaum für einen Mann, wohl aber immer für einen unglücklich Liebenden sich schickt. Er stellt ganz und gar nur ein Häufchen arme nichtbeachtete Anhänglichkeit dar. Er selber stützt sich auf keine andere Hoffnung mehr als auf eine einzige, die aber hoffnungslos ist. So ist also seine einzige Aussicht aussichtslos. Armer Mann! Indessen hat er angefangen, sein Leid in Gedichten zu beschreiben, der schaffende Künstler, der Dichter steigt aus seinem Unglück hervor. Eine neue Not löst langsam die bisherige auf. Der dichtende Mensch, der er nun ist, lernt er all sein bisheriges Leiden, Lieben und Leben als kostbaren Erinnerungsreichtum schätzen. Leiden und Freuden geben ihm gleicherweise zu schaffen. Er vergißt sein Persönliches um der Dichtkunst willen.

IN DER NOT

Er schließt sich, der er sich nun entdeckt hat, und da er arm geworden ist, in eine Dachstube ein, um nur für seine Kunst zu leben. Wenn es elender und trostloser um ihn herum wird, so merkt er es kaum. Sein ärmliches Zimmer erscheint ihm fürstlich schön, da es alle seine Dichterträume einschließt. Mit allem Verkehr hat er aufgehört. Sein Tisch, sein Bett, der Ofen und die Lampe sind ihm lieb. An der schlechten Tapete hat er Freude, weil alle seine guten Gedanken darin verwoben sind. Er arbeitet in einem langen gelben Rock. An der Wand hängt sein Hut. Er hat das lebhafte Gefühl seines baldigen Todes. Auf dem Waschtisch stehen Waschkanne und Waschbecken. Das Ofenrohr sieht sehr defekt aus. Der Boden ist voll umherverstreuter Manuskripte. Ein fertiges Werk guckt aus des Schreibenden Rocktasche hervor. Das Bett ist recht schmal, dürftig, lang und dünn. Das breite Fenster gewährt eine hübsche Aussicht.

DIE UNSTERBLICHKEIT

Auf vielfach gewundenen, verschlungenen Wegen langt der Dichter am hochgelegenen, von Götterlüften umlispelten, tempelgeschmückten, freuden- und ruhmreichen Ort der Unsterblichkeit an. Frauen lesen mit Entzücken seine im Druck erschienenen gesammelten Werke. Junge schöne Mädchen beweinen seinen tragischen Untergang usw., und wenn man tüchtig aufs Zeug klopft, na ja! so fällt vielleicht noch sonst irgend etwas heraus. Wir wollen sehen. Wer weiß, ob sich nicht irgendwo noch etwas räuspert. Einstweilen sind wir ganz zufrieden. Alles übrige wird sich finden.

PLAUDEREI (I)

Wie kommen Autoren von Skizzen, Novellen und Romanen in der Regel des Weges daher? Die Antwort ist leicht, sie lautet: Ziemlich verwahrlost!

Gibt es etwa hie und da Ausnahmen?

Gewiß gibt es Ausnahmen, und zwar insofern, als es Schriftsteller gibt, die in alten Landhäusern wohnen, wo sie neben dem eigentlichen Autorgeschäft eine ausgedehnte, ertragreiche Milch-, Vieh- und Landwirtschaft betreiben. Des Abends, beim Schein der Lampe, setzen sie ihre Einfälle oder Eingebungen aufs Papier, d. h. sie brauchen das nicht eigenhändig zu tun, sondern diktieren sie entweder ihren Gattinnen oder einem hübschen Schreibmaschinenfräulein, um sie säuberlich niederschreiben zu lassen. Es entstehen auf diese Weise ganze spannende Kapitel, die freilich langsam, dafür aber nur um so sicherer, zu Bänden anschwellen, welch letztere womöglich später den Markt beherrschen.

In was für Wohnungen wohnen im allgemeinen Herren Verfasser?

Hierauf darf und kann folgendes geantwortet werden: Es gefällt ihnen unter Umständen in hocherhobenen aussichtsreichen Dachstuben am besten, denn von da aus genießen dramatische sowohl wie epische und lyrische Dichter den freiesten und reichsten Blick über die Welt. Den fälligen Mietzins bezahlen sie doch wohl hoffentlich jeweilen so pünktlich wie möglich.

Einheizen lassen Schriftsteller ihre dramatischen und mathematischen, grübelnden und philosophierenden Stuben äußerst selten. Sie sind nämlich der Ansicht, daß sie, wenn sie im Sommer schwitzen müssen, dafür im Winter zur Abwechslung ganz gut ein wenig frieren können, und sie schicken sich in die Hitze sowohl wie in die Kälte mit wunderbarem Talent. Fangen ihnen, während sie sitzen und schreiben, die Gliedmaßen, wie Arme, Hände und Beine, an steif zu werden, so hauchen sie ganz einfach gelegentlich mit erwärmendem Atem an die Tatzen oder Finger, oder sie brauchen ja nur für eine kleine Weile vom Schreib- und Geistertisch aufzustehen und die eine oder die andere zweckentsprechende Körperbewegung zielbewußt auszuführen, wodurch sich sicher das erforderliche Quantum Körperwärme ganz von selber einfinden wird. Die etwa abhandengekommene Gliedergelenkigkeit wird wieder vorhanden sein und der allfällig etwas ermüdete und erschlaffte Geist wird von neuem heftig zirkulieren, denn Turnen und Leibübungen wirken bekanntermaßen überaus erfrischend und belebend. Im übrigen sind wir überzeugt, daß eifriges geistiges Schaffen, künstlerische und dichterische Glut, feuriger Entschluß, Beharrlichkeit im Arbeiten, leidenschaftliche Liebe zur Sache, und das edle, erhabene Gefühl der Pflichterfüllung jederzeit einen glühenden Ofen vollständig zu ersetzen vermögen.

Ich kannte einen Verfertiger von feinsten und schönsten Versen, von dem ich melden kann, daß er zeitweilig in der Badestube einer Dame von Welt hauste und logierte. Er wird sich indessen, so nehmen wir an, jeweilen anstandshalber aus dem Staube gemacht haben, sobald die Gnädige zu baden beliebte. Wir brauchen hieran nicht zu zweifeln, da wir wissen, daß Dichter sämtliche Gesetze des feineren Anstandes bis aufs Tüpfchen nicht nur kennen, sondern auch befolgen. Der Dichter fühlte sich in der Badestube ungemein wohl aufgehoben, er schmückte und dekorierte sich den eigentümlichen Raum auf eine phantasievolle Art mit alten Röcken, Tüchern, Fetzen und Teppichresten mit wahrem Behagen aus, und wenn ich mich nicht irre, so behauptete er steif und fest, er wohne arabisch. Du liebe Zeit! Was doch Phantasie für ein nettes, reizendes, beglückendes Geschöpf ist.

Als sicher gilt, daß Schriftsteller mindestens ebensogut, wenn nicht noch besser schuhputzen und stiefelwichsen können, wie Gesetze entwerfende Regierungsräte. Wahrheit ist, daß mir einmal ein wirklicher und echter Regierungsrat gestand, daß er mit dem größten Vergnügen regelmäßig seine und seiner lieben Frau Gemahlin Stiefel oder Schuhe reinige, instand stelle und putze. Wenn befehlende oder doch wenigstens Verfügung und Anordnung treffende Regierungsräte, Leute also, die hohe Ämter bekleiden und in den denkbar schönsten Stellen sitzen, keinerlei kleinliche Bedenken tragen, schuhzuputzen, so liegt es auf der Hand, daß jeder Autor von Büchern, die bleibenden Wert besitzen, eine Arbeit freudig verrichten darf, die nützlich und außerdem gesund ist, da sie in hohem Grad nervenberuhigend und gemütstärkend wirkt.

Sind Schriftsteller sodann im Entfernen von Spinngeweben einigermaßen eingeübt? Man glaubt diese anscheinend etwas absonderliche und merkwürdige Frage ohne lange schwierige Untersuchung, und ohne die geringsten zeitraubenden Umstände zu machen, fröhlich lachend bejahen zu dürfen, denn es ist Tatsache, daß sie ein Spinnetz so flink zerfetzen und zerreißen können wie das geübteste Kammer- und Zimmermädchen. Sie sind im Zerstören und in der Vernichtung von derartigen hochinteressanten, kunstreichen Baudenkmälern ganz einfach wahre Barbaren, indem sie sich über das Werk der Zertrümmerung diebisch freuen, weil dasselbe, wie sie sagen, sie aufheitert.

Staub bevorzugt jeder echte Dichter. Liegen doch, wie jedermann weiß, im Staub und mithin in der schönsten Vergessenheit gerade die größten Dichter, nämlich die Klassiker, am liebsten begraben, die wie feine alte Flaschenweine bekanntlich nur bei ganz besonders passenden, feierlichen Anlässen aus dem Staub hervor und damit zu Ehren gezogen sein wollen.

KIENAST

Kienast hieß ein Mensch, der von nichts wissen wollte. Schon in seiner Jugend ragte er durch widerwilliges Wesen unangenehm hervor. Als Kind bereitete er seinen Eltern und später als Bürger seinen Mitbürgern vielen Kummer. Zu welcher Tageszeit du mit ihm hättest sprechen wollen, ein freundliches und mitmenschliches Wort würdest du nie von ihm vernommen haben. Unwillig, bösartig war seine Miene, und sein Tun war abstoßend. Kerls, wie dieser Kienast, glauben sich wahrscheinlich zu versündigen, wenn sie artig und willfährig zu den Leuten wären. Aber nur keine Angst: er war weder artig noch leutselig. Davon wollte er nichts wissen. «Dummes Zeug», brummte er zu allem, das ihn angehen mochte. «Tut mir recht leid, daß ich keine Zeit habe», pflegte er ärgerlich zu murmeln, sobald jemand mit einem Anliegen zu ihm kam. Das waren betrogene Leute, die mit einem Anliegen zu Kienast gingen. Sie richteten nicht viel bei ihm aus, denn von Entgegenkommen war keine Spur bei ihm zu finden. Er wollte nicht das geringste davon wissen. Sollte Kienast einmal irgend etwas Gutes tun, etwas, das sozusagen im Interesse der Allgemeinheit lag, so sagte er kaltherzig: «Leben Sie recht wohl, *au revoir*», womit er sagen wollte: «Lassen Sie mich gefällig in Ruhe.» Ihn interessierte nur sein eigener Vorteil, und Augen hatte er nur für seinen höchsteigenen Profit. Alles übrige beschäftigte ihn wenig oder lieber schon überhaupt gar nicht. Davon wollte er durchaus nichts wissen. Mutete ihm irgend jemand eine Bereitwilligkeit oder gar ein Opfer zu, so näselte er: «Das fehlte noch», womit er sagen wollte: «Lassen Sie mich mit solchen Dingen gütigst ungeschoren, wenn ich bitten darf.» Oder er sagte: «Behalten Sie mich recht lieb, es wird mich freuen», oder ganz einfach nur: «*Bon soir.*» Gemeinde, Kirche und Vaterland gingen ihn scheinbar absolut nichts an. Für Gemeindeangelegenheiten sorgten seiner Ansicht nach nur Esel; wer der Kirche irgendwie nachfragte, war in Kienasts Augen ein Schaf, und für die, die ihr Vaterland liebten, besaß er nicht das leiseste Verständnis. Sage, lieber Leser, der du für die Vater- und Muttergegenden glühest, was meinst du, was man mit den Kienästen tun sollte? Müßte es nicht eine herrliche, ja erhabene Aufgabe sein, sie in aller Eile und mit der gehörigen Sorgsamkeit windelweich zu prügeln? Gemach! Es ist dafür gesorgt, daß derartige Herren nicht ewig unbehelligt bleiben. Einmal klopfte nämlich einer bei Kienast an, der sich scheinbar weder mit dem «*Bonjour*» noch mit dem «*Bonsoir*», weder mit dem «Dummen Zeug» noch mit dem «Fehlte noch», weder mit dem «Habe es leider sehr eilig» noch auch mit dem «Lassen Sie mich bitte zufrieden» abweisen lassen wollte. «Komm, ich brauche dich», sagte der sonderbare Fremdling. «Du bist wirklich köstlich. Aber was fällt denn dir eigentlich ein? Meinst du, daß ich Zeit mit dir zu verlieren habe? Das fehlte noch! Behalte mich recht lieb, es wird mich freuen. Leider habe ich keine Zeit, also leb wohl, *au revoir.*» Solches oder ähnliches wollte Kienast zur Antwort geben; wie er aber den Mund auftat, um auszusprechen, was er im Sinne hatte, wurde es ihm sterbensübel, leichenbleich war er, es war zu spät, um noch etwas zu sagen, es kam kein Wort mehr über seine Lippen. Es war der Tod, der zu ihm gekommen war, da nützte alles nichts. Der Tod macht kurzen Prozeß. Da nützte alles

«Dummes Zeug» nichts mehr und alles schöne «*Bonjour*» und «*Bonsoir*» hatte ein Ende. Mit dem Hohn und Spott und mit der Kaltherzigkeit war es aus. O Gott, ist solches Leben ein Leben? Möchtest du so leblos, so gottlos leben? So unmenschlich unter den Menschen sein? Könnte jemand um dich oder um mich weinen, wenn wir wie Kienast gelebt hätten? Könnte dann jemand meinen Tod bedauern? Dürfte nicht dieser oder jener sich über meinen Abschied dann fast freuen?

GAR NICHTS

Eine Frau, die nur eben ein wenig wunderlich war, ging in die Stadt, um für sich und ihren Mann etwas Gutes zum Nachtessen einzukaufen. Schon manche Frau hat Einkäufe gemacht und ist dabei nur eben ein wenig zerstreut gewesen. Neu ist also die Geschichte keineswegs; trotzdem fahre ich fort und erzähle, daß die Frau, die für sich und ihren Mann etwas Gutes zum Nachtessen einkaufen wollte und zu diesem Zweck in die Stadt ging, mit dem Kopf nicht recht bei der Sache war. Hin und her studierte sie, was sie wohl für sich und ihren Mann Apartes und Feines einkaufen könnte, da sie aber, wie gesagt, nicht recht bei der Sache war und ein wenig zerstreut war, so kam sie zu keinem Entschluß, und es schien, daß sie nicht recht wußte, was sie eigentlich wollte. «Es mußte etwas sein, das rasch zubereitet ist, denn es ist schon spät, die Zeit ist knapp», dachte sie. Gott! Sie war halt nur eben ein wenig wunderlich und hatte den Kopf nicht recht bei der Sache. Sachlichkeit und Gegenständlichkeit sind ja recht schön. Die Frau hier aber war nicht sonderlich sachlich, sondern eher ein wenig zerstreut und wunderlich. Hin und her studierte sie, kam jedoch, wie gesagt, zu keinem Entschluß. Die Fähigkeit, einen Entschluß zu fassen, ist recht schön. Die Frau hier aber besaß die Fähigkeit nicht. Etwas recht Gutes und Schönes wollte sie für sich und ihren Mann zum Essen kaufen. Zu diesem netten Zweck ging sie ja in die Stadt; aber es glückte ihr einfach nicht, gelang ihr einfach nicht. Hin und her studierte sie. An gutem Willen fehlte es ihr nicht, an guten Absichten fehlte es ihr sicherlich nicht, nur war sie eben ein wenig wunderlich, hatte den Kopf nicht bei der Sache, und daher glückte es ihr nicht. Es ist nicht gut, wenn Köpfe nicht bei der Sache sind, und kurz und gut, zuletzt verleidete es der Frau, und sie ging mit gar nichts nach Hause.

«Was hast du Schönes und Gutes, Apartes und Feines, Vernünftiges und Gescheites zum Nachtessen eingekauft?» fragte der Mann, als er seine hübsche, nette, kleine Frau nach Hause kommen sah.

Sie erwiderte: «Gar nichts habe ich eingekauft.»

«Wie ist das zu verstehen?» fragte der Mann.

Sie sagte: «Hin und her studierte ich, kam aber zu keinem Entschluß, weil mir die Wahl zu schwer war. Auch war es schon spät, und die Zeit war knapp. An gutem Willen wie an den allerbesten Absichten fehlte es mir nicht, aber ich war mit dem Kopf nicht recht bei der Sache. Glaube mir, lieber Mann, es ist recht schlimm, wenn Köpfe nicht bei der Sache sind. Es scheint, daß ich nur eben ein wenig wunderlich war, und daher glückte es mir nicht. In die Stadt ging ich, und etwas recht Schönes und Gutes für mich und dich einkaufen wollte ich, an gutem Willen fehlte es mir nicht, hin und her studierte ich, aber die Wahl war schwer und der Kopf war nicht bei der Sache, und daher gelang es mir nicht, und daher kaufte ich gar nichts ein. Wir begnügen uns heute einmal mit gar nichts, nicht wahr. Gar nichts ist am raschesten zubereitet und macht jedenfalls keine Magenbeschwerden. Solltest du mir deswegen böse sein? Ich kann das nicht glauben.»

So aßen sie denn ausnahmsweise oder abwechslungsweise einmal gar nichts zu Nacht, und der gute brave Mann war auch keineswegs böse, dazu war er zu ritterlich, zu manierlich und zu artig. Ein verdrießliches Gesicht würde er niemals gewagt haben zu machen, dazu war er viel zu gut erzogen. Ein braver Ehemann tut so etwas nicht. So aßen sie denn gar nichts und waren beide sehr zufrieden, denn es mundete ihnen ausnahmsweise ausgezeichnet. Die Idee seiner Frau, einmal mit gar nichts vorlieb zu nehmen, fand der brave Gatte ganz reizend, und indem er überzeugt zu sein behauptete, daß sie einen entzückenden Einfall gehabt habe, heuchelte er die größte Freude, womit er freilich verschwieg, wie sehr ihm ein nahrhaftes, rechtschaffenes Nachtessen, wie z. B. ein tüchtiger, tapferer Apfelbrei willkommen gewesen wäre.

Noch manches andere würde ihm wahrscheinlich besser geschmeckt haben als gar nichts.

SO! DICH HAB ICH

Einer, der seinen Augen nicht traute, schaute eine Zimmertüre an, ob sie zu sei. Wohl war sie zu, und zwar ordentlich, daran war nicht zu zweifeln. Die Türe war ganz bestimmt zu, aber der seinen Augen nicht traute, glaubte es nicht, schnüffelte mit seiner Nase an der Türe herum, damit er rieche, ob sie zu sei oder nicht. Sie war wirklich und wahrhaftig zu. Ohne Frage war sie zu. Offen war sie auf keinen Fall. Sie war auf alle Fälle zu. Zweifellos war die Türe zu. Zweifel waren auf keinen Fall zu befürchten; der aber seinen Augen nicht traute, zweifelte stark, daß die Türe tatsächlich zu sei, obschon er deutlich sah, wie fest sie zu war. Sie war so fest zu, wie Türen fester überhaupt nicht zu sein können, aber der seinen Augen nicht traute, war noch lange nicht überzeugt davon. Heftig starrte er die Türe an, und fragte sich, ob sie zu sei. «Türe, sage mir, bist du zu?» fragte er, aber die Türe gab keine Antwort. Es war ja auch gar nicht nötig, daß sie antwortete, denn sie war zu. Die Türe war vollkommen in Ordnung, aber der seinen Augen nicht traute, traute der Türe nicht, glaubte nicht, daß sie in Ordnung sei, zweifelte in einem fort, daß sie ordentlich zu sei. «Bist du eigentlich zu oder bist du nicht zu?» fragte er wieder, aber die Türe gab begreiflicherweise von neuem keine Antwort. Kann man von einer Türe verlangen, daß sie Antwort gibt? Wiederum wurde die Türe mißtrauisch angeschaut, um herauszubekommen, ob sie wirklich zu sei. Endlich begriff er, daß sie zu sei, endlich war er überzeugt davon. Da lachte er laut, war ganz glücklich, daß er lachen konnte, und sagte zu der Türe: «So! Dich hab ich», und mit diesem schönen Wort war er zufrieden und ging an die tägliche Arbeit. Ist so einer nicht ein Narr? Freilich! aber er war eben einer, der an allem zweifelte.

Einmal schrieb er einen Brief. Nachdem er ihn fix und fertig, d. h. vollständig zu Ende geschrieben hatte, schaute er den Brief schief an, denn er traute wieder einmal seinen Augen nicht und glaubte noch lange nicht, daß er einen Brief geschrieben habe. Der Brief war aber fix und fertig geschrieben, daran war nicht zu zweifeln, aber der seinen Augen nicht traute, schnüffelte, wie bei der Türe, mit seiner Nase am Brief herum, war im höchsten Grad mißtrauisch und fragte sich, ob der Brief nun wirklich geschrieben sei oder nicht. Ohne Zweifel war er geschrieben, ganz bestimmt war er geschrieben, aber der seinen Augen nicht traute, war keineswegs überzeugt davon, roch vielmehr, wie gesagt, vorsichtig und sorgfältig am Brief herum und fragte, indem er laut rief: «Brief, sage mir, bist du geschrieben oder nicht?» Der Brief gab begreiflicherweise nicht die leiseste Antwort. Seit wann können Briefe Red und Antwort geben? Der Brief war vollkommen in Ordnung, fix und fertig, hübsch leserlich geschrieben war er Wort für Wort, Satz für Satz. Säuberlich und prächtig standen die Buchstaben, Punkte, Kommas, die Semikolon, die Frage- und Ausrufungszeichen und die zierlichen Anführungszeichen an ihrem Platz. Kein i-Tüpfchen fehlte an dem Prachtwerke; der aber das Meisterstück von Brief geschrieben hatte und leider seinen Augen nicht traute, war von allem dem keineswegs überzeugt, fragte vielmehr von neuem: «Bist du in Ordnung, Brief?» Der gab aber begreiflicherweise wieder keine Antwort. Dafür wurde er von neuem schief angeschaut und schräg betrachtet. Endlich wußte es der dumme Mensch, daß er wirklich und wahrhaftig den Brief geschrieben habe, lachte deswegen froh und laut, war glücklich wie ein kleines Kind, rieb sich voll Vergnügen die Hände, faltete den Brief zusammen, steckte ihn frohlockend in ein passendes Kuvert und sagte: «So! Dich hab ich», über welches schöne Wort er sich ungemein freute. Daraufhin ging er an die tägliche Arbeit. Ist so einer nicht ein Narr? Jawohl, aber er war eben einer, der an nichts glaubte, einer, der aus Sorgen, Qualen und Bedenken nicht herauskam, einer, der, wie gesagt, an allem zweifelte.

Ein anderes Mal wollte er ein Glas Rotwein trinken, das vor ihm stand, aber er wagte es nicht, weil er wieder seinen Augen nicht traute. An dem Glas Wein war nicht zu zweifeln. Zweifellos stand das Glas Wein in jeder Beziehung da, und die Frage, ob es dastehe oder ob es nicht dastehe, war durchaus lächerlich und albern. Jeder Durchschnittsmensch würde das Glas Wein augenblicklich begriffen haben, er aber, der seinen Augen nicht traute, begriff es nicht, glaubte es nicht, schaute das Glas Wein eine gute halbe Stunde lang an, schnüffelte mit seiner Narrennase einen Meter lang daran herum wie bei dem Brief, und fragte: «Glas Wein, sage mir, stehst du eigentlich da, oder stehst du eigentlich nicht da?» Die Frage war überflüssig, denn das Glas Wein stand ja da, das war Tatsache. Eine Antwort auf die dumme Frage gab es natürlich nicht. Ein Glas Wein gibt keine Antwort, es steht einfach da und will getrunken sein, das ist besser als alles Reden und Antwort geben. Mißtrauisch wurde unser gutes Glas Wein von allen Seiten mit der Nase beschnüffelt, wie vorher der Brief, und mit den Augen angestarrt, wie früher die Türe. «Stehst du im Grunde da, oder stehst du nicht da?» wurde neuerdings gefragt, und neuerdings wurde keine Antwort abgestattet. «So trink's doch, so kost es doch, so laß es dir doch schmecken, dann hast du's erfühlt und erlebt und seine Existenz wird dir nicht mehr zweifelhaft sein», hätte man ihm zurufen mögen, der seinen Augen nicht traute, der das Glas Wein mißtrauisch anschaute, statt es an die Lippen zu setzen. Noch lange war er nicht davon überzeugt. Noch viele zarte und lange Umstände machte er, endlich aber schien er es begriffen zu haben, endlich glaubte er, daß tatsächlich ein Glas Wein vor seiner Nase stehe. «So! Dich hab ich», sagte er, lachte laut wie ein Kind, rieb sich wieder vor Vergnügen die Hände, schnalzte mit der Zunge, gab sich vor lauter närrischer und diebischer Freude einen tüchtigen Schlag auf den Kopf, nahm das Glas Wein behutsam in die Hand und trank es aus, war damit zufrieden und ging daraufhin an seine tägliche Arbeit. Ist so einer nicht ein Erznarr? Gewiß, aber er war eben einer, der seinen Ohren und Augen nicht traute, einer, der vor lauter zarten und überzarten Bedenken keine ruhige Minute hatte, einer, der unglücklich war, wenn nicht alles bis aufs genaueste paßte und klappte, ein Ordnungs- und Pünktlichkeitsnarr, ein Exaktigkeits- und Genauigkeitsnarr, einer, den man in die hohe Schule «Sorglosigkeit» hätte schicken und jagen sollen, einer, der in Gottes Namen, wie gesagt, an allem zweifelte.

DAS ENDE DER WELT

Ein Kind, das weder Vater und Mutter, noch Bruder und Schwester hatte, niemandem angehörte und nirgends zu Hause war, kam auf den Einfall, fortzulaufen, bis es an das Ende der Welt käme. Mitzunehmen brauchte es nicht viel, einzupacken auch nicht, denn es besaß keinerlei Habseligkeiten. Wie es stand, ging es fort, die Sonne schien, aber das arme Kind achtete nicht auf den Sonnenschein. Fort und fort lief es, an vielen Erscheinungen vorbei, aber es achtete auf keine Erscheinungen. Fort und fort lief es, an vielen Leuten vorbei, aber es achtete auf keinen Menschen. Fort und fort lief es, bis es Nacht wurde, aber das Kind achtete nicht auf die Nacht. Es kümmerte sich um den Tag nicht, und um die Nacht nicht, um die Gegenstände nicht und um die Leute nicht, um die Sonne nicht und um den Mond nicht und ebenso wenig um die Sterne. Weiter und weiter lief es, hatte nicht Angst und nicht Hunger, hatte immer nur den einen Einfall, die eine Idee, nämlich die Idee, das Ende der Welt zu suchen und so lange zu laufen, bis es dasselbe gefunden haben würde. Es würde es am Ende schon finden, dachte es. «Ganz hinten, ganz zu hinterst ist es», dachte es. «Ganz zuletzt ist es», dachte es. Hatte wohl das Kind mit seiner Meinung recht? Wartet nur ein wenig. War das Kind von Sinnen? Ei, so wartet doch nur ein wenig, es wird sich schon zeigen. Fort und fort lief das Kind, es dachte sich das Ende der Welt zuerst als eine hohe Mauer, dann als einen tiefen Abgrund, dann als eine schöne grüne Wiese, dann als einen See, dann als ein Tuch mit Tüpfelchen, dann als einen dicken breiten Brei, dann als bloße reine Luft, dann als eine weiße saubere Ebene, dann als Wonnemeer, worin es immerfort schaukeln könne, dann als einen bräunlichen Weg, dann als gar nichts oder als was es leider Gottes selber nicht recht wußte.

Fort und fort lief es. Unerreichbar schien das Ende der Welt zu sein. Sechzehn Jahre lang irrte das Kind herum, über Meere, Ebenen und Berge. Groß und stark war es inzwischen schon geworden, und immer noch hing es treu an dem Einfall, so lange zu laufen, bis es ans Ende der Welt käme, aber immer noch war es nicht ans Ende der Welt gekommen, schien vom Weltenende noch immer weit weg zu sein. «Ist das aber unabsehbar!» meinte es. Da fragte es einen Bauer, der am Weg stand, ob er wisse, wo das Ende der Welt liege. «Ende der Welt» hieß ein Bauernhaus in der Nähe, und daher sagte der Bauer: «Noch eine halbe Stunde weit liegt es.» Das ließ sich das Kind gesagt sein, dankte dem Manne für die gute Auskunft und ging weiter. Als ihm aber die halbe Stunde schier ewig lang wurde, fragte es einen Burschen, der des Weges daherkam, wie weit es noch bis zum Ende der Welt sei. «Noch zehn Minuten», sagte der Bursche. Das Kind dankte ihm für die gute Auskunft und ging weiter. Fast am Ende seiner Kräfte war es angelangt, und nur noch mühsam bewegte es sich vorwärts.

Endlich erblickte es mitten in einer behaglichen fetten Wiese ein schönes großes Bauernhaus, eine wahre Pracht von einem Haus, so warm, ungezwungen und freundlich, so stolz, hübsch und ehrbar. Rund herum standen prächtige Obstbäume, Hühner spazierten ums Haus herum, ein leiser Wind wehte durch das Korn, der Garten war voll Gemüse, am Abhang stand ein Bienenhäuschen, das ordentlich nach Honig schmeckte, ein Stall voll Kühe war wohl auch vorhanden, und alle Bäume waren voll Kirschen, Birnen, Äpfel, und das Ganze sah so wohlhabend, fein und frei aus, daß das Kind sogleich dachte, das müsse das Ende der Welt sein. Groß war seine Freude. Im Hause wurde scheinbar gerade gekocht, denn ein zarter, artiger Rauch räuchelte und lächelte zum Kamin heraus, und stahl sich wie ein Schelm fort. Matt und bänglich vor Erschöpfung fragte das Kind: «Bin ich hier am Ende der Welt?» Die Bauersfrau sagte: «Ja, gutes Kind, das bist du.»

«Ich danke Euch für die freundliche Auskunft», sagte es und fiel vor Müdigkeit um; potz Blitz! aber es wurde rasch aufgehoben und von guter Menschenhand in ein Bett gelegt. Als es wieder zu sich kam, lag es zu seinem Erstaunen im allernettesten Bettchen und wohnte bei lieben guten Menschen. «Darf ich hier bleiben? Ich will tüchtig dienen», fragte es. Die Leute sagten ihm: «Weshalb solltest du das nicht dürfen? Wir haben dich gerne. Bleib nur hier bei uns, und diene tüchtig. Wir können eine schaffige Magd wohl brauchen, und wenn du brav bist, so wollen wir dich halten wie unsere Tochter.» Das ließ sich das Kind nicht zweimal sagen. Es fing an fleißig zu werken und wacker zu dienen, und bald hatten es darum alle gern, und das Kind lief nun nicht mehr fort, denn es war wie zu Hause.

LAMPE, PAPIER UND HANDSCHUHE

Lampe ist ohne Zweifel ein sehr nützlicher und netter Gegenstand. Man verzeichnet Steh- sowohl als Hänge-, und Spiritus- sowohl wie Petroleumlampen. Wo von Lampen die Rede ist, muß man unwillkürlich an Lampenschirme denken, d. h. man muß durchaus nicht. Es ist nicht wahr, daß man muß. Es zwingt uns niemand dazu. Hoffentlich darf jeder denken, was er will, aber Tatsache scheint immerhin zu sein, daß Lampe und Lampenschirm einander auf das beste ergänzen. Ein Lampenschirm ohne Lampe wäre unnütz und sinnlos, und eine Lampe ohne Schirm würde uns unschön und unvollkommen vorkommen. Lampe ist dazu da, daß sie Licht spendet. Eine unangezündete Lampe macht uns keinen sonderlich tiefen Eindruck. Solange sie nicht brennt, fehlt ihr sozusagen ihr eigenstes Wesen. Erst wenn sie brennt, tritt ihr Wert klar zum Vorschein, und der Sinn, den sie besitzt, strahlt und leuchtet alsdann überaus überzeugend. Unsere Pflicht ist es, der Lampe unsere Anerkennung und unsern Beifall zu zollen, denn was fingen wir in finsterer Nacht ohne Lampenlicht an? Beim milden Lampenschein können wir lesen oder schreiben, je nachdem es uns paßt, und da wir von Lesen und Schreiben reden, so denken wir, ob wir wollen oder nicht, an ein Buch oder an einen Brief. Bücher und Briefe aber mahnen uns ihrerseits wieder an etwas Neues, nämlich an Papier.

Papier wird bekanntlich aus Holz hergestellt und dient von sich aus wieder zur Herstellung von Büchern, die einesteils entweder spärlich oder gar nicht, andernteils aber nicht nur gelesen, sondern von jedermann förmlich verschlungen werden. Papier ist so nützlich, daß man sich getrieben und gedrungen fühlen muß, zu sagen: es besitzt für den fortgeschrittenen Menschen eine geradezu phänomenale Bedeutung. Man irrt sich wohl kaum sehr, wenn man behauptet, daß ohne Papier überhaupt keine menschliche Zivilisation möglich wäre. Was wollte der scheinbar doch wohl hoffentlich wertvollere Teil der Menschheit anfangen, wenn plötzlich kein Papier mehr aufgetrieben und verfügbar gemacht werden könnte? Die Existenz nicht nur vieler, sondern einer erdrückenden Mehrzahl von Menschen hängt ohne Zweifel mit der Existenz von Papier mit einer Innigkeit zusammen, die uns erschreckt, weil wir uns bei einigermaßen schärferem Nachdenken von gewissen sehr leicht begreiflichen Besorgnissen schwerlich zu befreien vermögen. Allgemein gesprochen gibt es dickes und dünnes, glattes und rauhes, grobes und feines, billiges und teures Papier, und es ragen mit des gütigen Lesers Erlaubnis an verschiedenen Papiersorten- und Arten hervor: Schreibpapier, Glaspapier, Rostpapier, Postpapier, Packpapier, Zeichenpapier, Zeitungspapier und Seidenpapier. Des Verfassers Eltern waren Inhaber eines netten feinen Papierladens, deshalb wohl vermag er wie am Schnürchen gezogen die diversen Papiere aufzuzählen. Könnte übrigens nicht zu irgendeiner beliebigen Stunde auf einen schmalen Streifen Papier, den wir vielleicht im verstaubten Winkel einer Schriftstellerschublade verborgen liegen gesehen haben, die Geschichte geschrieben worden sein, die ungefähr folgendermaßen lautet:

EINER, DER NICHTS MERKTE

Vor kurzer oder langer Zeit lebte einer, der nichts merkte. Auf nichts achtete er, alles war ihm sozusagen schnuppe. Hatte er etwa den Kopf voll wichtiger Gedanken? Mitnichten! Ganz gedankenlos und leer war er. Einmal verlor er sein ganzes Vermögen, aber er spürte es nicht, merkte es nicht. Es tat ihm auch gar nicht weh, denn wer nichts merkt, dem tut auch nichts weh. Wenn er seinen Schirm irgendwo liegenließ, merkte er es erst, wenn es regnete und er naß wurde. Vergaß er seinen Hut, so merkte er es erst, wenn ihm jemand sagte: «Wo haben Sie Ihren Hut, Herr Binggeli?» Er hieß Binggeli, aber er war nicht schuld, daß er so hieß. Er würde ebensogern etwa Liechti geheißen haben. Einmal fielen ihm die Schuhsohlen ab, er merkte es nicht, lief barfuß herum, bis ihn jemand auf die hervorragende Eigentümlichkeit aufmerksam machte. Man lachte ihn allenthalben aus, aber er merkte nichts davon. Seine Frau ging mit wem sie Lust hatte. Binggeli merkte nichts davon. Er ließ immer seinen Kopf hängen, ohne jedoch zu studieren. Man konnte ihm den Ring vom Finger, das Essen vom Teller, den Hut vom Kopf, Hosen und Stiefel von den Beinen, den Rock vom Leib, den Fußboden von den Füßen, die Zigarre von den Lippen, seine eigenen Kinder vor den Augen, und den Stuhl, auf dem er saß, wegstehlen, ohne daß er etwas merkte. Wie er eines schönen Tages so seines Weges ging, fiel ihm der Kopf ab. Der mußte wohl nicht fest genug auf seinem Halse gesessen sein, daß er so mir nichts, dir nichts herunterfallen konnte. Binggeli merkte nicht, daß er keinen Kopf mehr hatte; kopflos ging er weiter, bis ihm jemand sagte: «Ihnen fehlt ja der Kopf, Herr Binggeli.» Aber Herr Binggeli konnte nicht hören, was ihm der andere sagte, denn da der Kopf abgefallen war, hatte er auch keine Ohren mehr. Da fühlte nun Herr Binggeli rein gar nichts mehr, roch, schmeckte, hörte, sah nichts und merkte nichts. Glaubst du das? Wenn du's recht hübsch glaubst, bekommst du zwanzig Rappen, damit kannst du dir etwas Schönes kaufen, nicht wahr.

Über dem Märchenerzählen darf ich aber ein Paar Handschuhe nicht vergessen, die ich vornehm und müde an einem Tischrand herabhängen sehe. Wer mag die schöne edle Frau sein, die sie hier so nachlässig liegenließ? Es sind sehr feine, fast armlange, hellgelbe Handschuhe. Solche schönen Handschuhe reden eindringlich von ihrer Besitzerin, und die Sprache ist zart und liebenswürdig wie der Lebenswandel von schönen und guten Frauen. Wie schön die Handschuhe da herabhängen! Sie duften wohl! und es möchte mich fast reizen, sie an das Gesicht zu drücken, was freilich vielleicht ein wenig dumm wäre. Aber wie gern begeht man mitunter eine Dummheit.

NIEMAND

Es war einmal einer, der hieß Niemand. Er gehörte zur Langfingerzunft, hatte ein lebhaftes Bedürfnis, in anderer Leute Finanzsachen Ordnung zu bringen und war im Mausen ein unzweideutiger Meister. Man kann sagen, daß er das Stehlen aus dem Fundament verstand, und daß Aufräumen seine Lieblingsbeschäftigung war. Seine Haupttugend bestand darin, daß er sich zu mitternächtlichen Besuchen bei reichen Leuten ungewöhnlich gut eignete. Er interessierte sich nur fast ein wenig zu stark für Menschen, die unter schwerem Einkommen seufzten. Seine beständige vornehme Sorge war die, daß er dachte, wie er am besten schwerreiche Leute erleichtern könnte. Er nahm also mit Vorliebe Sorgen ab, trug Lasten fort und sorgte für Erleichterung. Gleichmäßige Verteilung schien sein Ideal zu sein. Es lebte da ein gewisser Herr Liebundgut, dem stattete Niemand einen sehr höflichen und erfolgreichen Besuch ab, indem er ihm Sorgen und schwere Lasten abnahm, damit Herr Liebundgut erleichtert aufatmen solle, aber Herr Liebundgut verstand keinen Spaß, er wußte, wer der Dieb war, ging zur Polizei, um schleunige Anzeige zu machen. «Gestern nacht», sagte er, «ist bei mir eingebrochen worden. Niemand ist es, ich weiß es.» – «Nun», sagte man ihm, «wenn es niemand ist, so können wir Ihnen nicht helfen. Weshalb kommen Sie zu uns, wenn niemand bei Ihnen eingebrochen hat?» – Und Herr Liebundgut, der sich wesentlich erleichtert fühlte, dem allerlei große finanzielle Sorgen abgenommen worden waren, mußte wieder abziehen. «Niemand ist bei mir gewesen. Niemand hat mich bestohlen. Niemand hat es getan, ich weiß es ganz genau», sagte er in einem fort, aber das Gerede nützte ihm nichts. Da er selber sagte, daß niemand ihn bestohlen habe, so wird es wohl auch so gewesen sein, und die Sache war in Ordnung. Herr Liebundgut ärgerte sich gewaltig, mußte sich aber schließlich zufrieden geben. Der Dieb lachte sich ins Fäustchen, wurde aber doch bei Gelegenheit sozusagen beim Kragen genommen und hinter Schloß und Riegel gesetzt, und da verging ihm das Lachen.

SCHNEIEN

Es schneit, schneit, was vom Himmel herunter mag, und es mag Erkleckliches herunter. Das hört nicht auf, hat nicht Anfang und nicht Ende. Einen Himmel gibt es nicht mehr, alles ist ein graues weißes Schneien. Eine Luft gibt es auch nicht mehr, sie ist voll Schnee. Eine Erde gibt es auch nicht mehr, sie ist mit Schnee und wieder mit Schnee zugedeckt. Dächer, Straßen, Bäume sind eingeschneit. Auf alles schneit es herab, und das ist begreiflich, denn wenn es schneit, schneit es begreiflicherweise auf alles herab, ohne Ausnahme. Alles muß den Schnee tragen, feste Gegenstände wie Gegenstände, die sich bewegen, wie z. B. Wagen, Mobilien wie Immobilien, Liegenschaften wie Transportables, Blöcke, Pflöcke und Pfähle wie gehende Menschen. Kein Fleckchen existiert, das vom Schnee unberührt bleibt, außer was in Häusern, in Tunneln oder in Höhlen liegt. Ganze Wälder, Felder, Berge, Städte, Dörfer, Ländereien werden eingeschneit. Auf ganze Staatswesen, Staatshaushaltungen schneit es herab. Nur Seen und Flüsse sind uneinschneibar. Seen sind unmöglich einzuschneien, weil das Wasser allen

Schnee einfach ein- und aufschluckt, aber dafür sind Gerümpel, Abfällsel, Hudeln, Lumpen, Steine und Geröll sehr veranlagt, eingeschneit zu werden. Hunde, Katzen, Tauben, Spatzen, Kühe und Pferde sind mit Schnee bedeckt, ebenso Hüte, Mäntel, Röcke, Hosen, Schuhe und Nasen. Auf das Haar von hübschen Frauen schneit es ungeniert herab, ebenso auf Gesichter, Hände und auf die Augenwimpern von zur Schule gehenden zarten kleinen Kindern. Alles, was steht, geht, kriecht, läuft und springt, wird sauber eingeschneit. Hecken werden mit weißen Böllerchen geschmückt, farbige Plakate werden weiß zugedeckt, was da und dort vielleicht gar nicht schade ist. Reklamen werden unschädlich und unsichtbar gemacht, worüber sich die Urheber vergeblich beklagen. Weiße Wege gibt's, weiße Mauern, weiße Äste, weiße Stangen, weiße Gartengitter, weiße Äcker, weiße Hügel und weiß Gott was sonst noch alles. Fleißig und emsig fährt es fort mit Schneien, will, scheint es, gar nicht wieder aufhören. Alle Farben, rot, grün, braun und blau, sind vom Weiß eingedeckt. Wohin man schaut, ist alles schneeweiß; wohin du blickst, ist alles schneeweiß. Und still ist es, warm ist es, weich ist es, sauber ist es. Sich im Schnee schmutzig zu machen, dürfte sicher ziemlich schwer, wenn nicht überhaupt unmöglich sein. Alle Tannenäste sind voll Schnee, beugen sich unter der dicken weißen Last tief zur Erde herab, versperren den Weg. Den Weg? Als wenn es noch einen Weg gäbe! Man geht so, und indem man geht, hofft man, daß man auf dem rechten Weg sei. Und still ist es. Das Schneien hat alles Geräusch, allen Lärm, alle Töne und Schälle eingeschneit. Man hört nur die Stille, die Lautlosigkeit, und die tönt wahrhaftig nicht laut. Und warm ist es in all dem dichten weichen

Schnee, so warm wie in einem heimeligen Wohnzimmer, wo friedfertige Menschen zu irgendeinem feinen lieben Vergnügen versammelt sind. Und rund ist es, alles ist rundherum wie abgerundet, abgeglättet. Schärfen, Ecken und Spitzen sind zugeschneit. Was kantig und spitzig war, besitzt jetzt eine weiße Kappe und ist somit abgerundet. Alles Harte, Grobe, Holperige ist mit Gefälligkeit, freundlicher Verbindlichkeit, mit Schnee, zugedeckt. Wo du gehst, trittst du nur auf Weiches, Weißes, und was du anrührst, ist sanft, naß und weich. Verschleiert, ausgeglichen, abgeschwächt ist alles. Wo ein Vielerlei und Mancherlei war, ist nur noch eines, nämlich Schnee; und wo Gegensätze waren, ist ein Einziges und Einiges, nämlich Schnee. Wie süß, wie friedlich sind alle mannigfaltigen Erscheinungen, Gestalten miteinander zu einem einzigen Gesicht, zu einem einzigen sinnenden Ganzen verbunden. Ein einziges Gebilde herrscht. Was stark hervortrat, ist gedämpft, und was sich aus der Gemeinsamkeit emporhob, dient im schönsten Sinne dem schönen, guten, erhabenen Gesamten. Aber ich habe noch nicht alles gesagt. Warte noch ein wenig. Gleich, gleich bin ich fertig. Es fällt mir nämlich ein, daß ein Held, der sich tapfer gegen eine Übermacht wehrte, nichts von Gefangengabe wissen wollte, seine Pflicht als Krieger bis zu allerletzt erfüllte, im Schnee könnte gefallen sein. Von fleißigem Schneien wurde das Gesicht, die Hand, der arme Leib mit der blutigen Wunde, die edle Standhaftigkeit, der männliche Entschluß, die brave tapfere Seele zugedeckt. Irgendwer kann über das Grab hinwegtreten, ohne daß er etwas merkt, aber ihm, der unterm Schnee liegt, ist es wohl, er hat Ruhe, er hat Frieden, und er ist daheim. – Seine Frau steht zu Hause am Fenster und sieht das Schneien und denkt dabei: «Wo mag er sein, und wie mag es ihm gehen? Sicher geht es ihm gut.» Plötzlich sieht sie ihn, sie hat eine Erscheinung. Sie geht vom Fenster weg, sitzt nieder und weint.

HELBLING

Helbling arbeitete als fleißiger Angestellter auf einer Bank, die Bank lasse ich stehen, aber das «fleißig» muß ich ausstreichen. Schönen guten Morgen mit deinem «fleißig»! Nein, Helbling war keineswegs fleißig, vielmehr war er träge wie die Sünde. Jung und hübsch war er, nett und artig war er, alles mögliche war er, aber nur nicht fleißig war er, und punkto Pünktlichkeit stand es böse bei ihm. Spätes Aufstehen war sein Hauptfehler. Schade um ihn, er wäre sonst ein ganz brauchbarer junger guter braver Mensch gewesen. Pünktlich zur Arbeit anzutreten schien ihm ein Ding der Unmöglichkeit zu sein. Auch schon munter, Helbling? Besten Dank für das Wörtchen munter. Nein, Helbling war am frühen Morgen nie munter. Um acht Uhr sollte er pünktlich bei der Arbeit sein, aber er kam immer erst acht Uhr zehn, acht Uhr fünfzehn oder acht Uhr zwanzig im Bureau an. Mitunter war es auch schon halb neun Uhr, wenn Herr Helbling aufzutauchen und anzulangen geruhte. Im Bett war Helbling der glücklichste, bei der täglichen Arbeit jedoch der unglücklichste Mensch der Welt, und im späten Eintreffen war er ein Meister. Verspätungen jeglichen Umfanges brachte er spielend zustande. «Das geht so nicht weiter, ich kann es nicht dulden», sagte Herr Hasler, der Abteilungschef, aber alles Ermahnen nützte bei dem unverbesserlichen Faulpelz nicht das geringste. «Der Schlendrian muß aufhören, das hat keine Art mehr», sprach Herr Hasler etwa wieder, aber du liebe Zeit, die Wirkung derartiger Worte auf den Tunichtgut war gleich Null. Immer hatte Helbling irgendeine faule Ausflucht flink bei der Hand, wenn er sich verspätete. Bald war dieses, bald war jenes schuld an der Verspätung. Bald war der Schnee schuld, bald war der Hut schuld, bald war der Regen schuld, bald waren die Schuhe schuld. Unerhört sei das, meinte wieder Herr Hasler, aber das Wort machte wenig Eindruck auf den jugendlichen Sünder.

«Bleib im Bett! Wozu schon aufstehen!» piepste ein Spatz, als Helbling eines Morgens aufstehen wollte. «Du scheinst nicht der Dümmste zu sein», dachte der Faulenzer und blieb liegen. Auf Haslers Frage, weshalb er sich verspätet habe, gab er dreist zur Antwort: «Ein Spatz, der mir nicht der Dümmste zu sein schien, piepste mir zu, ich solle doch nicht schon aufstehen wollen. Daraufhin blieb ich liegen und es ergab sich infolgedessen eine auffallende Verspätung.»

«Faule Ausrede», sagte Herr Hasler.

«Bleib im Bett, du wirst doch nicht schon aufstehen wollen», raschelte eine Maus, als Helbling wieder einmal sozusagen auf dem Sprung war, aus den Federn herauszuspringen. «Du sprichst nicht übel», dachte der Trägling, drehte sich herum und blieb liegen. Als Hasler ihn fragte, weshalb er so verblüffend spät anlange, antwortete er: «Eine Maus raschelte mir zu, ich solle kein törichter Mensch sein. Das Wort nahm ich mir zu Herzen, und hieraus entstand leider Gottes eine allerdings recht stattliche Verspätung, die ich tief bedaure.»

«Faule Ausrede», murmelte Herr Hasler.

«Bleib im Bett, du wirst es dir doch noch eine kleine Weile unter der Wolldecke wohl sein lassen wollen», girrte ein Täubchen, als Helbling wieder einmal frühmorgens einsah, daß es zum Aufstehen höchste Zeit sei. «Du gibst mir einen guten Rat», dachte der bequeme Herr, ließ es sich wohl sein und blieb liegen. Auf Haslers Frage, weshalb er sich neuerdings verspätet habe, sagte er: «Ein Täubchen ist schuld, es lachte mich aus, weil ich Miene machte, aufzustehen. Ei, ei, girrte es, und so blieb ich liegen, bis ich plötzlich zur Einsicht kam, daß eine gehörige Verspätung unvermeidlich sei.»

«Faule Ausrede», brummte wieder Herr Hasler. Mehr sagte er nicht, dachte sich aber dafür um so mehr.

«Bleib im Bett! Das ist gescheiter als aufstehen. Bedenke, wie hübsch es ist, noch ein wenig auszufaulenzen. Zur Arbeit langst du jederzeit noch früh genug an. Nur nicht allzu eifrig sein. Großer Eifer schadet ja bekanntlich manchmal bloß. Mit der Gewissenhaftigkeit kann man es leicht übertreiben. Pflichttreue ist in vielen Fällen nur ein Esel.» So summte und surrte unserem Helbling eine Fliege um die Nase, als er wieder einmal recht eilig aufstehen und zur Pflicht rennen wollte. «Du scheinst mir witzbegabt, aufgeweckt und weitblickend zu sein. Was du sagst, hat Faden, potztausend! Und ich wäre ein Narr, wenn ich mich mit deiner Anschauungsweise und mit der Art, wie du die Dinge beurteilst, nicht sogleich einverstanden erklärte. Du redest ja wie ein Gelehrter, liebe Fliege», dachte er und blieb liegen. Auf die Frage Meister Haslers, weshalb er eigentlich immer Verspätungen eintreten lasse, die ebenso bemerkenswert wie anschaulich, ebenso glänzend wie im Grunde jedoch außerordentlich bedauerlich seien, erwiderte er: «Eine Fliege . . .» und wollte lang und breit wiederholen, was ihm dieselbe vorgesurrt hatte, aber Herr Hasler schnitt ihm den Redefaden kurzerhand ab, indem er «Faule Ausrede» sagte. Mehr sagte er nicht, dachte sich jedoch dafür desto mehr.

«Was? Schon aufstehen willst du? Warum nicht gar! Bleibe lieber im Bett; rechtzeitig aufstehen ist lächerlich, absurd! Zu befürchten hast du nichts, Herr Hasler ist ja ein gar geduldiger, scharmanter Mann», trällerte ihm eine Amsel ins Ohr, als er sich wieder einmal beeilen wollte. «Gut gesagt, ungemein gut gesprochen», dachte der Spätaufsteher und blieb liegen, und wieder gab es eine wahrhaft prächtige Verspätung, wegen der er neuerdings getadelt wurde, was aber gar nichts schadete, weil ja, wie die Amsel geträllert hatte, Herr Hasler ein gar geduldiger Mensch war.

«Faule Ausrede», sprach Herr Hasler nur wieder, als Helbling mit faulen Ausflüchten erstaunlich flink daherkam.

Langmut und Geduld nehmen aber schließlich ein Ende. Güte und Nachsicht haben ihre Grenzen. Als immer schönere und reichere Verspätungen zustande kamen, hatte es endlich Herr Hasler satt, und eines schönen Tages, im Winter oder im Sommer, es kommt nicht so genau darauf an, wurde Helbling zu verstehen gegeben, daß er gehen könne, womit gemeint war, daß er entlassen sei. Indem man ihm zart andeutete, daß man seiner von nun an nicht mehr bedürfe, wurde er gewissermaßen aufgefordert, sich völlig frei und unabhängig zu fühlen, und indem man ihn freundlich bat, auf den Posten, den er bis dahin bekleidet hatte, gefällig verzichten und sich behufs passender Beschäftigung anderweitig umschauen zu wollen, dankte man ihm für die geleisteten vorzüglichen Dienste sowohl wie für die vielen zustande gebrachten wertvollen Verspätungen herzlich.

Mit etwas weniger gewundenen und verschleierten Worten: Helbling wurde mit Schand und Spott oder mit Spott und Schand (falls letzteres vorteilhafter klingen sollte) fortgeschickt und weggejagt, und von da an langte kein Helbling mehr zu spät zur Arbeit an, es kam zu keinen faulen Ausreden und flinken Ausflüchten mehr, kein Hasler brauchte sich mehr über Verspätungen zu ärgern, denn es tauchte kein Spätling mehr mit verschlafenem Gesicht auf. Helbling durfte jetzt so lange liegen bleiben als es ihm behagte, es kümmerte sich niemand mehr darum und kein Hahn krähte mehr danach.

FRÄULEIN KNUCHEL

Schönes Haar, schöne Augen, zarte Hände, hübsche kleine Füße, nette Figur und feine weiße Haut hatte Fräulein Knuchel, aber noch keinen Mann hatte Fräulein Knuchel. Wie kam es, daß Fräulein Knuchel keinen Mann bekam? Das kam daher, weil sie dachte, wer sie zur Frau begehre, sei ein Waschlappen. Das kam daher, weil sie große Ansprüche machte. Das kam daher, weil sie gern spottete und lachte. Das kam daher, weil sie nur den Schönsten und Klügsten wollte. Ein schlichter, ehrlicher Mann war ein Lappi, und daher kam es, daß sie keinen Mann bekam. Nur den Schönsten und Klügsten wollte sie. Jeder andere war ein Lappi. Wer sie liebte, den schaute sie über die Achsel an, der war ein Löli. War Fräulein Knuchel stolz und hochmütig? Ja, das war sie, und weil sie das war, bekam sie keinen Mann, denn ein vernünftiger

Mann will kein Löli sein. Sie sagte gerne: «Ich würde ja einen Mann doch nur unglücklich machen», und kam sich mit solchen dreisten Worten im Mund wunder wie interessant vor, aber weil sie das sagte, bekam sie keinen Mann, denn kein vernünftiger Mann rennt gern ins Unglück. Einmal machte ihr scheinbar einer einen warmen, ehrbaren Antrag. Sie sprach: «Ihr wäret ein armer Teufel, wenn Ihr mich nähmet.» Er erwiderte: «Ein armer Teufel will ich nicht sein», ging fort und ließ Fräulein Knuchel sitzen. Fräulein Knuchel wollte wohl einen Mann, aber sie wollte nur den Klügsten. Jeder andere war ein einfältiger Trappi. Wer es gut mit ihr meinte, war ein Schlappi. Herrschsüchtig war Fräulein Knuchel. Den Schönsten und Klügsten begehrte sie zum Mann, der hatte ihr aber trotzdem in allem zu gehorchen, aber ein schöner und kluger Mann gehorcht nicht gern, ein tapferer und gewandter Mann will kein Pudel sein, das hätte Fräulein Knuchel bedenken sollen, aber sie dachte leider nicht daran. Sie dachte, wenn sie spotte, sei sie interessant, und wenn sie abstoße, wunder wie anziehend, aber sie irrte sich, und weil sie sich irrte, bekam sie keinen Mann. Schönes Haar, schöne Augen, zarte Hände, hübsche kleine Füße, nette Figur und feine weiße Haut hatte sie, aber keinen Mann hatte sie. Wie kam das? Der Tausend! Das haben wir gesagt, wir brauchen es nicht noch einmal zu sagen. Sparsam war sie und Fertigkeit im Flicken hatte sie, daneben aber machte sie ja einen Mann doch nur unglücklich, wie sie selber sagte. Was nützten einem Mann die Sparsamkeit und die Geschwindigkeit im Flicken, wenn er dabei doch nur unglücklich sein sollte? Was nützten ihm schönes Haar, schöne Augen, zarte Hände, hübsche kleine Füße, nette Figur und feine weiße Haut, wenn ihn Fräulein Knuchel, wie sie selber sagte, doch nur unglücklich machte? Wenn ich unglücklich sein soll, gebe ich alles schöne Haar, alle schönen Augen, alle zarten Hände, alle hübschen, kleinen Füße, alle nette Figur, alle feine weiße Haut, alle Sparsamkeit und alle Behendigkeit im Flicken gerne preis, laufe fort und preise mich glücklich, daß ich weit von allen diesen schönen Dingen weg bin. Was nützt einem Mann das Interessante; ein kluger Mann pfeift aufs Interessante, und weil ein kluger Mann aufs Interessante pfeift, bekam Fräulein Knuchel keinen Mann, denn sie war interessant. – Nicht interessant soll eine sein, sondern rechtschaffen und bescheiden, artig und sittsam soll sie sein, dann bekommt sie sicher einen Mann, wenn auch vielleicht nicht gerade den Schönsten und Klügsten.

BASTA

Ich kam dann und dann zur Welt, wurde dort und dort erzogen, ging ordentlich zur Schule, bin das und das und heiße so und so und denke nicht viel. Geschlechteswegen bin ich ein Mann, staateswegen bin ich ein guter Bürger und rangeshalber gehöre ich zur besseren Gesellschaft. Ich bin ein säuberliches, stilles nettes Mitglied der menschlichen Gesellschaft, ein sogenannter guter Bürger, trinke gern mein Glas Bier in aller Vernunft und denke nicht viel. Auf der Hand liegt, daß ich mit Vorliebe gut esse, und ebenso liegt auf der Hand, daß mir Ideen fern liegen. Scharfes Denken liegt mir gänzlich fern; Ideen liegen mir vollständig fern, und deshalb bin ich ein guter Bürger, denn ein guter Bürger denkt nicht viel. Ein guter Bürger ißt sein Essen, und damit basta!

Den Kopf strenge ich nicht sonderlich an, ich überlasse das andern Leuten. Wer den Kopf anstrengt, macht sich verhaßt; wer viel denkt, gilt als ungemütlicher Mensch. Schon Julius Cäsar deutete mit dem dicken Finger auf den mageren hohläugigen Cassius, vor dem er sich fürchtete, weil er Ideen bei ihm vermutete. Ein guter Bürger darf nicht Furcht und Verdacht einflößen; vieles Denken ist nicht seine Sache. Wer viel denkt, macht sich unbeliebt, und es ist vollständig überflüssig, sich unbeliebt zu machen. Schnarchen und Schlafen ist besser als Dichten und Denken. Ich kam dann und dann zur Welt, ging dort und dort zur Schule, lese gelegentlich die und die Zeitung, treibe den und den Beruf, bin so und so alt, scheine ein guter Bürger zu sein und scheine gern gut zu essen. Den Kopf strenge ich nicht sonderlich an, da ich das andern Leuten überlasse. Vieles Kopfzerbrechen ist nicht meine Sache, denn wer viel denkt, dem tut der Kopf weh, und Kopfweh ist vollständig überflüssig. Schlafen und Schnarchen ist besser als Kopfzerbrechen, und ein Glas Bier in aller Vernunft ist weitaus besser als Dichten und Denken. Ideen liegen mir vollständig fern, und den Kopf will ich mir unter keinen Umständen zerbrechen, ich überlasse das leitenden Staatsmännern. Dafür bin ich ja ein guter Bürger, damit ich Ruhe habe, damit ich den Kopf nicht anzustrengen brauche, damit mir Ideen völlig fern liegen und damit ich mich vor zu vielem Denken ängstlich fürchten darf. Vor scharfem Denken habe ich Angst. Wenn ich scharf denke, wird es mir ganz blau und grün vor den Augen. Ich trinke lieber ein gutes Glas Bier und überlasse jedwedes scharfes Denken leitenden Staatslenkern. Staatsmänner können meinetwegen so scharf denken wie sie wollen und so lang, bis ihnen die Köpfe brechen. Mir wird immer ganz blau und grün vor den Augen, wenn ich den Kopf anstrenge, und das ist nicht gut, und deshalb strenge ich den Kopf so wenig wie möglich an und bleibe hübsch kopflos und gedankenlos. Wenn nur leitende Staatsmänner denken, bis es ihnen grün und blau vor den Augen wird und bis ihnen der Kopf zerspringt, so ist alles in Ordnung, und unsereins kann ruhig sein Glas Bier in aller Vernunft trinken, mit Vorliebe gut essen und nachts sanft schlafen und schnarchen, in der Annahme, daß Schnarchen und Schlafen besser seien als Kopfzerbrechen und besser als Dichten und Denken. Wer den Kopf anstrengt, macht sich nur verhaßt, und wer Absichten und Meinungen bekundet, gilt als ungemütlicher Mensch, aber ein guter Bürger soll kein ungemütlicher, sondern ein gemütlicher Mensch sein. Ich überlasse in aller Seelenruhe scharfes und kopfzerbrechendes Denken leitenden Staatsmännern, denn unsereins ist ja doch nur ein solides und unbedeutendes Mitglied der menschlichen Gesellschaft und ein sogenannter guter Bürger oder Spießbürger, der gern sein Glas Bier in aller Vernunft trinkt und gern sein möglichst gutes fettes nettes Essen ißt und damit basta!

Staatsmänner sollen denken, bis sie gestehen, daß es ihnen grün und blau vor den Augen ist und daß sie Kopfweh haben. Ein guter Bürger soll nie Kopfweh haben, vielmehr soll ihm immer sein gutes Glas Bier in aller gesunden Vernunft schmecken, und er soll des nachts sanft schnarchen und schlafen. Ich heiße so und so, kam dann und dann zur Welt, wurde dort und dort ordentlich und pflichtgemäß in die Schule gejagt, lese gelegentlich die und die Zeitung, bin von Beruf das und das, zähle so und so viele Jahre und verzichte darauf, viel und angestrengt zu denken, weil ich Kopfanstrengung und Kopfzerbrechen mit Vergnügen leitenden und lenkenden Köpfen überlasse, die sich verantwortlich fühlen. Unsereins fühlt weder hinten noch vorn Verantwortung, denn unsereins trinkt sein Glas Bier in aller Vernunft und denkt nicht viel, sondern überläßt dieses sehr eigenartige Vergnügen Köpfen, die die Verantwortung tragen. Ich ging da und da zur Schule, wo ich genötigt wurde, den Kopf anzustrengen, den ich seither nie mehr wieder einigermaßen angestrengt und in Anspruch genommen habe. Geboren bin ich dann und dann, trage den und den Namen, habe keine Verantwortung und bin keineswegs einzig in meiner Art. Glücklicherweise gibt es recht viele, die sich, wie ich, ihr Glas Bier in aller Vernunft schmecken lassen, die ebenso wenig denken und es ebenso wenig lieben, sich den Kopf zu zerbrechen wie ich, die das lieber andern Leuten, z. B. Staatsmännern, freudig überlassen. Scharfes Denken liegt mir stillem Mitglied der menschlichen Gesellschaft gänzlich fern und glücklicherweise nicht nur mir, sondern Legionen von solchen, die, wie ich, mit Vorliebe gut essen und nicht viel denken, so und so viele Jahre alt sind, dort und dort erzogen worden sind, säuberliche Mitglieder der menschlichen Gesellschaft sind wie ich, und gute Bürger sind wie ich, und denen scharfes Denken ebenso fern liegt wie mir und damit basta!

NA ALSO

Eine reizende, distinguierte Bourgeoisfamilie, die eines Morgens, zirka vier Uhr, bei bezauberndem Mondschein, während draußen vor dem Fenster heller Sonnenschein lächelte, wobei es leider Gottes in Strömen regnete, vergnügt beim Tee saß, saß bei was? Beim Tee!, und trank bei dieser Gelegenheit was? Ei, der Tausend, Tee! Wenn die zahlreiche zierliche Familie, indem sie so beim Tee saß, irgend etwas anderes trank als Tee trank, so soll mich der Teufel holen, und wenn selbige überaus liebenswürdige Familie, indem sie Tee schlürfte, bei irgend etwas sonstigem saß als beim Tee saß, so verzichte ich darauf, als gescheiter und kluger Mensch zu gelten, als welcher ich bis heute Gott sei Dank noch immer gegolten habe.

Herr Verfasser! Mensch! Was ist mit Ihnen? Sind Sie närrisch?

Was mit mir sei? Gar nichts, gar nichts. Bitte sehr. Und närrisch bin ich ganz und gar nicht. Ich bitte tausendmal um Verzeihung, wenn ich zu behaupten wage, daß ich vollkommen in Ordnung bin. Ich bin absolut normal und in jeder Hinsicht zuverlässig, nur bin ich vielleicht heute sonderbarerweise nicht ganz so schriftstellermäßig aufgelegt, wie ich sonst aufgelegt und abgestimmt zu sein pflege. Ich bin vielleicht heute ausnahmsweise allerdings ein wenig so so und la la. Im übrigen bin ich ganz gesund, das darf ich versichern. Zur Schriftstellerei gehört Witz, und exakt das, was man Witz nennt, scheint mir heute bedauerlicherweise sozusagen zu fehlen.

Odol sollte auf keinem modernen Waschtisch fehlen. Wer Odol nicht schätzt, schätzt sich selber nicht. Ohne Odol ist keine Zivilisation denkbar. Wer nicht als Barbar sondern als kultivierter Mensch angeschaut und gewertet zu werden wünscht, sehe zu, daß er sich auf dem kürzesten Weg Odol verschaffe. Odol ist die köstliche Zusammensetzung und die Folge einer Vereinigung feinster

Substanzen. Autoritäten zögern keinen Augenblick, Odol auf Grund strengwissenschaftlicher Untersuchung als eine Errungenschaft allerersten Ranges und als eine Wohltat für die Menschheit zu preisen. Einzelmenschen sowie ganze Völkerschaften, welche Odol ablehnen, müssen und dürfen gezwungen werden, sich zur Anerkennung und zum häufigen Gebrauch schleunigst aufzuraffen. Odol ersetzt alle guten menschlichen Eigenschaften in jeder Hinsicht. Damen der höchsten Bourgeoisie und Aristokratie brauchen massenhaft Odol, weil sie zu fühlen scheinen, wie sehr sie es nötig haben. Hohe Würdenträger beschütten seit Jahren oder Jahrzehnten ihren hochgeschätzten Rachen regelmäßig mit Odol. Odol erfüllt jeden menschlichen Schlund oder Mund mit stundenlang anhaltendem Wohlgeruch, und die Tatsache ist nicht von der Hand zu weisen, daß Wohlgerüche üblen Dünsten und Gerüchen zweifellos, wann und wo es sein mag, vorzuziehen sind. Lebensmittelspekulanten, vornehme Spione, Eisenbahn- und Petroleumkönige, Regenten und Regentinnen, Admirale und Feldherren, Abgeordnete jeglicher Parteirichtung und viele andere hochangesehene Personen werfen zu ihrem persönlichen Vorteil täglich so viel Odol wie irgendwie möglich in ihre ehrenwerten und ohne Frage hochachtbaren Gurgeln. Die Nation, die sich an Odol gewöhnt hat, marschiert allen andern Nationen in bezug auf Geist, Fortschritt, Verstandes- und Herzensbildung voran, und eine solche Nation, das wird man mit Sicherheit sagen können, macht mit historischer Notwendigkeit das Recht geltend, allen übrigen Völkern des Erdballes Gesetze zu diktieren und über den gesamten Kreis der Welt unumschränkt zu herrschen.

Donnerwetter noch einmal, sagen Sie, sind Sie wirklich völlig na-nu?

Meine Herrschaften, liebe güte Kinder, um Gotteswillen, beruhigen Sie sich gütig und regen Sie sich nicht auf, denn wer sich aufregt, büßt bekanntlich wertvolle Kraft ein, weil er sich immer wieder abregen muß, und das ist schade, denn Kraft ist kostbar und Kostbarkeiten sind teuer, und was teuer ist, muß sorgfältig vor Verschleuderung und Mißbrauch behütet werden. Klingt dieser an und für sich gewiß ganz gescheite und vernünftige Satz etwa nach na-nu? Ich sagte Ihnen übrigens bereits, daß ich heute ausnahmsweise allerdings ein wenig so so und la la sei und vielleicht ein wenig na ja und na-nu dazu. Das genügt doch wohl zunächst vollkommen, und mehr als das glaube ich momentan kaum nötig haben zu sagen.

Hühneraugenringe – verwendenden Untertanen bringt jegliche europäische Regierung jederzeit das absolut erforderliche Maß von Vertrauen entgegen, denn wer Hühneraugenringe trägt, macht sich mit vollem Recht überall als harmloses Subjekt beliebt.

So! Jetzt ist es aber ein für allemal aus zwischen uns und Ihnen. Hinaus aus dem Haus mit Ihnen. Verstehen Sie das! Packen Sie gefällig sogleich Ihr Autor-Material und Handwerkzeug zusammen und verlassen Sie augenblicklich dieses nur für anständige Leute bestimmte Zimmer.

Aber welches Zimmer denn? Und wozu sich aufregen und kostbare Kraft verlieren, wo ich Ihnen doch die ruhige Zusicherung gegeben habe, daß ich vollkommen in Ordnung sei, daß ich heute ausnahmsweise allerdings nur gerade ein wenig so so und la la sei und vielleicht ein wenig na ja und na-nu dazu. Nur Ruh, nur Ruh. Es kommt mit der Zeit schon besser, man muß immer das

Beste hoffen, und wer sich aufregt, muß sich ja bekanntlich doch nur immer wieder abregen. Also bitte recht sehr, und untertänigster Diener!

Ich ging ins Gebrüder Herrenfeld-Theater, wo ich mich, offen gestanden, riesig amüsierte. Nachher saß ich, wenn ich mich nicht irre, im Kaffeehaus des Westens, Ecke Kurfürstendamm, und wen sah ich da nach einer kleinen Weile kommen? Wen anders als den an Auerochsen, Urwälder, Schwerterklang und Bärenfell erinnernden Vollgermanen Wulff. Sein Vollbart reichte ihm bis an die Fußspitzen herab. Am Arm hatte er eine busenstrotzende, üppige, stramme, saftige Kapitalistin. Nur keine Aufregung! Ich sagte ja deutlich, daß ich heute scheinbar ein wenig so so und la la sei und na ja doch schon und vielleicht ein wenig na-nu dazu. Ist denn das so schlimm? Na also! Und demnach schönen guten Tag oder gute Nacht und die teuersten Empfehlungen, denn ich habe meine Pflicht getan und bin fertig und darf einstweilen wieder spazieren gehen.

FRITZ

Mein Name ist Fritz. Wäre es nicht besser gewesen, wenn man mir einen andern Namen gegeben hätte? Aus der Juravorstadt ging ich hervor, aus der ich vielleicht besser nie hervorgegangen wäre. Mein Vater war Radtreiber. Wäre es nicht besser gewesen, wenn mein Vater nie Räder getrieben hätte? Die seltsame Frage beschäftigt mich: warum bin ich überhaupt zur Welt gekommen? Soviel ich mich erinnere, äußerte ich nie ausdrücklich den Wunsch, ein Lebewesen zu werden, aber man kümmerte sich um meine noch ungeborne eigene Meinung nicht im geringsten. Später kam ich ins

SEMINAR,

in das ich vielleicht besser nie hätte kommen sollen. Seminaristen haben es bekanntlich ziemlich hoch im Kopf. Es wäre wahrscheinlich gescheiter gewesen, wenn ich es nie hoch im Kopf gehabt hätte, aber Tatsache ist leider, daß ich es ziemlich hoch im Kopfe hatte. Ich fing an Gedichte zu schreiben, was ich vielleicht besser nie getan hätte, und ferner fingen gewisse Leute an, sich mehr als warm für mich zu interessieren, was sie möglicherweise lieber nie hätten tun sollen, aber item, sie taten es, und ich hielt mich infolgedessen für ein angehendes Genie, auserkoren, Großes zu erreichen. Die vielleicht ganz läppische Frage drängt sich mir auf: wäre es nicht besser gewesen, wenn ich vermieden hätte, mich für ein Genie zu halten? Man gab mir Stipendien und schickte mich auf Reisen. Wäre es nicht klüger und vernünftiger gewesen, wenn man mir die Stipendien versagt hätte, damit ich nicht auf Reisen gegangen wäre? Ich reiste wohin? Nach

ROM,

um dort in einem alten verwitterten Palazzo einen römischen Fürsten kennen zu lernen. Wäre es nicht besser gewesen, nie nach Rom zu reisen, niemals den Fuß in einen alten verwitterten Palazzo zu setzen und in meinem Leben keinen römischen Fürsten kennen zu lernen? Schon wieder eine neue Reihe unterminierender Fragen. Ich kam nach und bei dieser Gelegenheit in das durch Rembrandt berühmte Judenviertel. Vielleicht ist es gänzlich überflüssig und nutzlos gewesen, daß ich nach Amsterdam und in das durch genannten Meister berühmte Viertel kam. Nachher reiste ich wieder nach Italien, wo ich Städte wie etwa Pisa sah. Warum mußte ich durchaus Städte wie etwa Pisa sehen? War das absolut erforderlich? In Ravenna lag das Studium der italienischen Baukunst nah. Ich erinnere an Theodorichs Palast und an das Grabmal eines gewissen Soundso. Aber ich mag an Theodorichs Palast und an das Grabmal eines gewissen Soundso soviel erinnern wie ich will, so bleibt doch immer die unterhöhlende Frage offen: lag obiges Studium ausgerechnet in Ravenna nah? Wäre es nicht besser gewesen, wenn ich Städte wie Ravenna nie gesehen hätte? Jetzt ging es über Venedig nach

ZÜRICH,

wo bekanntlich viele und gute Vorträge abgehalten werden. In Zürich las ich meine Gedichte frei aus dem Gehirn vor oder dann doch wenigstens hübsch sachte und säuberlich aus dem gedruckten Buch ab, seifte jedoch die Verse, bevor ich sie vorlas, nochmals ganz gehörig ein, um ihnen einen besonders berückenden Schimmer zu verleihen, weswegen denn auch der Beifall außerordentlich heftig war. Ich lüge kaum, wenn ich sage, daß man mir vor lauter Begeisterung Blumen und Schmucksachen mitten in das betroffene Gesicht hineinschmiß. Wäre es aber nicht besser gewesen, wenn ich nie in Zürich Gunstbezeugungen gepflückt und Lorbeerblätter aufgelesen hätte? Mit Riesenschritten eilte ich jetzt ins Riesengebirge und von da nach

THÜRINGEN,

wo mir eine Menge mittelalterlicher Burgen auffiel, wiewohl es vielleicht besser gewesen wäre, wenn ich weder mit Riesenschritten noch in irgendwelcher andern Gangart ins Riesengebirge und von da nach Thüringen gegangen wäre. Wie ich fürchte, nützte mir die Menge mittelalterlicher Burgen, die mir auffiel, nicht sehr viel. Gewiß lagen ja sodann in der Nähe Ortschaften wie Weimar, Jena, Eisenach, und über Persönlichkeiten wie Luther gingen mir schöne Lichter auf. Goethes Gartenhaus wurde auf das umständlichste durchstöbert. Das Ewig-Weibliche ließ ich mächtig auf mich wirken. Jena erinnerte mich an einen brauchbaren Menschen namens Schiller. Was für wesentliche Vorteile trug ich jedoch eigentlich aus Goethes Gartenhaus heraus, und was fruchtete es viel, daß mich Jena an einen tüchtigen Menschen erinnerte? Machte mich die mächtige Einwirkung des Ewig-Weiblichen wirklich zum bessern Menschen? Und durchleuchteten mich auch tatsächlich die schönen Lichter, die mir über Persönlichkeiten wie Luther aufblitzten? Schon wieder eine neue Reihe zerklüftender Fragen. Vielleicht hätte ich besagtes Gartenhaus lieber nie besuchen, und es hätten mir vielleicht über Luther lieber nie Lichter aufgehen sollen, aber item, das besagte Haus wurde besucht und die Lichter gingen mir auf und vorhergenannte Einwirkung war mächtig, obwohl sie vielleicht besser schwächer gewesen wäre. Mit einem Zugstück oder Drama in der Tasche reiste ich jetzt nach

BERLIN,

um dort im Handumdrehen mein Glück zu machen und eine Bühnenberühmtheit zu werden, aber von Bühnenglück war keine Rede, und das Zugstück zog in keiner Weise. Es wäre wahrscheinlich besser gewesen, nie nach Berlin zu reisen, um dort im Handumdrehen mit dem Zugstück, das sich nicht als zügig erweisen wollte, mein Glück zu machen und eine Bühnenberühmtheit zu werden. Ich lernte allerlei Leute von Ruhm und Rang kennen, die mir und meinem Zugstück, das nicht ziehen wollte, eine gewisse geringe Beachtung schenkten, ich will hierüber lieber kein Wort verlieren. Es wäre sicher besser gewesen, nie zu Leuten von Ruhm und Rang zu laufen, um einige flüchtige Beachtung zu finden. Als ich meine Hoffnungen geknickt, meine Aussichten zerschnitten, meinen Erfolg vernichtet, meine Wünsche zerfetzt und zerrissen, den Boden unter meinen Füßen in Flammen, meinen Mißerfolg im blühendsten Zustand und mich selbst kalt fallen gelassen sah, trat mir eines Tages auf der Straße, auf der ich wirr umherirrte und -schwirrte, eine schöne vornehme

DAME

entgegen, die mich unvermuteterweise fragte, ob ich der tüchtige Packer sei, den sie seit langem vergeblich suche. Da ich ihr zur Antwort gab, daß ich jederzeit für guten Taglohn gewillt sei, tapfer zuzugreifen und wacker anzupacken, daß ich einen Ballen oder ein Klafter spielend umwerfe, Meister in jeder Art Stemmen sei, im Stoßen eine besondere Stärke aufweise, als Umklammerer und Umstricker stark in Frage komme, vorzüglich im Schnüren und Knüpfen ausgebildet sei, Auslassungen, die sie mit äußerst zufriedenem Lächeln anzuhören schien, so sprach sie: «Es würde sich um einen gutbezahlten, sehr angenehmen

VERTRAUENSPOSTEN

handeln. Lohnende und dauernde Beschäftigung habe ich für Sie jedenfalls in Menge.» Ich erwiderte, daß ich mich nach lohnender und dauernder Beschäftigung längst aufrichtig sehne und daß ich einen gutbezahlten, sehr angenehmen Vertrauensposten in jeder Beziehung glaube brauchen zu können. Sie machte die Bemerkung, daß nur glühende

OPTIMISTEN,

die gesonnen seien, es ganz bunt zu treiben, Berücksichtigung finden könnten, worauf ich antwortete, daß ich entschlossen sei, so stark zu glühen und es so bunt zu treiben, wie ich dächte, daß es ihr gefalle und wie sie es sich gar nicht vorzustellen vermöge. Optimist sei ich auf alle Fälle. Sie warf die Frage auf: «Heißen Sie nicht etwa Fritz?» Ich sagte, daß dies ungefähr mein Name sei. Behaupten wolle ich zwar nach dieser Richtung hin nichts, weil Irrtümer ja bekanntlich nie ausgeschlossen seien. Sie sei die Verkörperung einer langen Reihe kapriziöser Einfälle, meinte sie hierauf. Ich sagte, daß ich alle ihre Einfälle lieben, ja sogar vergöttern wolle. «So kommen Sie!» sagte sie. Sie würde das vielleicht besser nie gesagt haben, aber item, sie sagte es und ich gehorchte ihr, obwohl es vielleicht besser gewesen wäre, ihr nie zu gehorchen. Ebenso sollte ich vielleicht besser nie gesagt haben, daß ich entschlossen sei, so stark zu glühen und es so bunt zu treiben, wie sie es sich nur immer zu wünschen vermöge, und daß ich alle ihre kapriziösen Einfälle lieben, ja sogar vergöttern wolle, aber item, ich sagte das alles und ging mit ihr nach Hause, wo sie mich in erster Linie an ihren

BUSEN

zog. Sie hatte einen ungemein üppigen Busen, und es wäre vielleicht besser gewesen, wenn sie einen etwas weniger üppigen Busen gehabt hätte, aber item, der Busen war auf alle Fälle ungemein üppig, und unumstürzliche Tatsache ist, daß sie mich mit aller Kraft an die große Summe von Üppigkeit andrückte, derart, daß mir der Atem fast ausging und die Nase völlig platt und stumpf gedrückt wurde. Jetzt erfuhr ich zu meinem starken Erstaunen, was es heißt, auf alle Fälle ein freudiger Optimist zu sein. Vielleicht wäre ich besser nie auf alle Fälle ein fröhlicher Optimist gewesen, denn Tatsache ist, daß mir auf alle Fälle beinahe der Atem ausging, und fernere Tatsache ist, daß Nasen auf alle Fälle schier stumpfgedrückt wurden, weil die Summe von Zärtlichkeit, mit der ich behandelt wurde, so groß war, was vielleicht besser nie der Fall gewesen wäre. Ich hielt nun insofern Wort und erfüllte insofern mein gegebenes Versprechen, als ich, sobald ich mein gänzlich zerquetschtes und verknülltes Gesicht mit den drei bis vier umgebogenen Nasen nur wieder einigermaßen in Ordnung gesetzt hatte, was mich immerhin einige Anstrengung kostete, flott zugriff und wacker anpackte, was ich vielleicht allerdings sehr wahrscheinlich bis auf weiteres besser unterlassen hätte, aber item, ich packte zu und griff an und erwies mich in jeder Art Reiberei als Meister. Ich trieb es so bunt, wie ich vermuten durfte, daß es ihr recht sei, und es war ihr in der Tat mehr als recht. Im Lauf all der Veranstaltungen, die ich ins Werk setzen zu müssen meinte, um ihr begreiflich zu machen, daß ich auf alle Fälle ein glühender Optimist sei, und um ihr darzutun, wie sehr ich gewillt sei, es ihr so dick wie möglich zu machen, kniete ich an ihrer hochemporragenden, und wie mir schien, ziemlich breiten Gestalt nieder und bedeckte ihre leidlich schöne, plumpe

HAND

auf das eifrigste und auf alle Fälle mit heißen Küssen. Die Hand war in der Tat ziemlich derb, aber dieser Umstand tat dem Entzücken, das mich durchströmte, nicht den geringsten Schaden an, und zwar ganz einfach deshalb nicht, weil ich ein Optimist war, und zwar, wie bereits mehrfach hervorgehoben worden ist, auf alle Fälle. Ich hätte aber immerhin die fette Hand vielleicht besser nie geküßt, und es wäre vielleicht besser gewesen, niemals vor der ziemlich großen Gestalt niederzuknien, aber item, ich küßte und kniete, und eine wundervolle

NAHT

mit Knöpfen zum Auf- und Zuknöpfen sah ich über ihren Leib bis zu den Füßen herabfallen, ein Schauspiel, das ich vielleicht lieber nie hätte sehen sollen, denn an der Naht blieb ich kleben und an den Knöpfen blieb ich haften, weil ich von da an immer aufknöpfen und zuknöpfen mußte, wovon freilich besser nie die Rede wäre, aber item, es ist die Rede davon, und ich blieb haften und kleben, über welches Abenteuer ich sehr wahrscheinlich einmal ein langes und dickes Buch schreiben werde, obwohl ich glaube, daß es vielleicht besser sein wird, lieber nie die Feder zu diesem Zweck in die Hand zu nehmen, da ich offenbar am besten überhaupt keine Zeile hierüber schreibe.

LESEN

Lesen ist ebenso nützlich wie reizend. Wenn ich lese, bin ich ein harmloser, stiller netter Mensch und begehe keine Torheiten. Eifrige Leser sind sozusagen ein stillvergnügtes Völkchen. Der Leser hat seinen hohen, tiefen, langanhaltenden Genuß, ohne daß er jemandem im Weg ist oder jemandem etwas zu leid tut. Ist das nicht vortrefflich? Das will ich meinen! Wer liest, der ist weit davon entfernt, böse Pläne zu schmieden. Eine anziehende und unterhaltende Lektüre hat das Gute, daß sie uns zeitweise vergessen macht, daß wir böse, streitsüchtige Menschen sind, die einander nicht in Ruhe lassen können. Wer vermöchte diesem freilich ziemlich traurigen, wehmuteinflößenden Satz zu widersprechen? Gewiß lenken uns Bücher oft auch von nützlichen und dienlichen Handlungen ab; im großen und ganzen muß aber dennoch das Lesen als segensreich gepriesen werden, denn es erscheint durchaus nötig, daß sich unserem ungestümen Erwerbstrieb eine Bändigung und unserem oft rücksichtslosen Tatendrang eine Betäubung sanft entgegenstellt. Ein Buch ist gewissermaßen eine Fessel; man spricht nicht umsonst von fesselnder Lektüre. Ein Buch bezaubert, beherrscht uns, hält uns in seinem Bann, übt also Macht auf uns aus, und wir lassen uns eine derartige Gewaltherrschaft gern gefallen, denn sie ist eine Wohltat. Wen ein Buch für einige Zeit fesselt, der benützt diese Zeit nicht dazu, um über seinen lieben Nebenmenschen einen Klatsch zu veranstalten, was ein sehr großer und grober Fehler ist. Reden, das nichts fruchtet, ist stets ein Fehler. Wer eine Zeitung in der Hand hält und emsig darin liest, gilt fast schon darum als ein guter Bürger. Wer Zeitung liest, der schimpft, prahlt und flucht nicht, und schon deshalb ist Zeitungslesen ein wahrer Segen, das dürfte klar auf der Hand liegen. Ein Leser sieht immer proper, nett, ehrbar und höchst anständig aus. Ich habe mitunter schon von sogenannter schädlicher Lektüre reden hören, wie z. B. von berüchtigten Schauerromanen. Auf dieses Kapitel näher einzugehen möchten wir uns verbieten, aber so viel können wir sagen: das schlechteste Buch ist nicht so schlecht wie die völlige Gleichgültigkeit, die überhaupt nie ein Buch zur Hand nimmt. Das Schundbuch ist lange nicht so gefährlich, wie man vielleicht meint, und das sogenannte wirklich gute Buch ist unter Umständen durchaus nicht so gefahrlos, als man allgemein annehmen möchte. Geistige Dinge sind nie so harmlos wie etwa Schokoladeessen oder wie der Genuß eines Apfelkuchens. Grundsätzlich muß eben der Leser nur immer das Lesen vom Leben säuberlich zu trennen wissen. Ich erinnere mich, daß ich mich als Schuljunge mit einem geradezu fabelhaft schönen und dicken Schund- oder Schauerroman, der natürlich nirgends anderswo als in Ungarn spielte, vorsichtigerweise jeweilen unter und hinter einen Birnbaum schlich, um beim fleißigen Lesen und gierigen Genuß vom Vater nicht erwischt zu werden, was ein peinliches Strafgericht zur Folge gehabt haben würde. Das Buch trug den geheimnisvollen Titel «Sandor». Anknüpfend an das, was ich eben vom Lesen und Leben äußerte, darf ich mir vielleicht erlauben, eine kleine Geschichte zu erzählen, nämlich:

DIE GOTTFRIED KELLER-LESERIN

Eine hübsche junge Frau las emsig die Werke von Gottfried Keller. Wer verehrt dieselben nicht? Durch das, was ich hier erzähle, kann der Ruhm des Dichters so wenig zum Wanken gebracht werden wie der Felsblock. Als die nette junge gute Frau die schöne Lektüre beendet hatte, die ihr von Welt und Menschen ein so edelbehagliches Bild übermittelte, fühlte sie sich dem Leben gegenüber auf seltsame Art bedrückt. Ihr eigener bescheidener Lebensweg erschien ihr plötzlich ganz kahl. Sie war durch das, was sie gelesen hatte, anspruchsvoll geworden. Was sie in Gottfried Kellers Büchern sah, hätte sie nun gern auch im täglichen Leben sehen mögen, aber das Leben war und ist immer anders als das Buch. Leben und Lesen sind zweierlei Dinge. Enttäuscht und mißmutig wollte die Gottfried Keller-Leserin das Köpfchen hängen lassen. Sie zürnte fast dem menschlichen Leben, weil es nicht wie das Leben in Kellers Werken war. Sie sah jedoch glücklicherweise bald hernach ein, daß es wenig oder keinen Sinn habe, dem allerdings in mancher Hinsicht vielleicht etwas lausigen Alltagsleben zu grollen. «Sei demütig, mache keine Extraansprüche und nimm in Gottesnamen das Dasein, wie es einmal ist und wie es sich dir gibt», sprach eine innere Stimme zu der fleißigen Leserin der Bücher von Gottfried Keller, und sobald sie sich nur recht klar und deutlich vor die Augen geführt hatte, wie nötig es sei, in dieser vielleicht hie und da, wie gesagt, etwas lausigen und trockenen Welt aus Herzensgrund bescheiden und anspruchslos zu sein, machte sie auch bereits wieder ein ganz glückliches, fröhliches Gesichtchen, mußte über sich selber und ihre Gottfried Keller-Versessenheit lachen und war zufrieden.

DICKENS

Ich habe ein volles Vierteljahr nichts anderes getan als Dickens gelesen, und jetzt ist es aus mit mir, ich zweifle nicht daran, und ich bin überzeugt, daß ich verloren bin. Zerrissen, zerschmettert und vernichtet bin ich, und den Schriftstellerberuf kann ich jede Minute an den Nagel hängen. Dickens hat mir die bisher so geläufige und scheinbar so gewandte Schreibfeder aus der Hand genommen, und nun bin ich verurteilt, Schuster zu werden, das sehe ich ein. An meinen Ruin glaube ich fest; meinen Untergang vermag ich keine Minute mehr zu bezweifeln. Als ich Dostojewski las, der doch gewiß ein guter, ja sogar verhältnismäßig offenbar sehr großer Dichter ist, fühlte ich mich auf angenehme Art ermuntert, selber anzufangen zu schriftstellern, und wie ich glaube, brachte ich in der Tat, d. h. möglicherweise scheinbar sozusagen ganz artige, nette Sächelchen zustande. Jetzt aber, wo ich den entsetzlichen Dickens gelesen und kennengelernt habe, bin ich arm, trostlos und verlassen, völlig allen frohen Mutes und Selbstbewußtseins beraubt, und ich weiß jetzt, daß ich weder eine Spur von Witz noch auch nur irgendeinen Funken von Begabung besitze. Dickens hat mir die Möglichkeit, mit Schriftstellerei meine Existenz zu fristen, einfach fortgestohlen; es ist daher höchste Zeit für mich, zur Einsicht zu kommen und mir zu sagen, daß ich eine Schneiderseele bin. Gebt, o gebt mir eine Schere in die Hand, damit ich mir in Zukunft mit Zuschneiden mein ärmliches tägliches Brot verdienen kann, falls ich nicht im Hunger verhungern, im Jammer zugrunde gehen, in der Arbeitslosigkeit zu Schanden werden und in der Verkommenheit umkommen soll. Ich bitte inständig, mich wenigstens beweinen und bedauern zu wollen, denn mein schwaches Talent taugt nachgerade höchstens noch etwa für die schlichten Obliegenheiten, die ein Laternenanzünder zu erfüllen hat. Mußte es tatsächlich so weit mit mir kommen? Weil ich Dickens gelesen habe, der ohne Frage der Häuptling, Major, Oberst und Generalstabschef der Schriftstellerkunst ist, bin ich nun ein elender, trauriger Bettler: «Ach bitte schön, meine Damen und Herren, erweicht euch, laßt euch rühren und habt Erbarmen mit einem geschlagenen, hart bestraften armen Mann.» Wenn ich je in meinem Leben hochmütig oder übermütig gewesen bin, so bin ich jetzt dafür bestraft, das ist mit unzweideutiger Klarheit bewiesen. Wegen Dickens, der fürchterlich und grauenvoll ist, der ein König unter Königen ist, der eines der Wunder der Welt ist, der ein Alleskönner allerersten Ranges ist, für den es nichts gibt, was er nicht kann, komme ich mir völlig entwertet vor, habe ich nicht die bescheidenste Bedeutung mehr, bin ich ein Stümper und kann ich jede Minute Stiefelputzer werden. Grausamer, hartherziger Dickens, du erniedrigst und machst mich zum Knecht, und zwar wahrscheinlich zum Wegknecht, der die Straßen putzt. Dickens, o du Ungeheuer, wegen dir muß und kann ich jede Minute Taglöhner und Lohndiener oder Handlanger und Karrenschieber werden, worüber ich weiter weder stöhnen noch klagen will. Seufzen scheint mir zwecklos und

Weinen lächerlich. Alles Zutrauen zu mir selbst ist jählings von mir gewichen, weil ich was getan habe? Nun! ich sagte es ja bereits zu wiederholten Malen: weil ich Dickens gelesen habe. Weil ich Dickens las, der ein Fürst, Lord und Graf ist, wo andere Leute nur arme Schelme und arme Schlucker sind, sehe ich mich auf die unerquicklichste und unerfreulichste Art und Weise in einen Pfannenflicker und Scherenschleifer verwandelt, und ich bin daher begreiflicherweise in hohem oder höchstem Grad bestürzt. Glaube ich etwa noch im geringsten an meine Sendung? I woher! Jammervoll und erbärmlich muß ich verzagen. Doch ich will mäuschenstill sein, kein Wort sagen und das Elend, das ich Dickens zu verdanken habe, möglichst säuberlich und geduldig ertragen. Immerhin: Dickens und kein anderer ist schuld an dem bemitleidenswerten Schicksal, dem ich verfallen zu sein scheine. Seit ich Dickens las, zittere, bebe, schlottere und schwanke ich. Darum, daß ich Dickens zu lesen wagte, bin ich ökonomisch sowohl wie moralisch gebrochen und habe das eigentümliche Vergnügen, empfinden zu dürfen, daß ich zu nichts tauge, was mich natürlich, weil es ungemein fatal ist, wenig oder besser gar nicht freut. Körbe flechten scheint von heute oder von morgen ab meine hauptsächlichste Beschäftigung sein zu müssen, falls ich nicht etwa wesentlich zu ungeschickt für diese Art von Arbeit bin oder falls ich nicht vielleicht vorziehen würde, in das Land der gescheiterten europäischen Existenzen auszuwandern, womit Amerika gemeint ist. Dikkens, der ein Gott ist, hat mich mit Fußtritten unter den Tisch gejagt: «Kusch dich! Halt dich hübsch still!» und vom bisherigen angenehmen Plätzchen habe ich mich wegdrücken müssen. Kriechen und wedeln war sonst, meines Wissens, nicht meine Stärke, jetzt aber verstehe ich beide Künste ausgezeichnet. Was lernt man nicht alles! So ist also Kläglichkeit jetzt mein Los. Ein Wurm bin ich und weswegen? Wegen Dickens! Aber ich will ja schließlich um des großen und unsterblichen Dickens willen ganz gern ein Wurm sein, und ich bin trotz allem froh, daß ich ihn gelesen habe, denn nun weiß ich endlich, wer es ist, dessen Werke niemals welken und alten. Nein, gnädige Frau, Dickens veraltet nie, und Sie irren sich, wenn Sie über Dickens herablassend glauben lächeln zu dürfen. Über einen Dickens lächelt man nicht, und man kann sich über ihn unmöglich erhaben vorkommen. Wer noch nicht Dickens gelesen hat, den kann ich beglückwünschen, denn es stehen ihm unerhörte Genüsse bevor. Die, die Dickens lesen, lernen in Wahrheit eine der schönsten Freuden kennen. Lesen Sie ruhig und voll Vertrauen Dickens, das ist ein Vergnügen, wie es kein zweites gibt. Wer vor nichts staunt, der soll Dickens lesen, dann wird er schon staunen lernen. Während viele andere alte und neue Schriftsteller als mühselige Fußgänger ärmlich dahertraben und froh sind, wenn sie nur langsam und schwerfällig vorwärtskommen, um allgemach ihr bescheidenes Ziel zu erreichen, sitzt Dickens wie ein wahrhaft großer Herr in der Kalesche. Sehen Sie den Glanz? Hören Sie das schmetternde Sausen? Feurige Pferde jagen und galoppieren mit dem herrlich geschmückten Galawagen davon. Welcher beängstigende Schwung, welche überwältigende Pracht! Nein, Dickens veraltet nie! Solange der Amazonenstrom dahinflutet, strömt auch Dickens in seiner Größe dahin, und unauslöschbar ist das Morgenrot seiner Bedeutung. Deshalb erlaube ich mir, Ihnen zu raten: lesen Sie Dickens.

HAUFF

Hauff hat einen Roman und zahlreiche Novellen geschrieben, meiner Ansicht nach machen ihn aber seine Märchen zu dem, was er ist: zu einem der feinsten deutschen Dichter. Sein Roman mag gut sein; seine Novellen mögen stellenweise ausgezeichnet sein, die Märchen jedoch sind fabelhaft schön. Sie sind, wie ich mir erlauben möchte zu sagen, eine Art Wunderwerk, obwohl ich freilich durchaus nichts behaupten will. Das Recht, Behauptungen aufzustellen, darf sicher ein so bescheidener, unbedeutender Mann, wie ich einer bin oder zu sein scheine, keinesfalls beanspruchen. Aber für Hauffs Märchen schwärmen darf ich, das weiß ich. Ich weiß, daß es keine Selbstüberhebung ist, für etwas Schönes zu schwärmen, denn damit trete ich niemand zu nah und begehe kein allzu großes Unrecht. Hauffs Märchen! Man nehme mir alles weg und lasse mir nur Hauffs Märchen, so bin ich immer noch ein beneidenswerter Mensch, ein reicher Mensch, ein glücklicher Mensch, denn wenn ich Hauffs Märchen lese, so bin ich glücklich. Man gebe mir Hiebe, verabfolge mir meinetwegen eine wohlabgewogene und gehörige Tracht Prügel, steche, zwicke, haue und klemme mich nach Noten, lasse mich aber währenddessen nur Hauffs Märchen lesen, und so spüre ich von den Hieben nicht das geringste und bin für die derbe, tüchtige Portion von Schlägen völlig unempfindlich; die Lektüre von Hauffs Märchen macht mich vergessen, daß man mich zwickt und sticht, macht mich gänzlich übersehen, daß man mich klemmt und haut, macht mich alles vergessen und überwinden, macht, daß ich für alles Äußere unempfindlich bin. Der, der Hauffs

Märchen liest, merkt nichts von der äußeren Welt, er ist in Hauffs wundervoller Märchenwelt, und alles sonstige existiert nicht für ihn, denn Hauffs Märchen sind himmlisch schön, sind entzückend. Hauffs Märchen gehören zum Schönsten und Kostbarsten, was in deutscher Sprache jemals gedichtet wurde, obwohl ich, wie gesagt, nichts behaupten will, da sich Behauptungen bekanntlich keineswegs für mich schicken. Sein Roman mag, wie gesagt, gut sein, und seine Novellen mögen, wie gesagt, stellenweise ausgezeichnet sein, aber seine Märchen sind ganz einfach bezaubernd. Sie beglücken und bezaubern in jeder Hinsicht ihren Leser, sie sind so schön, daß man sich fast einbildet, sie seien eher nur gehaucht und geträumt als mit der Schreibfeder geschrieben, und ihre holde, feine Sprache sei eher nur geredet und gesprochen als auf Druckpapier gedruckt worden. Ihre Worte haben etwas wie von Blumenduft, und so wie Hauff in seinen Märchen redet, spricht und redet ein gutmütiger Großvater, eine liebe welterfahrene Großmutter oder eine treue alte Magd. Deutsche Redlichkeit und deutsche Treue reden so! Es scheint beinahe, als seien die Märchen von Hauff im Fiebertraum entstanden, als habe sie ein schönes junges feinerzogenes Mädchen im Fieber phantasiert, oder als müsse Hauff selber fieberkrank gewesen sein, als er die herrlichen, schmetterlingflügelhaften Geschichten dichtete, oder als habe er abgelauscht, was im Traum jemand flüsterte. Ein Waldgeflüster, eine Waldesruhe, eine Wälderverborgenheit und eine Traumesruhe stecken in diesen süßen Geschichten, die ein Jüngling geschrieben hat. Hauff starb als Jüngling. Ich erinnere mich, daß ich vor Jahren in Stuttgart sein von Efeu umschlungenes Monument gesehen habe, das wie ein Heldendenkmal aussieht.

Es ist, als hätten die wunderbaren Phantasien den jugendlichen Dichter von innen angegriffen, um ihn rascher zu verzehren und ins frühe Grab hinabzuziehen. Ist es nur einer gewissen Kränklichkeit bestimmt, so schön zu dichten? Fast will es so scheinen! Mehr Genie als Hauff, als er die Märchen dichtete, scheint kaum je ein anderer Dichter bewiesen zu haben. Behaupten will ich indessen nichts, weil ich ein unbedeutender Mann bin, immerhin: Hauffs Märchen bewundere ich, und schwärmen dafür darf ich, das weiß ich, denn Schwärmerei ist kein Unrecht. Das Wirtshaus im Spessart, Felix der schöne Goldschmied, die Zwerg-Nase, das Gespensterschiff, die Geschichte von der abgehauenen Hand, das kalte Herz, der Räuber Orbasan oder wie der Bursche heißt, die arabische Wüste, der grüne deutsche Wald mit seiner Räuberhauptmannsromantik, die schöne edle Gräfin von Saldern, dann wieder der farbenglühende Orient mit seinen Perserinnen und Perserteppichen, Bagdads Herrlichkeiten und Kairos Schönheit, die falschen und wahren Prinzen: welche Fülle von Liebenswürdigkeit! Ja, das ist schön, das liebe ich, und das Herz wird mir beim Lesen aller dieser Dinge immer wieder vor Vergnügen hüpfen, das weiß ich, und mehr brauche ich nicht zu sagen.

LUISE

Ich war neunzehn Jahre alt und lebte als Handelsbeflissener zu Z . . . Mein Kamerad Paul stellte mich seiner Freundin Rosa vor, die mich ihrerseits wieder mit ihrer Freundin Luise bekannt machte, was eine Güte war, die mich zur bescheidensten und artigsten Aufführung verpflichtete. Ob ich dann aber auch wirklich immer bescheiden und artig war, will und soll ich hier nicht näher untersuchen. In bezug auf meinen Monatsgehalt von hundertfünfundzwanzig Franken hatte ich die Unverschämtheit mir selbst zuzurufen: «Ein so hohes Salär verdiene ich ja unter keinen Umständen, ich Lümmel!» Ich zeichnete mich damals auf das vorteil- oder unvorteilhafteste dadurch aus, daß ich vor mir selbst eine überaus geringe, dagegen vor den meisten andern Leuten eine übertrieben hohe Achtung hatte. In dieser Hinsicht ist man mit neunzehn Jahren wahrhaft kühn. Ich erkühnte mich eines schönen Tages, ich weiß nicht mehr genau, um wieviel Uhr, Luise, die ich im höchsten Grad verehrte, einen Brief zu schreiben, der, soviel ich mich zu erinnern vermag, ungefähr mit folgenden hübschen Worten begann: «Verehrte, liebe Frau, es ist das erstemal in meinem jungen armen und vielleicht ganz unnützen Leben, daß ich mich erdreiste, einer Frau zu schreiben, und es hat Mühe, Überwindung und Mut gekostet, bis ich mich zu entschließen gewagt habe, die Anrede aufzusetzen, die niederschreiben zu dürfen, mich schon an und für sich glücklich macht.» Luise besaß die Freundlichkeit, den Brief-Erstling insofern zu beantworten, als sie mir ihre Gedichtmanuskripte nebst einem Album mit der Bitte zuschickte, erstere mit meiner zierlichen Handschrift säuberlich in Letzteres abzuschreiben. Gab es auf dieses Ersuchen hin auf der Welt einen glücklicheren Menschen als den überglücklichen Burschen, an den die Bitte und das Gesuch gerichtet wurden? Ich schrieb mit feinster Schrift und klopfendem Herzen die schönsten und liebenswürdigsten Verse ab und befand mich, während ich das tat, wie im Himmel. Es braucht in der Tat wenig, um einen jungen Kommis glücklich zu machen. Luise sagte mir im Verlauf unseres Verkehres auf eine ernsthafte Art, daß sie Rauchen und Biertrinken, die den männlichen Lebenswandel zu begleiten pflegen, häßlich und abscheulich finde, und ich gab ihr vollkommen recht, denn ich bewunderte zum voraus alles, was sie sagte. Ich nahm mir so fest wie möglich vor, beide genannten Übel so sehr zu vermeiden wie zu verachten, tat gewissermaßen ein tiefinnerliches Gelübde, das zu allen Zeiten und bei jederlei Gelegenheit aufrecht zu halten ich jedoch keineswegs die nötige Kraft hatte, aber schon der bloße Versuch nur, folgsam und enthaltsam zu sein, machte mich glücklich. Ihr schönen dahingegangenen guten Zeiten, wie entzückt ihr mich!

«Neunzehn Jahre, und noch nichts für die Unsterblichkeit getan!» rief es in mir mit jugendheller und zugleich anklagender Stimme. Meine Lektüre waren Lenau, Heine, Börne und der edle Friedrich Schiller, welch letzteren ich übrigens nie aufhören werde im höchsten Sinn zu verehren. Da ich überzeugt, und von der Überzeugung so tief wie man nur sein kann durchdrungen war, daß es allerhöchste Zeit für mich sei, mich der Menschheit zu widmen, so schrieb ich einer angesehenen publizistischen Person, daß es mein glühender und brennender Wunsch sei, ihm und der Sache, als deren Vertreter und Abgesandter er mir erscheine, aufopferungsvoll und eifrig zu dienen. «Jugendlicher und ungestümer Verehrer», schrieb mir der Mann ganz trocken zurück, «es ist nicht so leicht, wie Sie sich zu denken scheinen, dort Dienste zu verrichten und Opfer zu bringen, wo doch Meyers Konversationslexikon wohl in allererster und schließlich auch in letzter Linie in Frage kommt. Daß Sie zu mir emporstaunen, begreife und billige ich, denn Sie haben durchaus Grund, mich für einen großen Mann zu halten.» Ich stutzte über dieses seltsame Schreiben. «Dieser edle Verleugner alles Selbstischen, dieser Vertreter alles dessen, was uneigennützig und uneitel ist, muß ein sonderbarer Herr sein», sagte ich zu mir selber, und die Lust, mich für die hohen Ziele und Zwecke der Menschheit einzusetzen und abzumühen, nahm verblüffend schnell und stark ab, sank beträchtlich und verlor sichtlich an froher, frischer Farbe. Mit um so frecherem, froherem und frischerem Mut machte ich jetzt den kühnen und waghalsigen Versuch, in die gebildeten und vornehmen Gesellschaftskreise einzudringen, die ich bis dahin nur von weitem bewundert, bestaunt und angebetet hatte. Ich mietete bei der Frau Professor Krähenbühl ein Zimmer und lernte infolgedessen in recht kurzer Zeit die besten, gediegensten und höchsten Kreise, Zirkel und Verbände kennen, derart, daß mir Luise zeitweise ganz niedrig und sozusagen proletarisch erschien. Ich undankbares Ungeheuer! Aber der Glanz und die Herrlichkeit dauerten nicht lange; es wurde mir unter all dem feinen Benehmen und unter all den schönen geistvollen Redensarten und Gesprächen glücklicherweise rechtzeitig angst und bang, und daher bat ich Frau Professor Krähenbühl, mich um der Barmherzigkeit Gottes willen doch lieber wieder fortziehen und weiterschwenken lassen zu wollen, weil ich fürchten müsse, elendiglich umzukommen. Die Dame lächelte und sagte, sie bedaure aufs lebhafteste, tiefste und höchste meinen schleunigen Abgang, könne mich jedoch natürlich in meinen freien Entschließungen nicht hindern, sie wünsche mir selbstverständlich alles Gute und Schöne und freue sich unendlich, daß ich, wie es scheine, gesonnen sei, sie zu verlassen. Offenkundige, abscheuliche Ironie war das! Aber ich war nur von Herzen froh, daß ich das Weite suchen und auf und davonrennen durfte.

Ich kam nun in die Vorstadt zu Schreinersleuten. «Wenn ich mich mit einiger Aufmerksamkeit vom Kopf bis zu den Füßen betrachte», redete ich mit mir selber, «so muß mir unwillkürlich einleuchten, daß ich weit besser ins Arbeiterviertel als in die bessere Gesellschaft oder mit andern Worten entschieden besser zu den armen Leuten als ins Villenquartier passe.» Wie ich mich erinnere, war ich herzlich froh, daß ich den Mut hatte, mir aufrichtig die Meinung zu sagen. Zu einer gesunden Einsicht zu gelangen ist für den äußern sowohl wie für den innern Menschen stets ein großer Vorteil, der mit Annehmlichkeiten verbunden ist. Bei meinen Schreinersleuten sah ich dann und wann im gegenüberliegenden Fenster einen armen Knaben, der auf unbegreiflich erschreckende Art Pfeife rauchte, was einen traurigen und entsetzlichen Anblick darbot. Des frühverdorbenen Knaben Mutter, oder was die Person sonst sein mochte, schlug, wie ich deutlich hörte und merkte, den Jungen täglich unbarmherzig, und das Fürchterliche bei der Kindermißhandlung war die unnatürlich stumpfe Gelassenheit, womit das Kind sein elendes Schicksal hinnahm, daß es über die Schläge, die es erhielt, nicht einmal mehr weinte. Die Frau, die den Knaben schlug, und der Knabe, der gleich einem jugendlichen Gespenst regelmäßig, als wenn er ein alter Mann sei, zum Fenster hinausschaute und rauchte, seine frühe grauenvolle Fühllosigkeit, des Weibsbildes Grausamkeit, ihre leuchtendrote Nase, deren Aussehen auf ein abscheuliches Laster deutete: das alles ergab ein Bild, dessen rohe Häßlichkeit mich schaudern machte. Bei dieser Gelegenheit darf ich mir vielleicht erlauben, sehr ernsthaft zu bemerken, daß, wenn ich auch den schönen und fröhlichen Erinnerungen stets den Vorzug vor den traurigen und beweinenswürdigen gebe, ich dennoch aus Gradheit, Rechtlichkeit und Ehrlichkeit, Eigenschaften, die ich glücklicherweise nicht gänzlich entbehre, das Böse und Schlimme, das ich da und dort sah, nicht verschweigen darf, weil sonst die Ehre meiner Gedanken litte. Auch muß ich vorauszusetzen wagen dürfen, daß dem geneigten gütigen Leser der Schmerz und das Weh an Wichtigkeit nicht unter der Lust und unter dem Lächeln stehen. Im übrigen tu ich niemand irgend etwas zuleid, wenn ich das Leid eines Knaben schildere.

Beinahe habe ich nun den eigentlichen Gegenstand hintangestellt, zu dem ich zurückkehre, nämlich zu Luise. Ich verdanke dieser liebenswürdigen Frau, dieser «Proletarierin» so viel, daß ich das mit einigen kurzen Sätzen werde auseinanderzusetzen haben. Was für ein freier, heller Kopf war sie, was für eine weite, freie gute Seele. Wenn ich an Luise denke, so steht kaum eine körperliche Gestalt, vielmehr nur etwas wie eine reine Menschenseele vor mir, und dies ist gewiß bedeutsam, da es sich um das Bildnis einer Frau handelt. Luise war schön! aber das zehntausendmal Schönere an ihr als ihre Schönheit waren offenbar ihre Eigenschaften. Ich bin kaum mehr in meinem nachherigen Leben wieder einer so heiteren und fröhlichen Frau begegnet. Sie besaß eine Vereinigung von Bildung und Heiterkeit, von Schönheit und Fröhlichkeit, von Lebensernst und Freundlichkeit, die ich, nach allem, was ich in der weiten Welt gesehen und erfahren habe, als köstlich und höchst selten bezeichnen muß. Wie manche mißmutige, verdrießliche und mißgünstige Frau habe ich kennengelernt! Von Luise strahlte eine immer gleichartige helle frische Munterkeit und Zufriedenheit aus. Ihr Verstand und ihre Schönheit waren gleich groß; ihr Geist und ihre Menschenfreundlichkeit gleich bedeutend. Wie oft kam es vor, daß ich Frauen sah, die hauptsächlich Geist besitzen, um sich selber und andere zu ärgern. Luise ärgerte sich nie! Ihre Schönheit, die an die mondscheinhafte Schönheit einer mittelalterlichen Madonna erinnerte, fand bei ihrer Besitzerin und Trägerin kaum irgendwelche kleine Beachtung. Ihr schönes Haar besaß mitunter einen gewissen leuchtendgoldenen Glanz. Güte und eine Welt von Hilfsbereitschaft lagen in ihren Augen, aber gelassene und sanfte Überlegenheit war ihr nicht minder eigen. Ich habe stolze und schöne Frauen gesehen, denen die Ängstlichkeit, daß ihre Schönheit verblassen und mithin ihr Stern sinken könnte, aus den Augen herausflackerte. An Luise habe ich nie so etwas gesehen. Ich sah bildhübsche Frauen auf den Wind und den Regen zornig werden, die es wagten, im Haarheiligtum einige Unordnung zu verursachen, und es mag vorgekommen sein, daß ich Gelegenheit hatte, Frauen vor Zorn über des weiblichen Nebenmenschen frische Reize mit den Zähnen klappern zu sehen. Man irrt sich vielleicht nicht allzusehr, aber man läßt es sicherlich an Höflichkeit und Artigkeit fehlen, wenn man zu sagen wagt, daß derartiger

Frauen Äußeres auf der beständigen Pein beruht, die sie sich durch eine beklagenswerte fortwährende Unruhe wegen Mund, Wangen, Augen, Frisur und Gestalt bereiten. Es scheint, daß es zahlreiche Frauen gibt, die niemals über den kleinen, im Grunde doch recht ärmlichen Gedanken an ihre Erscheinung hinausgelangen und die, weil sie geplagte Sklavinnen sind, die vor der Peitsche der erbärmlichen Frage zittern: «Wie sehe ich aus?» oder: «Welchen Eindruck mache ich?» nicht fröhlich sein können.

Was Rosa betrifft, die ich am Anfang erwähnte, so muß ich mich, da ich sie in des werten Lesers Gesellschaft eingeführt habe, nun auch wenigstens insoweit um sie bekümmern, als ich sie nicht in irgendeinem Winkel sitzen lasse. Der ebenfalls anfänglich erwähnte Paul, ihr Freund und Vertrauter, ließ gegenüber der Freundin mit der Zeit deutliche Zeichen von Lieblosigkeit und Untreue merken, worüber Rosa ebensosehr weinte wie aufgebracht war, da sie die zunehmende Gleichgültigkeit und Sorglosigkeit des zärtlich Geliebten als tiefste Beleidigung empfinden mußte. Eines Tages, da ich mit ihr zu zweit in ihrem Zimmer saß, bat sie mich mit gleichsam finsterer Miene, d. h. ersuchte sie mich, noch besser: befahl sie mir mit kurzen Worten, ihr über Pauls Aufführung ehrlich und aufrichtig alles zu sagen, was ich wisse. «Er ist Ihr Kamerad», fügte sie bei. Keinen Augenblick im Zweifel, was ich zu erwidern haben würde, bemerkte und erwiderte ich, daß ich eben deshalb, weil Paul mein Kamerad sei, eine Meinung über ihn zu haben mir soeben im stillen verboten habe. Indem ich ihr darlegen zu dürfen glaubte, daß solcherlei Hinterbringungen und Aufklärungen für Rosa nicht den mindesten Wert haben konnten, nahm ich mir die Freiheit, ihr auf eine sehr einfache Art begreiflich zu machen und so kurz wie möglich auseinanderzusetzen, daß die Eröffnung eines Informationsbureaus den Absichten und dem Geschmack eines redlichen Mannes unter Umständen keineswegs entspreche. Sie rief aus: «Paul betrügt mich; Sie, Sie wissen etwas davon, wollen es mir aber nicht sagen. Sie sind abscheulich!» – Ich blieb ruhig sitzen, machte eine ganz heitere Miene und antwortete keine Silbe, und nach einigen Minuten hatte ich die Ehre, die Genugtuung und das Vergnügen, mir von Rosa sagen zu lassen, daß ich im Recht sei. Sie gab mir die Hand und war mit mir zufrieden. Von Rosa ist im allgemeinen zu sagen, daß sie sich vermöge ihrer kätzchenhaften Geschmeidigkeit und Behendigkeit vorzüglich als Kammerzofe für eine große Dame oder als Tänzerin für die große Oper geeignet haben würde. Sie war sehr graziös, lebhaft und ungemein klug. Sie pflegte öfters mit Kastagnetten als verführerische Spanierin in ihrer Stube umherzutanzen. Auch als Schauspielerin würde sie sehr wahrscheinlich Erfolg gefunden haben. Noch lieber dachte ich sie mir als Hirtin, Schäferin oder Jägerin im Wald oder auf grüner freier Wiese im flatternden Phantasiekostüm. Sie besaß Witz, Anmut und Schelmerei und mahnte mit diesen Gaben an das Rokoko. Sie heiratete immerhin später einen Lehrer.

Zeitweise wohnten beide Freundinnen in einer gemeinsamen bescheidenen Wohnung, und sowohl Rosa wie Luise hatten mir die Erlaubnis gegeben, so oft vorbeizukommen und anzuklopfen als es mir Vergnügen machen könne, und da mir das Vorsprechen bei zwei muntern und gescheiten Frauen selbstverständlich die größte Freude machte, und mir außerdem die besondere Freude blühte, merken zu dürfen, daß ich willkommen und gern gesehen sei, so nützte ich obige Erlaubnis nach Herzenslust aus, und der Verkehr ist immer heiter, angenehm und ungezwungen geblieben. Luise war immer die Ruhe selber. Rosa konnte mitunter recht aufgebracht oder niedergeschlagen sein. Einmal hatte sie einen Mann von der Straßenbahn überfahren sehen. Über den bedauerlichen Vorfall gänzlich fassungslos sein und vor Erregung, Erschöpfung und Beelendung wegen des Gesehenen fast ohnmächtig werden, stand der Zarten und Leichtbeweglichen ganz und gar an. Luise war gewissermaßen die große, Rosa die empfindliche Seele. Wie froh war ich aber jedenfalls zu einer Zeit, da eine noch völlig unbekannte Welt sich vor den Augen des unerfahrenen jungen Mannes öffnete, die zu betreten und zu befahren er noch wesentlich zu ungeschickt und zu ungebildet sein mußte, über eine Bekanntschaft, die mir erlaubte, mich, indem ich fröhlich plauderte und Gesellschaft leistete, in vielerlei Dingen auf eine freie, wohltuende Art zu belehren. Mit einem erheiternden, belebenden Umgang waren Bildung und eifrige Erkundigung auf das Wünschenswerteste verbunden. Irgendeinen andern Dank als munteres Reden in ihrer Gegenwart wollten die liebenswürdigen Frauen nicht von mir empfangen, daher waren mein junges dummes zufriedenes Gesicht und im übrigen meine noch ungeschliffenen Manieren der einzige Tribut, den ich zahlte. Heimatlichen Anschluß, Rat, Unterricht, gesellige Befriedigung, Verfeinerung, Förderung und Besserung genoß ich, wo ich nur die leichte Verpflichtung zu übernehmen hatte, kein ganz langweiliger, fader und trockener Mensch sondern wenn irgendwie möglich das Gegenteil davon zu sein, einige passable Unterhaltung einzufädeln, dann und wann hell und laut zu lachen, meine lieben wohlwollenden Freundinnen damit anzustecken, kluge und dumme Sachen sorglos durcheinander zu sagen, im großen und ganzen einigermaßen vernünftig und gescheit zu sein, mich vor allen Dingen von jeder mißmutigen Verfassung frei zu zeigen, etlichen Witz zu bekunden, guten Willen zu offenbaren, der noch immer nötig gewesen ist, wenn es gegolten hat, Zerstreuung oder Zeitvertreib zustande zu bringen und alles in allem den Damen zu beweisen, daß ich — noch ein junger Mensch sei. Luise! Ich brauche diesen Namen, der für mich die Bedeutung eines Denkmals hat, heute, wo so manches Jahr seither vergangen ist, nur leise auszusprechen, um mich ermutigt und in die freudigste Stimmung versetzt zu sehen. Wenn nach und nach dem Alternden vieles oder in Gottes Namen alles verlorengeht, wenn er ärmer und immer ärmer wird, alles Schöne und Gute ihm abbröckelt und zerbricht, unerbittliche Winde ihm die Hoffnungen rauben, wenn es ihm um Kopf und Herz herum kälter und kälter wird, langsam ihm, wie er fürchtet, die Lebensfreuden sterben, unangenehme frostige Voraussetzungen notwendigerweise zur Tatsache, zur vermutlich sehr düsteren und sehr unerfreulichen Wahrheit werden, so gehen ihm doch die Erinnerungen, so geht ihm doch wenigstens das immer wieder neue frische warme junge Andenken an die dahingesunkenen und geschwundenen schönen Zeiten nicht verloren, und man darf sich nicht wundern, ihn dieses Andenken so eifrig und so aufmerksam pflegen zu sehen, denn das Andenken, das an und für sich schon schön ist, bereitet dem an frohen und schönen Stunden Armgewordenen andere, und vielleicht noch schönere, frohe und schöne Stunden. Er weiß, warum er sich so fleißig bemüht, die Zerstörung und Zertrümmerung seiner holdseligen, freudereichen Stadt Jerusalem zu verhüten; er weiß, warum er den lieben Garten der Erinnerungen so treulich und ausharrlich netzt, spritzt, hegt und pflegt und warum er sich zur emsigen Aufgabe macht, in die kalte, nackte Gegenwart die blühend-lebendige Vergangenheit zu pflanzen und zu setzen.

Luise, die die Tochter eines braven ländlichen Zimmermannes war, kam früh als Arbeitsuchende in die Stadt, wo sie bei einem Herrn Mortimer Stellung fand. Engelgleiche Schönheit, die sie war, sah sie bald ihren Chef zu ihren Füßen, der seine Arbeiterin und Untergebene leidenschaftlich liebte. Mit ihren wundervollen und seelenvollen Augen schaute sie den Mann sanft an, und lächelnd schenkte sie seinen heißen Beteuerungen Gehör. Der Umstand, daß sie ihrem Prinzipal und Brotherrn in bezug auf Witz, Intelligenz, Verstand, Geist und Geschmack in jeder Weise überlegen war, hinderte die edle schöne Seele keineswegs, sich zu unterwerfen, dem stürmisch-herrischen Begehren nachzugeben und all die Zumutungen eines starken Verlangens anzunehmen. Sie gab sich ihm hin, d. h. sie erlaubte ihm, zu tun, was ihn das Entzücken, das ihre Gegenwart ihm einflößte, tun hieß. Sie schauerte unter der Wirkung seiner Küsse. Da sie einmal den Einfall hatte, Magd, Knechtin und gehorsame Sklavin sein zu wollen, so war sie selig, und der Gedanke, auf schrankenlose Art ihrem Herrn dienlich und angenehm zu sein, beglückte sie durch seine Kühnheit bis ins Innerste ihres Wesens. War Herr Mortimer mittelmäßig begabt? Es scheint so. Er war schön und eitel. Über die starke Summe von Eigenliebe, nach welcher seine Person förmlich duftete, konnte niemand, der ihn auch nur flüchtig betrachtete, im Zweifel sein. Wir wollen im übrigen zu vermeiden suchen, ihn allzu hart zu beurteilen; denn damit täten wir ihm unrecht. Er gehörte aber immerhin scheinbar zu den Männern, die sich von ihrem erstaunlich hohen Wert vorteilhafterweise sattsam zu durchdringen wissen. Wir haben es jedoch hier mit einem Fehler oder Laster zu tun, das die Liebenden am Gegenstand ihrer Zärtlichkeit vielleicht über alles lieben. Wenn die schöne Proletarierin den reichen, stolzen, mächtigen Handelsherrn bei kühler Betrachtung durchaus nicht hoch geachtet haben würde, so ist zu sagen, daß sie ihn dafür um so mehr liebte. Liebe hat mit Wertschätzung und Achtung sehr wenig oder überhaupt nicht das geringste zu tun. Liebe stellt nicht Untersuchungen an, ob sich das Geliebte auch für die Hochachtung eigne. Falls ich mich nicht irre, so war Herr Mortimer etwas wie Freimaurer. Luise stellte mich ihm eines Tages vor, wir beide Männer redeten jedoch, soviel ich weiß, nur einige wenige und dazu sehr bedeutungslose und trockene Worte miteinander. Den Eindruck der Verstandesschärfe machte er mir so wenig wie den Eindruck der Härte. Ich hielt ihn, als ich ihn sah, sogleich für einen Wollüstling und Weichling, für eine gerne alles, was an Weiblichkeit und Gefälligkeit nur immer in ihre Nähe käme, aufessende, aufbrauchende und schlingende Lebe- und Genußmenschen-Natur. Man wird vielleicht finden, daß ich Herrn Mortimer zu derb anfasse, und ich gestehe gern, daß dies möglicherweise leider der Fall ist. Hierdurch würde ich nur mir selber schaden. Gewissen Männern ist es beschieden, einen hohen Wert insbesondere für Frauen zu haben; als Zeitgenossen und als Mitmenschen besitzen sie jedoch manchmal, wie wenn die Vorsehung und der Himmel für eine gleichmäßige Verteilung der Gaben sorgte, wenig oder nicht die leiseste Bedeutung, von Liebesdingen abgesehen, sind sie belanglos, und als treibende Elemente in Staats- oder Menschheitssachen fallen sie in keinerlei Betracht. Genug! Luise, die Edle, war jedenfalls dieses scheinbar sehr gewichtigen, ansehnlichen Mannes, imposanten Vertreters alles Selbstgefälligen und Selbstbeweihräucherigen demütige Geliebte. Mortimer war verheiratet. Luise ist aber meines Wissen mit Frau Mortimer nie in irgend eine Berührung gekommen. Eine Beziehung oder einen Verkehr zwischen beiden Frauen hat es also nicht gegeben, wozu ja auch ganz gewiß nicht der kleinste Anlaß vorhanden war. Als Luise Mutter eines Knaben wurde, regte sich die Löwin, die Heldin in ihr, und Mortimer erhielt den Abschied. Sie sagte ihm bei Gelegenheit ganz still und voll unverkennbarer Hoheit, von sanften aber unerschütterlichen Entschlüssen erfüllt, daß sie in Zukunft allein sein wolle, daß sie ihn nicht mehr zu sehen begehre, daß sie den Wunsch habe, er möge ihr von nun an fern bleiben, daß sie in ihrem Inneren mit dem Gewesenen und Geschehenen gebrochen habe. Er bot ihr seine fernere materielle Unterstützung an. «Nichts von dem! Geh!» sagte sie schneidend und ruhig, wobei sie ihm Augen voll Abweisung und Gleichgültigkeit zeigte. Sie schien ihn kaum noch mehr zu kennen, er war ein Fremder für sie. Als er sie anflehte, Mitleid mit ihm zu haben, bat sie ihn auf eine kalte und formelle Art, die ihn erschreckte, sich entfernen zu wollen, worauf er ging.

Luise begann nun einen ebenso harten wie fröhlichen, freien, unerschrockenen Kampf mit den Nöten und Bedürfnissen des täglichen Lebens zu kämpfen. Wenn ich sie in ihrer sehr zweifelhaften Lage sah, kam sie mir stets ebenso arm wie mutig und ebenso bedürftig wie klug, tapfer und heiter vor. Ich habe sie in der ärmsten Lage und in den kümmerlichsten Verhältnissen gesehen, aber immer fand ich sie bereit, lebhaft zu reden, Anmut und Geist zu zeigen und fröhlich und zuversichtlich zu lächeln. Immer blieb sie die Ruhige und Gefaßte, und für kopfaufrichtende kleine Lustigkeiten bewies sie ein immer gleich sich bleibendes reizendes, liebliches Verständnis. Eine solche Frau, solch ein wackerer Charakter von Frau durfte und mußte hindurchdringen. Sie siegte denn auch in der Tat im harten Kampf, trotzte allen feindseligen Stürmen und brach sich durch alle Schwierigkeiten Bahn. Im Krieg des täglichen Lebens wurde sie stark, und nie verlernte sie Lachen, Mitteilen und Menschenfreundlichkeit. Selber in hohem oder höchstem Grad arm, war sie andern Armen eine beständige treue Freundin. Als Proletarierin lebte sie unter Proletariern und Proletarierinnen. Sie schwang sich, so kann man sagen, zur geliebten und bewunderten Königin der Armen auf. Indem sie Menschen aufrichtete und tröstete, richtete sie auch sich selbst immer wieder von neuem auf, tröstete sie sich selbst, und von gänzlichem Mutsinkenlassen und Ermüden wußte Luise nichts. — Lebt sie noch? Und wenn ja, wo lebt sie? Ich sah sie schon lange, lange nicht mehr. Das Leben riß mich aus ihrer Nähe, aus der Gesellschaft der Vortrefflichen fort. Freilich möchte ich die Gute gern einmal noch wiedersehen, und es mag wohl auch eintreffen, daß ich sie wiedersehe. Ich ging auch schon früher zeitweise von ihr fort, aber ich erinnere mich, daß es mich immer wieder, wie zu einem schönen und glückverheißenden Stern, zu ihr zurückzog.

DER STUDENT

Er spazierte viel, saß dann wieder tagelang im Zimmer und las oder schrieb. Viele Männer, Frauen, Jünglinge, Mädchen, kleine Kinder sah er, das kam ihm seltsam und fragwürdig vor. Vieles was er sah, gefiel ihm. Anderes nicht, aber es beunruhigte ihn eigentlich nichts. Unruhe war nicht philosophisch, nicht studentisch. Nicht kalt, nicht gleichgültig war er gegenüber dem Leben, aber er wußte über die Wärme, über die Erregungen Herr zu bleiben. Er sehnte sich nach einem Leuchten und nach einem Durchleuchtetsein, danach trieb es ihn. Zum Leben zog es ihn, und gleichzeitig zog es ihn zu den Einsamkeiten und Wissenschaften. Zur Liebe zog es ihn, zur Musik, zur Poesie. Die freien Künste schwebten ihm vor den äußern und innern Augen wie Gestalten. Manchmal war ihm, als trage er goldenes Haar und in der Hand ein Schwert. Er bildete sich ein, er sei ein Ritter des Mittelalters, der die Welt zu durchstreifen habe, um Abenteuer zu erleben. Mitunter war er wieder wie ein Mönch, wie in einer Klosterzelle saß er da und dachte über das Rätsel der Welt. Ihm war alles rätselhaft, das Klare und Gegebene so gut wie alles andere. Die Klarheiten führten in die Unklarheit, und aus dem Unklaren stiegen ihm oft wunderbare sanfte, hohe Klarheiten empor. Alsdann verlor es sich aber immer wieder. Der Gewinn verwandelte sich in einen Verlust; wo sich hingegen der junge Denker gänzlich verloren zu haben glaubte, wo er mit einmal alles verloren zu haben meinte, glänzte ihn aus naher Entfernung eine ungeahnte Eroberung an, eroberte er plötzlich ungeahnte Gebiete. Wo er sich oft reich meinte, war er bettelarm; den Armen aber erquickte und entzückte dann mit einmal wieder ein Strom von Schönheiten und Weisheiten. Gewaltig rang er mit sich selber. Ganz für sich im stillen kämpfte er, in Kopf und Brust, einen harten Kampf. Manchmal war es ihm, als müsse er laut schreien, weil er dachte, daß ihn die Drangsal der auf ihn einstürmenden Gedanken-Ungetüme ersticke, verschütte. Aber er ertrug die Qual weiter und weiter; sie war ihm süß, wie das geliebte Kind der furchtsamen sorgenvollen Mutter, sie war ihm das Liebste und Beste auf der Erde. Ohne die Qualen des Gedankenkampfes, den er leidenschaftlich immer wieder herausforderte, vermochte er nicht mehr zu existieren. Zuweilen ging sein Denken in ein Dichten, Träumen, Phantasieren, sozusagen in ein Tanzen und Musizieren über. Diese Verschiebung brachte ihm hohen Genuß. In Gedanken war er oft ein Sänger, Tänzer, Redner, General oder Musiker oder oft auch ganz einfach nur ein Anbeter von schönen Frauen. Reizend dünkte es ihn, sich z. B. in die Zustände des siebzehnten Jahrhunderts zu versetzen. Die Weltgeschichte machte ihm den Eindruck eines Gedichtes, oder sie erschien ihm wie eine kühne, herrliche, tiefsinnige Freskomalerei. Er machte die deutsche Sprache zu einem Schloß voll Zaubergemächer; in den Grenzen und Bezirken der Philosophie lustwandelte er wie in einem edlen, mit geheimnisvollen lieblichen

Verstecken und grünen Schlupfwinkeln erfüllten Fürstengarten. Die Wissenschaften verwandelten sich zu seinem Vergnügen in hohe Bäume mit majestätischen Kronen, und die weite breite Gelehrsamkeit war licht wie der blaue Äther, hin und wieder aber seltsamerweise finster wie die Hölle. Seltsam und wild träumte der Student, liebte bisweilen in seinem Zimmer zu deklamieren oder zu tanzen. Schillersche Prosa zu lesen war für ihn eine Schwelgerei. Manchmal ging ihm etwas wie düstere Seeräuber-Romantik durch den Kopf. Er las Hölderlin und die griechischen Tragödien. Sein eigentlicher Lehrer war er selber, und man kann sagen, daß er hauptsächlich bei sich selber in die Schule ging. Arm war er, aber daraus machte er sich nicht das geringste. Auf Kleider und derlei Äußeres legte er keinen Wert.

«Kopf muß ein Student haben», pflegte er zu sagen.

Es muß hervorgehoben werden, daß er gern und viel turnte.

«Turnen muß ein Student», pflegte er von Zeit zu Zeit zu sagen.

Murmeln, flüstern: das kennzeichnete ihn, das kam daher, weil er immer allein ging. Ganz auf sich selbst war er angewiesen, und das war ihm recht, denn er hielt diesen Umstand für einen großen Vorteil. In die Gesellschaft ging er nie oder nur sehr selten. Zu den Salons hatte er kein Vertrauen; es schien ihm, daß er unter Leuten seinen Wert verliere. Im Salon trug der elegante Frack und das einschmeichelnde gewinnende Benehmen über die Schärfe des Verstandes und ihre Wirkungen den Sieg davon, und diese sehr einfache Erkenntnis verursachte ihm Unbehagen. Vor Zerstreuungen fürchtete er sich sozusagen, hatte sie also keineswegs nötig, denn ich habe in der Tat nur nötig, was mir wohltut. Aber den Wald, die Berge, den See liebte er dafür um so mehr. Die Wellen hatten für ihn etwas Gedankenreiches, auf freier Bergeshöhe flogen reiche hohe Gedanken wie von selber aus der kühlen blauen Luft herab an den Wanderer heran.

Wandern, ja, das war des Studenten Freude!

Marschieren war ihm etwas wie ein musikalischer Genuß. Denken und Gehen, Sinnen und Schreiten, Dichten und Laufen waren verwandt miteinander. Ihm kam der Wald mit seiner Kirchenruhe und -stille wie ein Studiersaal vor, wo Naturwissenschaft, Religion, Weltweisheit und das Wesen der Liebe freundschaftlich gelehrt wurden. Der liebenswürdige süße Vortrag, den die kleinen sangesfrohen Vortragsmeister von den zart verborgenen Tannenästen herab hielten, entzückte sowohl sein Ohr wie sein Gefühl. Unter redenden Menschen kam er sich dagegen häufig wie ein Mensch vor, der am Ertrinken, am Ersticken ist. Im Schweigen an und für sich schon lag der Gedanke, die Freiheit und die Weisheit. Wenn der Student redete, wurde er augenblicklich gedankenarm. So schien es ihm wenigstens. Verfolgte er jedoch schweigend seinen Weg, so flossen alsogleich die silbernen, goldenen Gedankenwellen im schönsten Urzustand und eine ihn beglückende Vergeistigung durch die weichen Gegenden auf ihn zu, um ihn mitzunehmen, in die Höhe zu heben, ihn wie in einem königlich schönen hellrotflammenden Segelschiff, stürmische Begeisterungen entzündend, in die fröhlichen Morgen- und Abendlüfte, hoch über die Erde und ihre kleinen Dinge ins stolze feurige und freudige Denkerreich emporzuwerfen. Alles war dann klar und rein. Redete und disputierte er aber, so war alles trüb.

Seine Erscheinung war schlicht, schlecht und unauffällig wie die eines Arbeiters. Von äußerer Besonderheit war keine Spur an ihm. Sein Gang verkündete eine große Sanftheit aber zugleich auch einen starken Eigenwillen. Seine Haltung war bescheiden und zugleich stolz. Fern von jeglicher Extravaganz verrieten seine Manieren und sein Auftreten Energie und Entschlossenheit, doch war es ihm und andern, die ihn sahen, wenn er so einherging, als schlafe er im Gehen. Vielfach grüßten ihn einfache Leute auf der Straße, auch kleine Kinder. Dann und wann war er träge. Aus seinen Augen strahlten Seelenruhe und das Feuer einer lebhaften Phantasie. Er lachte gern, aber im allgemeinen waren seine Gesichtszüge und sein Benehmen ernst.

Welche Form er annehmen, was er aus sich machen und wie es ihm ergehen würde, war ihm nicht recht klar. Er gehörte zu denen, die den festen Willen haben, sich zu entwickeln, lieber nichts als etwas Halbes und Falsches oder als etwas Schlaffes zu sein, er gehörte, mit einem Wort, zu denen, die suchen.

Als er sich mitten im fleißigsten Studium sah, brach der Krieg aus. Alles Gedankliche stürzte ihm zu Boden, und er ging in den Wald, um dort gleichsam unter einem Stein aus der Urzeit all sein bisheriges emsiges Denken sorgfältig zu vergraben. Rasch faßte er sich, sagte allen Bedeutungen, allen seinen tiefen Dingen leise Lebewohl und eilte an Ort und Stelle, um die Waffen zu ergreifen und den Fahneneid zu leisten. Bald war er Soldat, und das Gewehr wurde sein vertrauter guter Freund. Auf staubiger Straße, Vaterlandslieder singend, ging es gegen den Feind. Es kam zur Schlacht. Todeslust und Lebenslust vereinigten sich in der Brust des Studenten zu einem gewaltigen Empfinden. Mit den Kameraden stürmte er voran. Die Geschütze krachten, die armen Verwundeten wimmerten, der Feind wurde geworfen und die Schlacht gewonnen. Er blieb am Leben.

Wenn seine Gefährten im Schützengraben, wo die Leute wie die Urbewohner der Erde in Höhlen hausten, an Frau und Kinder dachten, so dachte der Student an seine Studierstube, nach deren Anblick er sich so lebhaft sehnte wie der Freund nach der Freundin, aber Philosoph, der er war, blieb er fest und ruhig, rauchte Pfeife und spielte Karten. Abwarten und Ausharren hatten für ihn etwas eigentümlich Reizendes und Großes, und die Entbehrungen, denen er sich zu unterwerfen hatte, erschienen ihm fast schön. Er vergaß zuweilen, wer und was er war. Wegen seiner Freundlichkeit und wegen seines Mutes wurde er gelobt. Er war gesprächig und redete die rauhe Sprache derjenigen, die dieselbe Aufgabe hatten wie er. Sein heißer Wunsch war, daß es ihm vergönnt sein möge, eines Tages gesund wieder in den Frieden, in die Freiheit und zu seinem Studium zurückzukehren.

DOKTOR FRANZ BLEI

Weit und breit als Schriftsteller bekannt, hat er einen berühmten Namen, und man rechnet ihn zu den Männern von Verdienst. Verdankt ihm das gegenwärtige geistige Leben nicht hunderterlei Anregungen? Ist er nicht unter anderem der Verfasser von zahlreichen bedeutenden Aufsätzen? Hier will ich erzählen, wie ich ihn kennenlernte und welchen Eindruck ich von seiner Persönlichkeit empfing.

Ich war zwanzig Jahre alt, lebte als Handelsbeflissener in Zürich und wohnte daselbst in einem alten Haus auf dem Berg, in einem Zimmer, das unmittelbar vor mir ein Maler, nämlich mein Bruder, bewohnt hatte. Dem hübschen Zimmer war eine gewisse Stimmung von Nachdenklichkeit und freundlicher Altertümlichkeit eigen, weshalb ich es fast zärtlich liebte. Zwei gutherzige Tannen standen dicht vor dem Fenster, und wenn ich am frühen Morgen erwachte, so schienen sie mir mit ihren anmutigen ernsthaften Ästen «auch schon munter» und damit herzhaft guten Tag sagen zu wollen. Es gab damals für mich nur ein einziges Seltsames, Großes und Wunderbares, das war die Natur mit ihren Nächten, Abenden und frühen Morgen. Jugend-Romantik, wie beseeligtest du mich! Es war im Mai, und Widmann in Bern hatte einige meiner Gedichte in seinem Sonntagsblatt veröffentlicht. Ich sah mich zum erstenmal im Leben gedruckt, worüber ich vor Vergnügen fast verrückt wurde. Ich wiederhole, daß ich zwanzig Jahre alt war. Mit zwanzig Jahren ist manches möglich, was mit vierzig nicht mehr möglich ist. Die Frühlingserde glich einer liebenswürdigen, grün- und weißgekleideten Prinzessin, und das hoffnungsreiche Leben, von heiteren Aussichten schäumend und sprudelnd, tanzte und schwebte wie ein ungebundener, königlich schöner und freier Tänzer daher, der weder Kummer noch Sorgen kennt.

Eines Abends, um die Zeit, wo ich gewöhnlich von der Arbeitsstätte oder vom Arbeitsfeld nach Hause zurückkehrte, sah ich auf dem Tisch, im Dämmerlicht der schon dunklen Stube etwas Kleines, blitzend Weißes und Feines liegen. Es war ein Brief, ich öffnete ihn, trat ans Fenster, das noch einige undeutliche und schwache Tageshelligkeit gewährte, und las, was mir Doktor Franz Blei schrieb, der mich bat, ihn besuchen zu wollen, da er mich gerne kennenlernen möchte. Ich ging andern Tages, nachmittags sechs Uhr, zu ihm hin, um dem Manne, den meine Gedichte interessiert zu haben schienen, meine Aufwartung zu machen, wobei es, wie ich mich erinnere, und zwar so deutlich erinnere, wie wenn es sich um eine Erscheinung von gestern oder vorgestern handeln sollte, aus grauem, weichem Himmel sanft auf einen wie mit Teppichen belegten Weg herabregnete, als weine es in leisen süßen Strömen aus tränenangefüllten Augen.

Sorgfältig trat ich in das Haus hinein, womit ich den Fuß zum erstenmal in meinem Leben in ein feines und vornehmes Haus setzte. Er lächelte sehr freundlich, als er mich erblickte, und mit sichtlicher Artigkeit und Güte geleitete er einen jungen Menschen in seine Wohnung hinein, der sich die Kunst, sicher aufzutreten, noch in keiner Weise angeeignet hatte. Sein geistreiches Lächeln war überaus gewinnend. Im angenehmen und ruhigen Verlauf des Gespräches, das er mit mir führte, machte er mich, vom edlen Eifer beseelt, mich aus mancherlei Unkenntnis und Unwissenheit heraufzuheben, auf einige Dichter, auf Lenz, Büchner, Brentano und Novalis aufmerksam. Es zeigte sich, daß er ebenso klug wie ernst, ebenso leicht und graziös wie schön spreche, und daß sein Benehmen überaus sanft und liebenswürdig sei. Geist und Bildung sprachen aus jedem Wort, das er redete; der Schatz seines Wissens schien auf der Freundlichkeit und auf der Güte eines schönen und empfänglichen Herzens zu beruhen. Auffallend war seine Manierlichkeit, und die Artigkeit schien ihm angeboren. Eine gewisse gesellschaftliche Kälte, die er für schicklich halten mußte zu zeigen, schien seinen augenfälligen Wert keineswegs herabsetzen zu können. Er war sehr elegant gekleidet, und sein sehr feines Wesen ließ von Zeit zu Zeit etwas Spielerisches ahnen, das als Eigentümlichkeit an demselben haften mochte. Mir kam es vor, als habe er eine beträchtliche Summe von Herzlichkeit mit einer ebensolchen Summe von Verstand und einen vornehmen Geschmack mit den exaktesten Kenntnissen vereinigt. Ich sah ihn sich ebenso würdig wie frei und ungezwungen benehmen. Unter andern Annehmlichkeiten, die er mich fühlen ließ, schenkte er mir einige Bücher, und indem er mich mit seinen klugen Augen sorgfältig anschaute, wobei eine gewisse Fraglichkeit und Besorglichkeit über seine weltmännische Miene schwebte, fragte er mich, wie ich mir meine Zukunft vorstelle: «Sie sind im kaufmännischen Bureau beschäftigt und schreiben Gedichte. Werden Sie fortfahren, Gedichte zu schreiben und dabei kaufmännisch tätig zu sein?»

Ich antwortete: «Es wird mir kaum irgend etwas anderes übrigbleiben. Darf ich Ihnen gestehen, daß ich habe Förster werden wollen? Darf ich Ihnen ferner gestehen, daß ich anderthalb Tage bei einem Photographen in der Lehre gewesen bin, und daß ich vorübergehend auch an die Gärtnerei gedacht habe? daß jedoch bei alledem eine sehr lebhafte und kräftige Stimme in mir gewesen ist, die mir sagte, daß Berufsänderungen im allgemeinen immer nur Äußerlichkeiten, nicht Wesentlichkeiten sind? Lastet das äußere Leben nicht auf uns Menschen allen, wie z. B. ja doch auch auf Ihnen, Herr Doktor? Und können wir alle Besseres und Gescheiteres tun als des Lebens Druck und Last so schön, so sanft, so gutmütig wie möglich zu ertragen? Soll ich auf Grund dieses Gedankens nicht fröhlich der sein, der ich bin, und mutig weitertreiben, was ich bisher getrieben habe? Mußte ich mich, so jugendlich und unerfahren ich scheine, etwa nicht, wie viele andere ebenfalls, davon überzeugen, daß es bei uns Menschen hauptsächlich auf eine Durchdringung ankommt, und kann sich ein Handelsbeflissener, wie ich einer bin, nicht ebenso gut durchdrungen fühlen wollen wie irgendein anderer?»

Er lächelte und stimmte allem, was ich vorzubringen gewagt hatte, oder was mir im Augenblick zu sagen eingefallen war, leicht und artig bei. Es fiel mir angenehm an ihm auf, daß nicht der leiseste Hauch von Dünkel von ihm ausging. Den Hochmut, womit sich viele gebildete Leute zu umgeben und zu befestigen pflegen, schien er nicht einmal zu kennen, geschweige denn zu besitzen, und ich mußte bekennen, daß ich ihn um dieses herrlichen, ja bewunderungswürdigen Mangels willen augenblicklich verehrte, hochachtete und liebte. In der Tat wirkte er wie ein bedeutender, außerordentlich scharfsinniger und zugleich wie ein ganz schlichter Mann auf mich.

«Wollen Sie einmal zu mir kommen, wenn Leute bei mir sind?» fragte er. «Sehr gern», gab ich zur Antwort.

Ich wurde gelegentlich eingeladen und lernte bei diesem Anlaß seine Frau Gemahlin und einige Damen und Herren kennen, wobei ich sehen lernte, daß der Doktor eine ungewöhnliche gesellschaftliche Gabe entfaltete. Seine Fähigkeit, Tiefsinn und Ernsthaftigkeit mit geselligem Witz und eine Fülle von reizenden, anmutigen Einfällen mit hohem Anstand zu verbinden, erregte meine Sympathie, setzte mich in aufrichtiges Staunen und machte mich glauben, daß er zurückhaltend zu sein verstehe, ohne langweilig zu werden, und daß er harmlos und offenherzig sei, ohne irgendwie die Grenze des Schicklichen zu verletzen. Ich durfte mir sagen, daß er die Üblichkeiten respektiere, ohne sie allzu genau zu nehmen, und daß er sich in Schwung zu bringen vermöge, ohne sich anstrengen zu müssen. Gewandtheit und Geschicklichkeit, die er offenbarte, schmälerten die Wärme, die er fühlen ließ, in keiner Hinsicht, und es bot sich mir Gelegenheit dar, mich zu überzeugen, daß er der höchlich mitteilsame, teilnehmende Mensch sei, der lieber weniger gefürchtet und geachtet als weniger lebenslustig und menschenfreundlich sein will. Ich konnte leicht beobachten, daß, obwohl Stolz und Selbstbewußtsein an ihm und seinem Auftreten kaum zum Vorschein kamen, er nichtsdestoweniger doch durchaus zu wissen oder zu fühlen gesonnen sein mochte, wer und was er war, und derartiges beobachten zu dürfen, war für mich eine Freude, denn es war schön.

Ich sah ihn übrigens während des ganzen Sommers nur zweimal, und zwar auf der Straße: einmal aus einiger kleinen Entfernung, wie er über den Paradeplatz, an einer eleganten Konditorei vorbei ging. Soviel ich weiß, trug er einen zierlichen Spazierstock überaus gravitätisch, wobei er wie ein Abenteurer aussah, der sich aus Gründen des guten Tones so genau wie möglich nach den Vorschriften der Mode richtet, weshalb er, obgleich originell gekleidet, durchaus unauffällig blieb, indem er Eigenheit mit Unscheinbarkeit auf die schönste Art in Einklang oder in Zusammenhang brachte. Obwohl er also durchweg modern und zeitgemäß, d. h. wie ein Mensch daherkam, der mit der Zeit rechnet, in der er lebt, so machte er mir dennoch den Eindruck des Sonderbaren und Ungewöhnlichen, den Eindruck sozusagen des Fremdartigen, und ich glaubte nicht im geringsten zögern zu müssen, seine Figur in Gedanken in die Städte Mailand, Venedig, London oder Paris vom Jahre 1800 hinüber zu versetzen, indem ich mich von der merkwürdigen Empfindung betroffen fühlte, daß er besser zu den menschlichen Erscheinungen einer vorbeigegangenen als zu den Leuten der gegenwärtigen Epoche passe. Freilich muß ich gestehen, daß sich diese Beobachtung immerhin nur auf eine flüchtige Anwandlung von Empfindsamkeit, demnach auf etwas Unbestimmtes stützte.

Das zweitemal traf ich meinen Mann, falls eine solche Redensart nicht unhöflich ist, unter den Kastanienbäumen einer städtischen Anlage an; wir gingen zusammen eine kleine Strecke weit, und plauderten miteinander. «Haben Sie nicht Lust, nach München zu reisen?» fragte er.

Ich gab zur Antwort: «Ich habe die feste Überzeugung, daß sich ein Aufenthalt in München nicht für mich eignet, weil ich zum voraus weiß, daß ich mich dort schon am ersten Tag nach Zürich zurücksehnen würde. Insofern ich nach München reisen wollte, habe ich nicht das geringste Vertrauen mehr zu mir selber, aber inwiefern ich hübsch hier in Zürich zu bleiben entschlossen bin, traue ich mir alles Schöne und Gute zu. Ich bitte Sie, mich auszulachen; aber was ich da sage, beruht auf einem wahren Gefühl. Was soll und kann ich in München anderes tun als im Kaffeehaus sitzen und Glacéhandschuhe mich erdreisten zu tragen, im Regen und im Sonnenschein umherlaufen, vielleicht von Zeit zu Zeit Münchens Sehenswürdigkeiten besichtigen, meinetwegen auch hübsche Frauen kennenlernen. Ich verstehe nur nicht recht, was mir das Hübsche-Frauen-Kennenlernen nützen könnte. Nein, ich bleibe hier, denn ich habe meine ganz bestimmten Gedanken.»

Er fragte, indem er mich aufmerksam betrachtete: «Und was sind das für ganz bestimmte Gedanken? Wollen Sie sie mir mitteilen?»

Ich sagte: «Einem klugen und milddenkenden Menschen teilt man gern allerlei mit großem Behagen und mit entschiedenem Vertrauen mit. So vernehmen Sie denn etwas, das Ihnen vielleicht ganz törricht vorkommt. Ich werde gegen den kommenden Herbst aus der Stellung, die ich zurzeit bekleide, austreten und folglich arbeitslos und stellenlos sein, worauf ich in die Einsamkeit zu gehen im Sinne habe. Ich werde mich in die Abgelegenheit irgendeines vorstädtischen Zimmers einschließen und dort fortfahren, Gedichte zu schreiben. Dies ist ein ganz einfacher Plan, den ich, wenn mich nicht alles trügt, unbedingt ausführen, verwirklichen und lebendig machen kann. Wenn ich dann einige annehmbare Sachen geschrieben haben werde, so suche und finde ich einen neuen geeigneten Posten, trete wieder in ein Bureau ein und bin derselbe vernünftig sowohl wie zweckmäßig arbeitende Mensch wie vorher.»

Er warf ein: «Sie wollen also, statt ins Weitläufige und Breite hinaus zu reisen und vielerlei Dinge, Neuigkeiten, sei's Mensch, sei's Gegend, kennenzulernen, lieber nur still wenige Schritte auf die Seite treten, um das Wesen der Zurückgezogenheit und Abgeschlossenheit zu erfahren. Werden Sie das immer so tun, und meinen Sie, daß es ersprießlich für Sie sei?»

Worauf ich mir erlaubte zu erwidern: «Ich stelle mir vor, es komme darauf an, daß man es probiere. Ich kann Ihnen versichern, daß ich mir immer Mühe geben werde, zur Kenntnis meiner selbst zu gelangen und mich danach zu verhalten. Jeder scheint durch Naturanschauung geneigt, oder vielmehr, wie ich mich ausdrücken möchte, verpflichtet zu sein, so zu handeln und sich so einzurichten, wie er fühlt und denkt, daß er am besten vorwärts kommt, ohne dabei seine Mitmenschen belästigen zu müssen. Jeder von uns hat meiner Meinung nach stets Grund zu versuchen, soviel wie möglich zu leisten, dagegen so wenig Geräusch wie möglich zu machen.»

«Und glauben Sie, um dichten zu können, aus Amt und Stellung absolut heraustreten zu sollen?»

«Gewiß! denn anders dichtete ich schon lieber überhaupt nicht, das hieße nur so nebenbei dichten, und das kann natürlich niemals das Wahre sein. Wie ich fest glaube, brauche ich zur Erledigung eines Geschäftes, dessen Führung ich ernst nehme, ganze Tage und eine volle Unabgeschnittenheit. Raum und Zeit spielen da eine bedeutende Rolle. Und wo wäre sonst das Opfer, das ich bringen muß, Hingabe und Mut, die ich beweisen soll? Keinen Moment zweifle ich, daß Dichten unter keinen Umständen irgendein Unterhaltungsspiel ist, das nur so als Nebensache oder Zerstreuung betrieben werden kann. Leben und Dichten müssen ohne Frage ein Einziges und Zusammenhängendes sein. Dichten ist ein Großes und Ganzes und beansprucht daher sicher auch ein ganzes Leben, und sollte ich mich irren, was ich jedoch für unmöglich halten will, so liebe und bevorzuge ich den Irrtum und fliehe die Wahrheit. Sicher begreifen Sie mich.»

«Wird es Ihnen gelingen, je nach Bedürfnis immer wieder einen Platz und eine entsprechende Beschäftigung unter den Menschen zu gewinnen?»

«Daran zu zweifeln und Befürchtungen hierüber zu haben, ist mir noch nie eingefallen. Da ich keine großen Ansprüche erhebe, so werde ich gewiß auch immer wieder ein kleines Plätzchen und irgendein annehmbares, brauchbares Auskommen finden.»

«Ich gebe ein Nachtessen im Freien.» (Er bezeichnete mir Tag und Stunde.) «Es werden Leute dabei sein, die sehr artig zu Ihnen sein werden. Nicht wahr, Sie kommen doch auch. Ich zähle darauf.»

Ich fühlte mich verbunden, die Einladung anzunehmen und sagte zu. Zur angegebenen Zeit erschien ich in seinem Garten, wo in einer mit allerlei Lampen und Bändern geschmückten Laube ein Eßtisch gedeckt war, der sehr zierlich aussah. Die Nacht war wie geschaffen, unter freiem Himmel zu sein und einige Stunden in der frischen Luft zu verbringen. Es wurde gesungen und gespielt, gelacht und geplaudert; Gedichte von Romantikern, wie z. B. von Brentano, wurden vorgetragen und der Beifall, den sie mit ihrer Schönheit und dem Wohlklang ihrer Zaubersprache herausforderten, wurde ihnen nicht verweigert, vielmehr gern gespendet. Auch einige Szenen aus Büchners «Dantons Tod» gelangten zum Vortrag, sowie das wundervolle Gedicht von Lenz, das, wenn ich mich nicht irre, mit den Worten beginnt: «O, ich schmeichelte mir viel –» Ein reizender, genußreicher Abend war's, der mir stets lebhaft in Erinnerung blieb.

Fabelhafte, glänzend schwarze Nächte, und der Morgen dann so hell und freundlich, mit so guten, lieben, blauen Augen! Das Bleiche und das Rosige, das Nebelhafte und das Klare – –

Im Herbst hatte ich meinen Abseitsgedanken wahr gemacht und saß einsam, mit allerlei seltsamen dichterischen Dingen beschäftigt, in einem kleinen armseligen Zimmer, dessen Fenster freilich eine entzückende Aussicht in die Herbst- und später in die Winterlandschaft gewährte. Die Stille und die Sonderbarkeiten taten es mir an, und ich fühlte mich unwiderstehlich von der Macht des Düsteren und Einsilbigen angezogen. Das Nichts riß mich mit seinem wunderbaren Gehalt hin. Die Beschäftigungslosigkeit beschäftigte mich im höchsten Grad, und ich trank in vollen Zügen den melancholischen Reiz der Leere. Unangetastet und unzerstreut wollte ich sein, und ich war es. Von Zeit zu Zeit sprang die Türe auf, und ein übermütiger Tänzer tanzte unter wunderlichen, drolligen Bewegungen zu mir herein. Auch besuchten mich bisweilen Reue, Wehmut und Trauer. Schön wie Königssöhne waren die Abende, und den Sternen anvertraute ich, was ich fühlte und dachte. Der Winter kam, und es schneite, und immer saß ich im Zimmer. Das Haus, das ich bewohnte, glich einem Räuberhaus, aber ich liebte es gerade wegen seiner ergreifenden Zerfallenheit. Die Tür zur Wohnung war meistens nur angelehnt, keineswegs sorgsam zugeschlossen, und es sah aus, als sei die Tür zu müde, um in einigermaßen ordentlichem Zustand zu sein. Öfters drang ein klägliches Kinderwimmern an mein stets lauschendes Ohr. Die Stunden kamen und gingen, eine um die andere. Manchmal wollte ich verzagen, aber immer wieder fand ich im sinnenden und dichtenden Innern Ermunterung. Beunruhigungen machten mich ruhig, während mich Ruhe und Leichtsinn plötzlich wehmütig machen und beunruhigen konnten. So lebte ich dahin. Als es kalt und kälter wurde, legte ich mir Tücher um die Füße. Einheizen lassen wollte ich nicht, denn ich wollte es nicht schön haben, ich wollte frieren. Hin und wieder schlich das Bangen zu mir und berührte mir die Stirne; doch ich wußte es zu verscheuchen, indem ich zu lachen und in der Stube umherzutanzen begann. Nichts störte mich, und auch ich störte und behelligte niemanden. Kein Mensch wußte, wo ich war, aber es brauchte es auch kein Mensch zu wissen. Kein Mensch kam zu mir, aber auch ich ging zu keinem Menschen. Nur einmal klopfte es eines Abends plötzlich an meiner Türe. Ich dachte zuerst eine kleine Weile darüber nach, wer das wohl sein könne, und dann rief ich «Herein!», worauf groß und schlank Herr Doktor Franz Blei hereintrat.

«Also hier sitzen Sie, und auf solche Art und Weise verbringen Sie Ihre Jugend», sagte er mit merkwürdig dunkler Stimme und verschwand wieder.

Es war nämlich gar nicht er selber sondern ein Spuk, eine Truggestalt, eine geisterhafte Einbildung, wobei zu bemerken ist, daß er ganz in grau erschien, was schon an und für sich auf Spuk und Unwirklichkeit schließen ließ. Indessen halte ich Spuk durchaus nicht für so ganz und gar unwirklich, und im übrigen war ich in jenem Augenblick wahrscheinlich ganz einfach durch fortwährendes Stillsitzen nur sehr hoch erregt und durch Abspannung des Geistes, des Gemütes und der Nerven stark geschwächt, weshalb ich vorübergehendermaßen veranlagt sein konnte, Gebilde zu schauen und Gegenstände wahrzunehmen, die offenbar gar nicht existierten. Wußte ich ja doch ganz genau, daß er längst verreist war. Und wie hätte andernfalls der vornehme und gebildete Mann in ein so elendes Haus und in ein so schlechtes, erbärmliches Zimmer treten mögen. Ich sah ihn erst viel später, nach mehreren Jahren, und ganz woanders wieder, aber wo ich mich auch aufhalten und unter was für Umständen ich auch leben mochte, immer dachte ich mit dem lebhaftesten Vergnügen und mit der besten Gesinnung an ihn.

TOBOLD (II)

Ich hieß früher Peter, erzählte mir eines Tages ein sonderbarer stiller Mensch namens Tobold, und er fuhr mit ruhiger Stimme fort zu erzählen: Ich saß in einem abgelegenen kleinen Zimmer, schrieb Gedichte und träumte von einem ruhmvollen großen Leben, von Frauenliebe und allen schönen großen Dingen. Des Nachts schlief ich nie, aber über die Schlaflosigkeit freute ich mich. Immer wach und voll Gedanken war ich. Die Natur, die versteckten Wege, die durch Wiesen und Wälder führten, bezauberten mich. Ich phantasierte und träumte tagelang; trotzdem wußte ich eigentlich nie, nach was ich mich sehnte. Ich wußte es und wußte es wieder nicht. Aber mein unbestimmtes Sehnen liebte ich leidenschaftlich und hätte es um keinen Preis verschwinden sehen mögen. Ich sehnte mich nach Gefahr, nach Größe, nach Romantik. Die Gedichte, die ich als Peter schrieb, gab ich viel später unter dem Namen Oskar bei guter Gelegenheit und zu guter Stunde heraus. Oft lachte ich wie verrückt über mich selber, war voller guter Laune, riß Witze. Als Bruder Lustig, d. h. zu Zeiten, wo ich sehr gut aufgelegt war, nannte ich mich Wenzel. In dem Namen scheint etwas Lustiges, Humoristisches, Weltfreundliches, Komisches zu liegen. Als Peter verzweifelte ich eines Tages gänzlich, und von da an schrieb ich kein Gedicht mehr. Feldherr, nichts Geringeres, hatte ich mir eingebildet werden zu sollen. Welch ein jugendlicher Wahnsinn. Ich sank in ein völliges Verzagen. Meinen Kameraden ging es damals übrigens auch nicht viel besser. Franz wollte ein großer Schauspieler, Hermann ein Virtuose und Heinrich ein Page werden. Sie sahen jedoch die Lächerlichkeit ihrer

Träumereien ein, sanken von den hohen Postamenten ihrer kühnen Einbildungen herab, wurden Soldaten und gingen in den Krieg. Oder vielleicht wurden sie auch friedliche Beamte und Bürger, ich weiß es nicht genau. Ich hingegen, hingerissen von der unendlichen Trauer, darüber, daß ich zu nichts Hohem in der Welt taugen sollte, lief in den Wald, der mir hold und süß erschien, und rief, da ich mich nach einem raschen Ende sehnte, laut weinend und bittend den Tod herbei, und der gute, mitleidige Tod kam als verschleierte Gestalt aus den Tannen auf mich zu, um mich in seinen Armen zu erdrücken. Die arme unglückliche Brust zerbrach, und das Wesen erlosch, aber aus dem Getöteten stand ein neuer Mensch herauf, und dieser neue Mensch wurde mit der Zeit Tobold genannt, welcher hier vor dir ist und dir dies alles erzählt. Als Tobold kam ich mir wie neugeboren vor, und in der Tat war ich es ja auch. Ich schaute die Welt mit neuen Augen an; frische Zuversicht verlieh mir ungeahnte Kräfte und Säfte. Hoffnungen und Aussichten, die ich nie für möglich gehalten hatte, sprangen an mich heran, um mich zu küssen, und das Leben lag mit einmal fabelhaft glänzend und wunderbar heiter vor der teils wiedergefundenen, teils neuerschaffenen Seele. Durch den Tod hindurch ging ich hinein ins Leben. Sterben mußte ich zuerst, bevor ich fähig war, zu leben. Unmittelbar aus der schrecklichsten Lebensmüdigkeit hervorgegangen, brachte ich es nun zu einem besseren Verständnis und kam zum Lebensgenuß. Ich hatte als Peter noch keinen Lebensgedanken, keine eigentliche Lebensauffassung gehabt, und darum starb ich. Wie müde macht dich das Leben, wenn du keinen tragenden, emporhebenden Gedanken, keine Anschauung, Betrachtung kennst, die dich mit den Enttäuschungen, die im Leben liegen, freundlich aussöhnen. Dem Ruhm und allen ihm ähnlichen Dingen fragte ich jetzt nichts mehr nach; das Große schaute ich nicht mehr an. Eine Liebe für das ganz Kleine und Geringe hatte ich gewonnen, und mit dieser Art von Liebe ausgerüstet, dünkte mich das Leben schön, gerecht und gut. Mit Freuden verzichtete ich auf allen Ehrgeiz. Eines Tages wurde ich Diener und kam als solcher in ein Schloß zu einem Grafen.

Übrigens war ich noch ziemlich lang mit dem bloßen Einfall, mit dem bloßen spielenden Gedanken herumgelaufen, der sich freilich mit der Zeit fast bis zur fixen Idee entwickelte. Mit einem sehr feinen, klugen, angesehenen Herrn hatte ich, wie ich mich lebhaft erinnere, bei Gelegenheit ein lebhaftes Gespräch über diesen Punkt. Die Idee, so verrückt sie scheinen oder in Wirklichkeit sein mochte, war einmal in meinem Kopf und ließ mir keine Ruhe. Ideen streben nach Vergegenwärtigung, nach Versinnbildlichung; ein lebhafter Gedanke will früher oder später in lebendiger Wirklichkeit, in Körperlichkeit verwandelt sein. «Sie sind aber als Diener, wie mir scheint, kaum der geeignete Mensch», sprach obengenannter, sehr kluger, feiner Herr zu mir, worauf ich glaubte entgegnen zu dürfen: «Muß man denn unbedingt geeignet sein? Ich glaube ganz wie Sie, daß ich absolut nicht geeignet bin. Trotzdem will und muß ich nach Ausführung des wunderlichen Einfalles streben, denn es gibt eine innere Ehre, und dieser inneren Ehre gilt es durchaus Genugtuung zu verschaffen. Was ich von langer Hand her auszuführen wünsche, soll und muß auch eines Tages durchgesetzt sein. Die Frage, ob ich tauglich sei oder nicht, erscheint mir als Nebensache. Ob die Angelegenheit dumm oder klug sei, ist eine Frage, die mir ebenso nebensächlich scheint wie die erste. Tausende, vielleicht Abertausende von Menschen haben irgendeine Idee, lassen dieselbe dann aber wieder fahren, weil die Realisierung ihnen zu umständlich, zu unbequem, zu töricht, zu dumm, zu schwer oder zu nutzlos vorkommt. Ein Unternehmen ist nach meinen Begriffen schon darum, weil es Mut fordert, ein gutes Unternehmen und deshalb etwas Gesundes und Rechtschaffenes. Die Frage, ob das Unternehmen Aussicht habe zu gelingen oder nicht, scheint mir abermals nebensächlich. Den Ausschlag gibt und von Gewicht und Bedeutung ist, daß man Mut und festen Willen zeige und daß man das geplante Unternehmen nur überhaupt eines Tages unternehme. So will denn jetzt ich also meine Idee wahr machen, denn die Wahrmachung allein wird mich befriedigen. Klugheit macht mich unter keinen Umständen glücklich, wenigstens vorläufig nicht. Ist nicht Don Quichote in seiner Verrücktheit und Lächerlichkeit ein wahrhaft glücklicher Mann? Ich vermag das keinen Augenblick zu bezweifeln. Ist ein Leben ohne Sonderbarkeiten, ohne sogenannte Verrücktheiten überhaupt ein Leben? Wenn der Ritter von der traurigen Gestalt seine verrückte Ritteridee wahrmachte, so mache ich meinerseits meine討Ieneridee wahr, die ohne Zweifel mindestens ebenso verrückt, wenn nicht gar noch um einige Grade verrückter ist als jene. Was nützen mir alle klugen Belehrungen aus Ihrem Mund? Probieren, sagt man, geht über Studieren, und dementsprechend möchte ich, wenn es möglich ist, durch die Tat und durch die Erfahrung selber belehrt und unterwiesen sein.» Solches und anderes mehr gab ich dem Herrn zur Antwort, der sehr fein und geistreich zu den Worten, die mir vorzubringen beliebte, lächelte.

Ich hatte Wedekind und Verlaine gelesen und allerlei Gemäldeausstellungen besucht. Zeitweise trug ich einen Gehrock und Glacéhandschuhe und trat dann und wann in ein elegantes Kaffeehaus, was mir, wie ich offen gestehen will, Vergnügen machte. Meine dichterische Neigung führte mich zu Leuten, die auf Grund einer hochentwickelten Intelligenz in der Welt den Ton angeben, indem sie das zeitgenössische Wissen und die zeitgenössische Bildung vertreten. Ich lernte allerhand liebenswürdige bedeutende Menschen kennen, deren Anblick und Bekanntschaft mir jedoch vor allen Dingen in Erinnerung rufen mußten, daß ich nötig habe, mich so stark wie möglich zu beeilen, selber nachgerade zu irgendwelcher Bedeutung zu gelangen. Ich führte mich eine Zeitlang wie junge Männer auf, die nach den Vorschriften der neuesten und besten Mode leben; dieser Lebenswandel befriedigte mich jedoch nicht, sondern bestärkte mich im Entschluß nur noch mehr, irgend etwas Entschiedenes aus mir zu machen und in eine bestimmte Schule einzutreten. Mit Lesen war es nicht getan; es galt vielmehr den kräftigen Schritt auszuführen. Eines Tages, im Spätsommer, langte ich auf einer ländlichen Eisenbahnstation an, wo ein Fuhrwerk auf mich wartete. «Sind Sie Tobold?» fragte mich der Kutscher, und da ich die Frage bejahte, so wurde mir erlaubt, auf den Wagen zu klettern. Mit mir stieg eine nette Mamsell oder Jungfer auf den Leiterwagen. Das war der Anfang.

Zum Anfang gehört außerdem folgende kleine Szene: Als wir auf unserem Leiterwagen oder groben Lastfuhrwerk in den Schloßhof hineinfuhren (ich sah zum erstenmal in meinem Leben einen solchen, nämlich einen Schloßhof), sprang mit sehenswerter Behendigkeit und

Geschicklichkeit die Mamsell oder Zofe vom Fuhrwerk herab und beeilte sich, auf einen jungen feinen Herrn in vornehmer grüner Jägertracht hinzuzuspringen, dem sie unter einem sehr graziösen, gewissermaßen altfranzösischen Knix und Huldigungskompliment flink und überaus zierlich die vornehm dargehaltene Hand küßte. Der Handkuß hatte für mich Schloßneuling etwas ebenso Verblüffendes als Erstaunliches. «Sonderbare altertümliche Sitten hier», glaubte ich für mich murmeln zu müssen. Wie sich bald darauf ergab, war der feine, zarte junge Herr, dessen Hand so flink und untertänig geküßt wurde, der Sekretär oder Geheimschreiber des Grafen, von Geburt ein Däne, ein Mensch, von dem ich bei Gelegenheit noch einiges und anderes zu sagen haben werde. Mich hingegen, der ich da Betrachtungen anzustellen für gut fand, riß ein Kerl und Grobian erster Klasse aus allen nützlichen oder nutzlosen Nachdenklichkeiten mit dem barschen und gebieterischen Wort heraus: «Kommen Sie!» Der grobe barsche Kerl war, wie ich sogleich erfuhr, der Verwalter, Hausmeister oder Kastellan des Schlosses, ein Donnerwetterskerl von Pole, einer, der mir anfänglich nicht sonderlich gefallen wollte, den ich aber in der Folge gerade wegen seiner Grobheit lieb gewann. Was blieb mir auf das «Kommen Sie!» anderes übrig als freundlich und fleißig zu gehorchen. Der Kastellan war mein Vorgesetzter und damit basta!

Zehn oder auch weniger Minuten später stand ich in einem großen schönen, halbdunkeln Gemach einem Herrn gegenüber, den ich soeben die außerordentliche Ehre gehabt habe anzuführen, und den wir daher bereits einigermaßen kennen, nämlich vor dem Sekretär oder zarten blassen Dänen, der mit einer Art leisem dänischem

Deutsch und mit einer so feinen abgedämpften Stimme, wie man sie gewiß nur in Schlössern zu hören bekommen kann, folgendes zu mir redete: «Sie sind Tobold, nicht wahr, und treten mit heutigem Tag in den Dienst des Herrn Grafen als gräflicher Diener. Man hofft, daß Sie fleißig, treulich, pünktlich, artig, höflich, ehrlich, arbeitsam, pflichteifrig und allezeit folgsam hier bei uns sein werden. Ihr Anblick ist befriedigend, hoffentlich wird auch Ihre Aufführung befriedigend sein. Sie müssen von jetzt an alle Ihre Bewegungen abzutönen und zu verfeinern suchen. Eckiges und lautes Wesen ist hier im Schloß nicht beliebt und wird es auch niemals werden. Wollen Sie sich das gütigst ein für alle Mal merken. Sie müssen unbedingt wissen, daß hier die Stimmen leise sind und daß jede Geste allezeit vornehm und wohlabgewogen sein muß. Schleifen Sie schleunig ab, was noch irgendwie grob und hart an Ihrem Betragen ist. Versuchen Sie vom ersten Tag an, ob Sie fähig zu sein vermögen, stets mit äußerster Sorgfalt auf dem Boden aufzutreten. Der Herr Graf ist hierin ungemein empfindlich. Seien Sie schnell, flink, exakt, aufmerksam und leise. Im übrigen empfehle ich Ihnen, Kälte und Ruhe zur Schau zu tragen. Sie werden das alles in kurzer Zeit lernen, denn Sie sehen glücklicherweise durchaus nicht unintelligent aus. Sie können gehen.» Das alles wurde mit leiser, hochvornehmer, fast müder und schläfriger Stimme gesprochen. Durchaus schloßmäßig und stilvoll, ungefähr wie ein Mann aus dem siebzehnten oder achtzehnten Jahrhundert, verbeugte ich mich und verließ das Zimmer auf den Zehen.

Der Däne näselte, dänelte so und redete wie ein Vögelchen. Ganz anders der Kastellan oder verfluchte Pole, der die deutsche Sprache sprach, als verachte er sie und wolle sie deswegen züchtigen. Aber er war nichtsdestoweniger ein ganz braver, netter, guter Kerl dabei. Freilich in eine Schule nahm er mich, wie ich noch in keiner gewesen bin. «Kommen Sie, Tobold», hieß es immer, oder: «Wo stecken Sie, Tobold?» Immer war er hinter mir her wie ein Jagdhund. «Machen Sie rasch», sagte er, oder: «Sie müssen flinker sein, hallo!» «Wenn ich Sie rufe, Tobold», sprach er, «so sollen Sie auch schon zur Stelle sein, eins, zwei, haben Sie verstanden? Und wenn ich im Sinn habe, Ihnen zu sagen, daß Sie verschwinden sollen, so haben Sie meine Absicht zu erraten und sollen verschwunden sein, ehe ich dazu gelange, Sie dazu aufzufordern. Sie sollen flink sein wie der Wind, der mit einmal da ist, und fest wie Eisen, das nicht zerbricht. Wenn Sie den Kopf hängen lassen, so ist es aus mit uns beiden. Sie sollen bei mir etwas lernen, das Sie nachher werden anwenden und verwerten können. Nicht lange besinnen, Tobold! das ist nicht gut. Jeden Augenblick müssen Sie bereit sein, und Sie sollen entschlossen zu allem sein wie Feuer, das, wenn es einmal angezündet ist, fort und fort brennt. So! Abmarschieren!» – Auf solche und ähnliche Art trieb er mich umher. Einmal wollte er mir, weil ich in meinem Zimmer Zigaretten rauchte, anstatt bei der Pflicht zu sein, eine Ohrfeige geben. Stürmte herein wie der Teufel und machte Miene, mich zu verunehren. Ich hielt ihm aber sachte den Arm fest, wobei ich ihn mit einem Blick durchbohrte, der mehr als eine ganze flammende Rede sagte. Ganz nah, Gesicht an Gesicht, Nase dicht an Nase, standen wir einander gegenüber, und als ich ihm das eine kleine Wort sagte: «Wagen Sie das nicht», wurde er mit einmal ganz zart und behutsam, ja, er wurde sogar weinerlich. Um die günstige Lage völlig auszunützen, meldete ich mich sogleich beim Sekretär, den ich auf die Frage, was mir gefällig sei, mit deutlicher Stimme ersuchte, mich möglichst sofort aus dem Schloß und Schloßdienst zu entlassen: «Ich habe es satt und wünsche nichts so lebhaft und dringlich, als diesem Schloß mit aller Entschiedenheit den Rücken zu drehen.»

«Und warum?» wurde fein und zurückhaltend gefragt.

«Weil der Kastellan ein grober Mensch ist und weil ich nicht hierhergekommen sein will, um mir Grobheiten gefallen zu lassen», gab ich frech zur Antwort.

Man entgegnete weiter nichts als: «Es beliebt uns nicht, uns auf derlei Dinge einzulassen, und wir müssen Sie freundlich aber auch ernstlich ersuchen, ruhig wieder an Ihre Arbeit zu gehen. Mit dem Kastellan wird man reden.»

Mit dem verfluchten Kerl wurde geredet, der mir nun fast leid tat, weil ich ihn verklagt hatte, womit ich vielleicht nicht gar so sehr zu eilen nötig gehabt hätte.

Park und Dorf waren reizend, und nach und nach wurde es Herbst. Ich bekam eine Livree, d. h. einen Frack, worauf ich sehr stolz war. Ich fing nach und nach an, alle und jede Schüchternheit abzulegen und dafür übermütig, selbstbewußt und dreist zu werden. Der Kammerdiener fühlte sich eines Tages, aus verletzter Würde, veranlaßt, mir eine Lektion zu erteilen, und zwar im Speisesaal, während des Mittagessens, als wir vier Diener, der Kastellan, der Kammerdiener, der erste und zweite Diener, mit Servieren beschäftigt waren. Beim Essen ging es natürlich immer höchst stilgerecht, fein und feierlich zu. Eben wollte ich einen hohen Haufen frische

Teller ergreifen und kühn mit dem ganzen hohen Berg auf der Hand um die Tafel und um die an derselben sitzenden und schmausenden Herrschaften herumspazieren. Der Kammerdiener, dieser Vertreter alles dessen, was schicklich in Schlössern ist, sah meine Kühnheit, und indem er sich von ihr überzeugte, trat er sehr erhaben, mit vorwurfsvoller, strafender Miene, auf mich hinzu, um mir mit leiser Stimme zu sagen: «Wir machen hier keine Kellnerkunststücke. Man muß Ihnen zu verstehen geben, daß Sie zu wenig Gefühl für Würde haben. Sie dienen hier in einem feinen und großen Hause und nicht in irgendeinem Restaurant. Da Sie diesen Unterschied nicht würdigen zu können scheinen, was lebhaft zu beklagen ist, so muß man Ihnen denselben einigermaßen verständlich zu machen versuchen. Stellen Sie gefälligst die Hälfte der Teller wieder ab.» Das Gesicht voll Verachtung, die Augen voll Zorn und stolzer Mißbilligung und die von hohem oder höchstem Anstandsgefühl durchsättigte Stimme, mit der er mir das alles sagte, werde ich niemals vergessen. Der Kammerdiener war ja in jeder Hinsicht ein Muster, während dagegen ich allerdings ganz sicher noch lange nicht als mustergültig betrachtet werden konnte, was ich freilich durchaus selber jederzeit sehr gut begriff. Dem Kammerdiener kam ich stets ein wenig verdächtig vor.

Da der Kastellan sah, daß ich mir ehrlich Mühe gab, so war er verhältnismäßig zufrieden mit mir, was er mir auch offen zugestand. Das Jagen und Treiben vermochte er indessen nie ganz zu unterlassen. Ich will einen kleinen Vorfall komischer Natur, d. h. eine geringfügige Unannehmlichkeit nicht zu erwähnen vergessen: im Anfang meines Aufenthaltes im Schloß stieß ich zufällig einmal, als ich durch die Gebüsche des Parkes streifte, mit einem der beiden Jäger zusammen, der mich, da er offenbar in mir eine herrschaftliche Person vermutete, ehrfurchtsvoll, also ganz entschieden viel zu höflich grüßte und damit einen Irrtum beging, der ihn zu veranlassen schien, mir noch ziemlich lang nachher Groll nachzutragen, obschon er dazu nicht die geringste wahre Ursache hatte. Mit dem Grafen selber kam ich nie in eine eigentliche Berührung, was mir selbstverständlich ziemlich gleichgültig war. Sehr gut gefiel mir mein Zimmer zu ebener Erde, und das war mir im Grunde die Hauptsache. Ein Engländer, Hauptmann der englischen Armee und scheinbar naher und vertrauter Freund des Grafen, darf nicht unerwähnt bleiben, denn dieser Engländer gab in allem fortwährend den Ton an. Was er anordnen oder anraten mochte, galt als unübertrefflich und war daher ohne Frage wert, daß man es augenblicklich ausführte. Ich weiß nicht sicher, ob es auf sämtlichen deutschen Grafenschlössern einen Engländer gab oder gibt, der in hohem Ansehen steht oder stand und dessen Erscheinung einen besonders hohen Grad von Achtung genoß oder genießt. Jedenfalls war bei uns einer vorhanden, und ich kann getrost sagen, daß er stark ins Gewicht fiel. Im übrigen möchte ich nicht ungerecht sein und fühle mich deswegen verbunden, zu erklären, daß mir der Monsieur Engländer als ein sehr artiger Mann und als sehr wohl erträglicher Mensch erschien. Sein Auftreten zeichnete sich in erster Linie durch sehr große Einfachheit aus, und aus seinem klugen Gesicht sprachen Menschenfreundlichkeit, Energie und Bildung.

Das Schloß selber war ein mächtiges Gebäude, und die zahlreichen schönen Zimmer und Gemächer, in die ich beliebig Blicke werfen durfte, fesselten durch ihr vornehmes Aussehen meine Aufmerksamkeit und mein Interesse natürlich stark. Einige Räumlichkeiten enthielten Sehenswürdigkeiten in großer Menge, so unter anderen schöne Öfen aus dem Zeitalter der Zierlichkeit und Galanterie. Ein weitschweifiger Estrich war vollgepfropft mit allerhand bemerkenswerten und seltsamen Gegenständen, die lebhaft bekundeten, daß der Graf ein eifriger Sammler von Antiquitäten sei. Im Bibliothekzimmer herrschte eine edle feine Stimmung, und in den luftig-weitläufigen Gängen, die das Sonnenlicht oftmals auf eine reizende Art durchflutete, hingen an den Wänden allerlei köstliche alte Bilder, eigentümliche und anziehende Zeugnisse über den Kunstfleiß von ehemals, wie z. B. Familienbilder und Stadtansichten. Den großen Rittersaal schmückten reichverzierte, imposante und kostbare Möbel, Beweistümer eines ebenso kräftigen wie längst untergegangenen Geschmackes, zum Teil wundervolle Stücke: Tische, Stühle, Leuchter oder Spiegel. Hier war eine wahre Pracht und Herrlichkeit glanzvoll versammelt, die einsam und groß anmutete. Dann gab es wieder Zimmer mit entzückenden Sachen und Sächelchen aus der Empire- und Biedermeierzeit, Epochen sozusagen der Nervosität und des genialen Empfindens. In der Empfangshalle zog ein merkwürdiger alter Schlitten das Interesse an, nur des Grafen Schlafzimmer war ganz kahl. Außer einem Bet- und Beichtstuhl von altertümlichem Gepräge war hier eine absolut moderne, offenbar beabsichtigte Nüchternheit und Schmucklosigkeit zur Schau gestellt, falls man das überhaupt kann. Etwas, das nicht vorhanden ist (und das ist unter absoluter Kahlheit doch wohl zu verstehen), dürfte schwer zur Schau zu stellen sein. Der Graf schien mit Vorliebe englische Schriftsteller zu lesen, wie z. B. Shaw.

Eine der hervorragendsten Obliegenheiten, die ich zu erfüllen hatte, bestand in der Besorgung der zahlreichen Lampen, eine Beschäftigung, die mir großes Vergnügen verursachte, weil ich sie durchaus liebgewinnen lernte. Allabendlich brachte ich sozusagen, bei einbrechender Dunkelheit, Licht in die ringsherum herrschende zweifelhafte Dämmerung, oder wenn man will: Finsternis. Da der Graf ein Liebhaber von schönen Lampen und Lampenschirmen war, so mußten dieselben stets mit äußerster Sorgfalt gepflegt und behandelt werden. An schönen Abenden, wenn ich so in den Zimmern herumschlich, alles so mäuschenstill und voll zarter Stimmung war, wollte mir das ganze Schloß wie verzaubert vorkommen. Alle Gemächer waren etwas wie Zaubergemächer, der Park war ein Zauberpark und ich selbst erschien mir mit meinem leisen, vorsichtigen und behutsamen Lampenlicht wie Aladin mit der Zauber- oder Wunderlampe, der eines Abends die große breite, mit orientalischen Prachtteppichen belegte Palasttreppe hinaufspringt. Eine zweite, ebenso wichtige und bedeutende Aufgabe war die Heizung oder das Besorgen der Öfen, denn es fing nach und nach an kalt und kälter zu werden. Was diese zweite Obliegenheit betrifft, so kann ich sagen, daß sie mich entzückte. Einheizen und Einfeuern ist bei mir immer beliebt gewesen und hat mich von jeher auf eigentümliche Art gefreut. Ich brachte also den Menschen, d. h. meinen Herrschaften neben dem Lampenlicht, dessen sie sich durch meinen Pflichteifer zu erfreuen hatten, sozusagen auch noch die belebende, belustigende Wärme, und ich darf wohl so frei sein und behaupten, daß ich es hinsichtlich dieser letzteren Übung und Handhabung bis fast zur offenkundigen Meister- oder Künstlerschaft brachte, die durchaus unumstritten zu sein schien und allgemein anerkannt wurde. Reizend dünkte mich besonders die Behandlung der Kamine. Ich konnte halbstundenlang am Fußboden beim Kamin kauern und in die fröhlichen geistvollen, graziösen Flammen schauen. Eine unendliche Seelenruhe kam, wenn ich so das schöne Feuer betrachtete, über und in mich, und die Heimlichkeit und Gemütlichkeit, die ich beim sorgsamen Anblick des seltsamen Wesens, dieses züngelnden, lodernden, romantischen Elementes empfand, machte mich im vollen Umfang des Begriffes und im wahren Sinn des Wortes glücklich. Vom Kohlen Hin- und Herschleppen, von derben, plumpen, ungefügigen, immerhin aber sehr brauchbaren und nützlichen Holzklötzen, von schmalen, zarten Kienspänen und davon, daß ich mich im Kohlenkeller immer schwarz machte, was vom Kastellan gerügt zu werden pflegte, wobei er jedesmal «Tobold, wie sehen Sie aus!» zu mir sagte, will ich weiter nicht viel sagen, da sonst der Worte und Andeutungen nur zu viele werden.

Himmlisch schön war öfters leiser Spätherbstregen und die Nacht im Schloßpark. Träumend oder lesend saß ich zu solcher Stunde in meinem Zimmer beim Schein der Lampe, das Fenster stand offen, und die ganze nächtliche Welt schlich dann wie ein guter Freund zu mir in die Stube herein, um mir Mut, Trost und Zuversicht ins Herz einzuflößen. Überraschte mich der grobe ungestüme Pole, nämlich kein anderer als unser Herr Kastellan, beim stillen aufmerksamen Lesen, so machte er ganz bekümmerte, erschrockene Augen, und mit sorgenvoller Miene sagte er: «Nicht lesen, Tobold, nicht lesen. Nur um

Gottes willen nicht zu viel lesen. Das ist nicht gesund. Das schadet Ihnen, Tobold. Das macht arbeitsunfähig. Gehen Sie lieber schlafen. Schlaf ist gut. Schlafen ist wichtiger und besser als Lesen.»

Über ein Fäßchen allerfeinsten Kornbranntwein, das zu des Kastellans und zu eines gewissen sonstigen Menschen, nämlich zu meinem höchsteigenen schmunzelnden, händereibenden Vergnügen ankam, um alsogleich von genannten beiden bedeutenden oder unbedeutenden Persönlichkeiten scharf geprüft und ganz gehörig untersucht und erforscht zu werden, werde ich mich hüten mehr Worte zu verlieren als diese wenigen.

Wie ich mich erinnere, schrieb ich eines Abends folgende geheimnisvolle

STUDIE ÜBER DEN ADEL

Statt in der Hauptstadt auf unlauterer Grundlage den zweifelhaften oder halbverzweifelten Lebemenschen zu spielen, als Ärgernis und Anstoß erregende, überflüssige Figur herumzustehen und -zulaufen, elegante Manieren mit mehr oder weniger Glück zur Schau zu tragen, daneben aber guten und geduldigen Menschen lästig zu fallen, Nichtstuer und unverbesserlicher Tagedieb, Tunichtgut und Taugenichts zu sein, lebe ich lieber hier auf Schloß D... als Diener des Grafen K..., bin arbeitsam, energisch und tätig, verdiene durch tägliche, ebenso beschwerliche wie ehrliche Arbeit mein tägliches Brot und lerne nebenbei auch noch den Adel und seine Sitten bestens kennen, die kennenzulernen für die meisten Menschen wenn nicht geradezu unmöglich so doch wenigstens ganz bestimmt ziemlich schwierig ist, weil der Adel auf Burgen haust und in unnahbaren, uneinnehmbaren Schlössern sitzt, wo er befiehlt, herrscht und residiert wie ein Gott oder zum mindesten wie ein Halbgott! Herrlich, beim Heil meiner Seele, sind die Wohnplätze und -sitze des Adels, seine Ställe sind voll der schönsten und feurigsten Pferde, seine Sitten sind altherkömmlich und hochvornehm, und was seine Bibliotheken betrifft, so glaube oder weiß ich, daß sie von Prachtbänden ebensogut strotzen wie seine Säle und Hallen von Luxus, Eleganz und Reichtum. Bedienen den Adel nicht Diener, wie Schreiber dieser Zeilen einer ist, auf das eilfertigste und zuvorkommendste, und irre ich mich etwa, wenn ich ziemlich laut sage, daß alles, was adelig ist, auf Gold und Silber speist? Einen Grafen frühstücken zu sehen, wirkt beklemmend und niederschmetternd, und es muß daher ratsam erscheinen, sich vor der Verwegenheit, einen Grafen zu stören, der zu frühstücken geruht, wohl in acht zu nehmen. Was beliebt dem Adel im allgemeinen zu essen? Diese schwierige und feinsinnige Frage wird meiner Meinung nach am glücklichsten und einfachsten dadurch beantwortet, daß man sagt: Der Adel ißt mit Vorliebe Speck mit Ei. Außerdem verzehrt und vertilgt er gern allerlei köstliche Marmeladen. Wenn wir nun die vielleicht etwas bange, weil vermutlich völlig unerwartete Frage aufwerfen: Was liest der Adel? so hoffen wir den Nagel auf den Kopf zu treffen, indem wir munter antworten: Außer den Briefen, die ihn nie erreichten, liest er herzlich wenig. – Welcherlei Musik schmeckt und mundet ihm am meisten, falls es ihm gefällig sein sollte, sich herabzulassen, uns hierüber einen Bescheid zu geben? – Der Bescheid lautet ganz einfach: Ei, die Wagnersche. –

Was tut und unternimmt, und womit beschäftigt sich der Adel so den ganzen lieben Tag lang? Als Antwort auf diese offenbar ebenso verblüffende, wie sicherlich durchaus naheliegende und deshalb schwerlich irgendwie verletzende Frage müssen wir notwendigermaßen sagen: Er geht auf die Jagd. – Und des Adels Frauen, wodurch etwa können sie sich vorteilhaft hervor- und abheben? Geschwind eilt die behende und graziöse Zofe Antwort herbei und meldet: Ich vermag nicht viel zu sagen. So viel kann ich aber immerhin sagen, daß Herzoginnen sich in der Regel durch imponierende Körperfülle auszeichnen und daß Baroninnen meist schön sind wie milde, sinnverwirrende Mondnächte. Prinzessinnen mögen fast durchweg eher spindeldünn, zart und mager als robust und breit sein. Gräfinnen sieht man Zigaretten rauchen, und sie gelten als herrisch. Fürstinnen dagegen sind sanft und bescheiden.

Diese knappe und kurze Abhandlung sandte ich warm und eilig an die Redaktion eines bedeutenden Tageblattes; die Bemühung erwies sich jedoch als nutzlos, das Geistesprodukt blieb ungedruckt und wanderte wahrscheinlich in den jederlei derartige verschwendete Anstrengungen aufschnappenden Papierkorb, was der Autor natürlich innig bedauerte, ohne aber zornig zu werden, da er nie ein großer Schriftsteller sein zu sollen meinte. Ich erinnere und mahne an Nordamerika, wenn ich berichte, daß ich eines Tages, als ich gerade weiter nichts zu tun zu haben glaubte, als in einem Tagebuch zu blättern, das im großen Saal auf einem Spieltisch zu liegen pflegte, und in das sich des Grafen Gäste gern einzeichneten, auf den Namen Vanderbilt stieß, eine Begegnung, die mich frappierte.

Hier möchte ich nicht zu sagen verfehlen, daß mir unser Herr Graf trotz der Kälte und des Stolzes, die er uns alle ganz natürlicherweise sehen, und trotz einer gewissen Härte, die er seine Umgebung fühlen ließ oder aus besondern Gründen fühlen lassen wollte, recht eigentlich immer sehr gut gefiel. Ich schrieb und mutete ihm stets einen edlen, guten Charakter und ein schönes Herz zu. Daß ich ihn respektierte, versteht sich von selber; das Gegenteil wäre unmöglich gewesen. Der Graf gehörte zu den Leuten, die sich aus teils angeborner, teils anerzogener Neigung härter, böser und häßlicher darbieten als wie sie im Grunde sind, während man demgegenüber niedrige Seelen sich vielmals beeilen sieht, menschlich und lieblich zu scheinen, weil ihnen aus weichlichem, mitleidigem Benehmen irgendein Vorteil erwächst. Der Graf verachtete derlei Manöver, er hatte nicht nötig eine Miene zu machen, wie wenn er der Heiland sei. Leute wie mein Graf verschmähen jede Täuschung; nichts Unsauberes, nichts Dumpfes und Dampfiges, nichts Schwindlerisches, Verräterisches, Scheinheiliges, Heuchlerisches ist an ihnen. Sie sind wahrhaftig in gar mancher Hinsicht durchaus nicht lieb und durchaus nicht süß, dafür kann man sich aber auf ihr Aussehen und Auftreten verlassen. Ihre Erscheinung verspricht nicht allzuviel Schönes und Gutes, betrügt und hintergeht aber darum auch um so weniger. Nur hie und da fällt vielleicht aus ihrem harten bösen Mund ein Wort, das schön, gut und kostbar ist wie Gold, alsdann merkt man plötzlich, wer und was sie sind.

Im November, zum Beginn der Jagden, wurde es lebhaft im Schloß. Gäste kamen und gingen, es wimmelte oft förmlich von Menschen in dem großen Gebäude, und die Diener hatten bald entweder plötzlich nichts oder dann mit einmal wieder nur fast zuviel zu tun. Manchmal war es traumhaft still im Schloß; mit einmal und so rauschte wieder das allerlebhafteste Leben durch die Gänge und Säle. Frauen tauchten an irgendeinem Punkt stolz und groß auf. Es galt aufmerksam, klug und arbeitsam zu sein. Der Kastellan war fortwährend in aufgeregter Bewegung, und der Kammerdiener entfaltete eine fabelhafte, kammerdienerliche Hoheit. Der Sekretär bat mich einmal, der Baronin H . . . in seinem Namen ein Glas Zitronenlimonade aufs Zimmer zu bringen. Der zarte und schwierige Auftrag setzte mich in das freudigste Entzücken. Rasch und zugleich begreiflicherweise sehr feierlich trug ich das Getränk zu der schönen Frau, die mir wie aus lauter frischer Milch gebaut und geformt schien. Die Baronin H . . . war in der Tat eine ungewöhnliche Schönheit, schlank und groß, aber gleichwohl weich und voll. Nietzsche sagt gewiß mit Recht, daß Frauen, die klein und unansehnlich von Figur sind, unmöglich schön sein können. Ich trat in das Gemach ein und überreichte der Baronin, die ich ganz einfach anbetete, die Limonade mit folgenden scheinbar entweder sehr vorsichtigen und gewählten oder äußerst unvorsichtigen und überschwenglichen Worten: «Mich schlechten und wertlosen aber glücklichen, wenn nicht überglücklichen Menschen schickt der gewiß in diesem Augenblick ebenfalls glückliche oder überglückliche Herr Sekretär hier mit einem Glase Zitronenlimonade zu der Frau Baronin, um damit der schönsten Frau der Welt zu überbringen, um was ebenderselben gefallen hat zu bitten. Der Herr Sekretär befahl mir, der Frau Baronin zu sagen, daß er um Erlaubnis bitte, sich der gnädigen Frau mehr als tausendmal ganz und gar dienstfertig empfehlen zu dürfen. Ich weiß nicht, wo sich der Herr Sekretär in diesem Moment befindet; das aber weiß ich und kann ich sagen, daß, wo er immer zur Stunde oder Minute sein mag und was ihn auch immer Wichtiges beschäftigen kann, er der Frau Baronin in Gedanken, und zwar wahrscheinlich stürmischer, als sich vielleicht nach den strengen Gesetzen aristokratischen Anstandes schickt, die Hand küßt, weil er sich jeden Augenblick als gnädiger Frau gehorsamen, zu allem entschlossenen Ritter, Trabanten und Bedienten fühlt. Die schönsten und gütigsten Augen, die man erblicken kann, ruhen, wie er sieht, mit Verwunderung und mit einigem Erstaunen auf dem geringen Abgesandten und unbedeutenden Überbringer, der die Sprache derer spricht, die sich in einem Rausch von Glück befinden, weil ihnen vergönnt wurde, den Liebreiz, die Gnade und die Schönheit in Person bedienen zu dürfen. Frau Baronin machen ja in der Tat jeden glücklich, der vor dieselbe hintreten darf, und dieser Umstand kann vielleicht die Rede, die man zu halten wagte, und die Tonart, in die man gefallen ist, einigermaßen entschuldigen.»

Ob ich die vermessene und verliebte Ansprache nun wirklich hielt oder nicht, ob ich sie nur phantasierte und träumte oder tatsächlich vom Stapel laufen ließ: jedenfalls erhielt ich, wie mir deutlich in Erinnerung geblieben ist, von der schönen Frau einen überaus freundlichen, gefälligen und angenehmen Blick aus wirklich ganz ungewöhnlich schönen weichen Augen und dazu noch ein kurzes und verbindliches Wort höchst artigen Dankes, das für mich eine Art Beute war, in deren liebenswürdigem Besitz ich mich unter einer tiefen Verbeugung entfernte. Mehr mürrisch und ungnädig als freundlich hatte mich hingegen ein ungeduldig und unruhig im Zimmer hin und her marschierender, scheinbar ziemlich unangenehmer oder gänzlich überflüssiger Mensch angeschaut, in welchem ich den Herrn Gemahl der schönen Frau Baronin vermuten zu müssen meinte, der mich um des glücklichen fröhlichen Gesichtes willen, das ich mich in der Nähe seiner Frau zu machen erfrechte, vielleicht am liebsten hätte durchprügeln lassen mögen. Als mich später der Sekretär fragte, wie sich die Baronin beim Überbringen des Glases Limonade benommen habe, gab ich zur Antwort: «Ganz entzückend! Sie ist eine reizende Frau, ihr Lächeln ist wie ein Kuß, und ihre Augen sind unsagbar schön. Für Ihre Artigkeit läßt sie Ihnen bestens danken», Worte, mit denen er sehr zufrieden war. Vom Sekretär ist übrigens nebenbei zu sagen, daß er sehr schön Klavier spielte, weswegen ich ihn insgeheim sozusagen lieb hatte. Weshalb sollte man nicht Menschen lieb haben, die uns mit ihren Fertigkeiten, Gaben, Wissenschaften oder Kenntnissen einen Genuß bereiten?

Schon fiel der erste Schnee mit großen weichen Schneeflocken in den Schloßhof herunter, woran ich eine Art geheime, eigentümliche Freude hatte. Unsere sehr oder meinetwegen auch noch hochgeehrten Herrschaften kehrten von ihren Ausflügen oft vollständig durchnäßt nach Hause. Schnee und Regen sind in Wahrheit recht unhöfliche, ungebildete, unartige, unmanierliche und ungeschliffene Gesellen, denen man, wie es scheint, um keinen Preis und durch keine noch so große Anstrengung einzuprägen vermag, daß auf die vornehme Abstammung sowohl wie auf die hohe gesellschaftliche Stellung, auf Rang sowohl wie auf Reichtum stets ganz besonders Rücksicht genommen werden muß, und daß man es unklugerweise mit hohen und höchsten Herrschaften gründlich verdirbt, sobald man nicht die nötige Portion Zartheit beobachtet. Aber Wind und Wetter brauchen nicht nach Gefälligkeit oder Annehmlichkeit zu fragen; frei und unabhängig wie Könige sind sie, und Rücksichtslosigkeiten dürfen sie sich so viel und so oft erlauben als sie wollen. Niemand nimmt dem Sudelwetter sein Stürmen und Sudeln übel, weil jedermann überzeugt ist, daß Zürnen hier völlig zwecklos wäre. Unmittelbar nach ihrer Heimkehr nahmen ja dann auch die Damen und Herren in der Halle den Tee ein, der von uns behenden und flinken Dienern heiß und graziös, aufs feinste, schnellste und beste dargebracht und vorgesetzt wurde, damit alles recht hurtig wieder froh, warm und munter sei, und ja doch nicht etwa ein einziger oder nur ein halber hoher Abkömmling sich erkälte. Hochadel war in Masse vertreten, ebenso ein Intendant oder Leiter und Vorsteher von Hofschauspielen. Kaufleute und Industrielle jedoch machten sich durch recht lebhaften Mangel an Anwesenheit, sowie durch Hülle und Fülle an anderweitiger Inanspruchnahme bemerkbar, was uns Leuten von der Dienerschaft vollkommen gleichgültig war, da wir nicht die geringsten gesellschaftlich-politischen Interessen haben konnten. Wer uns das gröbste und schwerste Trinkgeld gab, war für uns der Kaiser. Reizend und fesselnd war für mich nicht nur manches, sondern eigentlich alles, und das Schloß hatte ich zu lieben angefangen, wie wenn es mein eigenes gewesen wäre. Eine merkwürdige innere Fröhlichkeit machte mich beinahe hüpfen und ließ mich alle Leute und alle Gegenständlichkeiten aus der Seele und aus ganzem vergnügten Herzen lieben und willkommen heißen. Alles, was ich sah, kam mir schön und gut vor, und mit den Mißlichkeiten, die ich täglich etwa auch miterlebte, söhnte ich mich im Nu dadurch aus, daß ich mich mit allem, was irgendwie hart und unfreundlich sein mochte, zu befreunden oder wenigstens zu verständigen suchte, was für mich offenbar nur vorteilhaft war.

Unmittelbar vor der großen Hauptmahlzeit oder Abendtafel mußten jeweilen Gänge, Treppen und Hallen und ganz besonders das Eßzimmer, sowie die hieranstoßenden Gemächer mit feinduftendem Rauchwerk durchräuchert werden, was eine Obliegenheit war, die auf den schlechten Achseln des Verfassers und Schreibers dieser Zeilen ruhte. Herrlich, gleich einem Märchen aus Tausendundeiner Nacht duftete es dann im Schloß und schlängelte sich wie reizende, anmutige Schlangen durch alle Räumlichkeiten, um alle mißbeliebten Dünste und übelriechenden Küchengerüche vollständig zu verbannen und zu vertreiben. An großen Dinerabenden glich das Schloß einem schönen Traum voll holder, beseligender Unwahrscheinlichkeiten. Großartige Röcke, vielmehr Roben und Schleppen rauschten und knisterten durch die Säle und durch den Korridor, wo sich, bevor das Essen begann, ein Mensch, den ich sehr gut zu kennen glaubte, mit einer Schweizer- oder Kuhglocke bemerkbar machte, um die Gäste mit lauthallenden melodischen Tönen zu ermahnen, daß sogleich die hohe Vorstellung oder der hohe Schmaus anhebe und beginne. Reizend, bei Gott, dünkte mich dieses abenteuerliche Glockenklingen, dieses tiefe schöne Schallen, worauf alle Türen aufgingen und alle anwesenden Menschen, fürstlich geschmückt und kostümiert, sich zur Eß- und Plauderlust versammelten. Wunderbar genug mit Kerzenlicht und verstreuten Blumen, mit schimmernden Gläsern und Tellern, mit geröteten Menschengesichtern, mit Mozarttönen und hellem übermütigem Gelächter sah mir das Eßzimmer und das Abendessen selber manchmal aus. Viele Worte dürfen jedoch wegen Platzmangel und Papiermangel nicht gemacht werden. Der Platz hier ist, wie Bauplatz, kostbar und teuer, und darum will ich mich mäßigen und beherrschen, was ich hoffentlich mühelos kann.

Die offen abgedeckten, schön zur Schau gelegten, weichen, weißen Frauenbusen dünkten mich zu keiner Zeit ein unangenehmer Anblick. Vielmehr belebte und erquickte mich ein solches Naturschauspiel stets aufs höchste, auf das die Kerzen noch ihr strahlendes, zutrauliches Licht hinabwarfen, um es gewissermaßen zu vervollständigen. Einmal hatte ich insofern während eines großen Mittag- oder vielmehr Nachtessens eklatanten und niederschmetternden Mißerfolg, als ich die unverzeihliche Dummheit beging, den Senf auf einer Gräfin Toilette herunterfallen zu lassen. Ein vernichtender Blick auf den Unglücklichen war die wohlverdiente Strafe, weswegen sich der Unglückliche freilich noch lange nicht gänzlich vernichtet fühlen mußte. Ein anderes Mal aber wurde die Niederlage durch einen großen Sieg reizend ausgeglichen, und zwar war der Erfolg, an dem ein harmloser Holzwurm schuld war, glänzend und sichtlich durchschlagend. Es gelang mir nämlich, während ich bei Tisch aufwartete, einen über das schneeweiße Tischtuch und an zarter Damenhand nah vorüber kriechenden Wurm geschickt mit der freien Hand zu erfassen oder zu erhaschen, worauf das unschuldige arme, wenngleich vielleicht etwas greuliche Tier ins Kaminfeuer wanderte, wo es offenbar den Feuertod starb. Der Graf selber war Zeuge meiner Meisterschaft, und er nickte beifällig und sehr anerkennend. Ich muß gestehen, daß ich über die Holzwurmangelegenheit den ganzen Abend glücklich war. Der Kastellan beneidete mich wegen des Stolzes aufrichtig, den ich durchaus berechtigterweise um des kleinen Glückszufalls willen stark zur Schau stellte. Spielen nicht Kleinigkeiten im Leben der Menschen oft eine große Rolle? Das will ich meinen!

Wenn ich so als simpler Diener das Zauberschauspiel eines Essens aufmerksam betrachtete, wozu mir Gelegenheit genug gegeben war, da es immer etwa eine kleine Schaffenspause für mich gab, so sagte ich mir im stillen mit flüsternder Stimme, daß ich mit irgendeinem am Tisch sitzenden und seine Rolle spielenden Menschen deshalb nicht hätte tauschen mögen, weil ich es als schön empfand, Essenden und Schmausenden bloß teilnehmend zuzuschauen, und weil mir, sobald ich selber am Vergnügen und am Glück beteiligt gewesen wäre, der schöne Gesamtüberblick, den ich als Höchstes schätzte, völlig oder doch wenigstens halb verlorengehen müßte. Auf diese Art war ich mir meines Wertes, Standes und Lebensgenusses stets bewußt, und ich freute mich über das bescheidene Dasein, das ich verkörperte, außerordentlich. Gibt es doch Menschen, die das helle Licht für ihre Person weniger lieben als den dämmernden Schatten, den sie als äußerst wohlwollend empfinden, und in welchem sie sich auf Grund einer tiefen Neigung, die zurück in die schon vor der Geburt für uns existierenden Länder führt, aufs beste aufgehoben und treulichste beschützt fühlen. Stets betrachtete ich mit großer Lust die Pracht und den Glanz; mich selbst jedoch wünschte ich von jeher in einen ruhigen, bescheidenheitreichen Hintergrund zurückgestellt, um von hier aus in das helle Leuchten mit frohen Augen hinein- und hinaufzuschauen.

Einmal zerbrach ich durch unvermutetes Fallenlassen eine wertvolle alte Tasse, welchen dummen Streich oder unerhörten Unglücksfall ich nicht zögerte sogleich dem grimmigen Kastellan zu melden, der ein ganz bedenkliches Gesicht machte und meinte: «Das ist bös, das ist sehr schlimm, Tobold. Sie haben da etwas ganz Schlimmes angerichtet. Gut und klug von Ihnen ist immerhin, daß Sie mir Ihre Ungeschicktheit und damit das Übel ohne langes Verheimlichen und Verwischen angekündigt haben. Dieses Verhalten bessert den Vorfall jedenfalls um ein bedeutendes. Der Graf muß es natürlich sogleich erfahren, hierauf müssen Sie sich gefaßt machen, und Sie sind ja auch, wie ich sehe, darauf gefaßt. Aber seien Sie ruhig. Es geht nicht ums Kopfabreißen. Der Graf ist kein Menschenfresser. Er wird ohne Zweifel eine Entschuldigung finden und wird begreifen, daß ihm hier in seinem Hause niemand seine Tassen und Teller böswillig und absichtlich zerbrechen und in tausend Stücke oder Scherben schlagen will. Augenscheinlich liegt keine Fahrlässigkeit, sondern doch wohl offenbar nur Mißgeschick vor, und der Graf wird das verstehen. Schluß! An die Arbeit!»

Der alte Schloßnachtwächter, der verbitterte Dorffriseur, der leider einen Zuckerdiebstahl verübte und deswegen als armer Sünder gefänglich eingebracht oder als eingezogener Gefängling und Häftling abgeführt und in Sicherheit gesetzt wurde, der Herr Amtmann, der fünf bis sechs Worte Französisch sprach, aber mehr auf keinen Fall (er war stolz auf das Wenige und Winzige), zwei eitle Dorfschönheiten, über die weiter nichts zu sagen sein will, ein Tanzlokal und flotter kühner Revolutionsball oder Tanzabend mit untertänigster, fröhlichster Blech- und Blasmusik, Flöten und Geigen dabei nicht zu vergessen, eine dörfliche, tabakrauchgefüllte Wirtsstube mit zwei Abteilungen, eine für besseres und die andere für minderwertigeres Volk, eine schöne, aber traurigerweise lahme Wirtstochter, die ihr Gebrechen oder Schadhaftigkeit durch einen rührenden Gesichtsausdruck ersetzte, ein Schmied, ein Schreiner, ein Lehrer, der aufs Lumpenpack und Dienerpack, aufs elende Lakaiengesindel, auf die Schufte und Schurken von uns Bedienten mit entschieden doch nun wohl etwas zu starker Verachtung herniederblicken wollte, was ihm nur in dürftigem Grad gelang, eine arme kranke Taglöhnerin im Kranken-, Elend- und Armutbett, gelbe Herbstblätter und nachher Schneeflocken und dazu immer Gänse auf der breiten behaglichen Dorfstraße, die Kirche und das Pfarrhaus und der Herr Pfarrer selber, ein Mann oder Wirt oder halber Verbrecher und Zuchthäusler mit dummerweise nur einem einzelnen, alleinstehenden Auge im Gesicht oberhalb irgendeiner Art oder Abart von Nase, statt daß er zwei schöne ganze Augen aufzuweisen und vorzuweisen gehabt haben würde, was, wie gesagt, recht sehr einfältig und dumm von ihm war; eine schöne stattliche Anzahl Raufgesellen, wie Maurer, Tapezierer und Stallburschen, rote Gardinen, etliche Dekorationen und viel Schnee, August der Pole, ein wundervoller jugendfrischer Tänzer, Koch, Köchin und Kutscher, eine bleiche, böse, ränkesüchtige Kammerjungfer, der Schloßgärtner und, um endlich wieder einmal in höhere Regionen und Schichten hinaufzusteigen und auf Herrschaften zu sprechen zu kommen: die Gräfin J . . . oder «Gräfin mit dem Totenkopf», wie es mir einfiel sie zu nennen, weil sie mich und wahrscheinlich viele andere dazu sehr abschreckte (einmal hatte ich der Gräfin mit dem Totenkopf einen Wertbrief zu überreichen, bei welchem gewagten Unternehmen ich vor Entsetzen über den gespenstischen Anblick des merkwürdigsten weiblichen Wesens fast von Sinnen kam und beinahe zu Boden stürzte, was mir ewig oder wenigstens noch ziemlich lang unvergeßlich bleiben wird), und sonstige Gespenster, Löwinnen, Löwen, Bären, Wölfe, Füchse, Blindschleichen und Heiducken, Nebenpersonen und Nebelgestalten in Hülle und Fülle: möchten hier in Erwähnung treten und umständlich beschrieben, gepriesen und abgebildet sein, aber ich bin das nicht imstande, weil ich mich durch fernere Erläuterung vom Fortschreiten und Weitergehen in dieser, vielleicht etwas tollen und wunderlichen Erzählung nicht abhalten lassen darf, sondern vielmehr über alle diese sonst sicher ganz netten Dinge wie über Schutt, Geschmäus, Geröll und Trümmerhaufen energisch hinwegfegen und -fahren muß, um fortzukommen.

Ich merkte, daß mir der Dienst von Tag zu Tag leichter wurde, denn ich eignete mir von Tag zu Tag mehr Geschicklichkeit und Besonnenheit an, und an Gewandtheit ließ ich es mit der Zeit keineswegs fehlen. Hier wie dort macht ja bekanntlich fleißige Übung den Meister. Alle Arbeit, der ich mich zu unterwerfen hatte, lief mir wie träumend und spielend aus der Hand. In Treppengeschwätz und Hintertürenangelegenheiten mischte ich mich nie oder nur selten. Intrigen kommen in Schlössern so gut wie in allen übrigen großen Anstalten und Institutionen vor. Bald wollte mich der Koch gegen den Kastellan, bald der Kastellan gegen den Koch aufreizen, aber aller Parteizank und Klassenkampf ließ mich kalt, weil ich nicht das geringste Interesse daran hatte. Wo ein hoher, schöner vernunftvoller Kampf anzutreffen ist, nehme ich unter Umständen mit Vergnügen Anteil, warum nicht? wie z. B. am Kampf der Guten gegen die Bösen, der Wohlwollenden gegen die Übelwollenden, der Empfänglichen und Beweglichen gegen die Hartgesottenen und Unempfindlichen, der Aufgeweckten gegen die Unaufgeklärten, der Fleißigen und Arbeitenden gegen die, die nichts tun und dennoch stets obenan stehen, am Kampf der Harmlosen gegen die Pfiffigen und Verschlagenen. Dieses könnte eine Schlacht sein, bei der ich teilnehmen wollte, und da dürfte es meinetwegen Hiebe und Schläge regnen, je mehr, desto besser. Aber in kleine Gehässigkeiten mich zu mischen, muß unter der Würde sein, die mir Gott Lob und Dank meine guten, lieben Eltern eingeimpft haben. Die Arbeit liebte ich leidenschaftlich, und ich verrichtete sie fast gedankenlos, fast mechanisch. «Wo bin ich denn jetzt eigentlich?» mußte ich mich mitunter plötzlich fragen, wenn sich meine Umgebung vor meinen Sinnen und Augen in einen Traum verwandeln zu wollen schien. Oft kam ich mir aus irgendwelcher Ursache beinahe wie der eigentliche Held des Grafenschlosses vor, ohne daß ich mir jedoch hierüber genaue Rechenschaft ablegte. «Wo war ich bis dahin, wo bin ich jetzt, und wo werde ich einstmals sein?» Solche und ähnliche Fragen kamen bisweilen dunkel und groß aus der Undeutlichkeit heraus zu mir heran. Im übrigen machte ich mir, wie ich bereits sagte, keinerlei Gedanken, fragte mich nie, ob ich etwa enttäuscht oder entmutigt sein könnte. In dieser Hinsicht gewöhnte ich mir an, mich gegenüber mir selbst außerordentlich kühl zu verhalten. Mit freiem, ruhigem, unvoreingenommenem und daher unbelästigtem, unbekümmertem Kopf ging ich meiner Sache und mithin sozusagen meiner eigenen Nase nach und tat meine Pflicht. Derartig fühlte ich mich gehoben, ja, ich darf sagen, hoch über die eigene Person hinausgehoben, die ich kaum noch irgendeines flüchtigen Blickes oder vielmehr Gedankens würdigte. Ich diente! Ich tat Dienst! Folglich durfte meine Lage gut sein, und meine Person war damit in Ordnung. Ist uns nicht erst dann eigentlich das Leben schön, sobald wir gelernt haben, ohne Anspruch zu sein, individuelles Wünschen, Begehren zu vergessen oder hintanzustellen, dafür uns aber recht aus der befreiten, Gutwilligkeit erfüllten Brust heraus an ein Gebot, an einen festen Dienst hinzugeben, Menschen mit unserer Aufführung zufrieden zu stellen, sanft und kühn auf die Schönheit zu verzichten? Denn wo ich auf eine Schönheit verzichte: fliegt mir da zum Lohn für den bewiesenen guten Willen und für die freundliche und lebhaft empfundene Entsagung nicht eine gänzlich neue, niemals vorher geahnte und tausendmal schönere Schönheit entgegen? Und wo ich aus freiem Willen, vom Mute und vom Mitleid in höhere Gesinnungen emporgetragen, auf den Himmel verzichte: fliege ich da nicht früher oder später zum Lohn für rechtschaffenes Verhalten in einen vielmal schöneren Himmel? Immerhin darf hier wohl flüchtig erwähnt sein, daß mich oft mein Feldbett heimtückisch aus dem dichtesten Schlaf und allerholdesten Traum herausfoppte, -narrte und -schnellte. Ich träumte meist sehr wilde, starke und tolle Geschichten, von Tigern, Ungeheuern, treppenhinaufstürmenden Reitern, von Leoparden, Schüssen, Rosen und Ertrinkenden, von flüsternden verratspinnenden Halunken, dann freilich wieder von lieben Engelsgesichtern und -gestalten, phantastischen grünen Gebüschen, von Farben, Tönen und Küssen, Ruinen und todesmutigen Rittern, von Frauenaugen und -händen, von Zärtlichkeiten und Liebkosungen und von geheimnisvollem, unaufhörlichem Genuß, Glück und Entzücken. Mich mochte der starke Herrschafts- oder Grafenkaffee, den ich dicht vor dem Schlafengehen unvorsichtigerweise zu trinken pflegte, besonders befähigen, Traumgesichte in einer durchdringenden Deutlichkeit zu schauen, vielerlei schöne und gute oder böse Stimmen zu hören und im Schlafe bald die schrecklichsten, bald wieder die liebenswürdigsten Dinge zu erleben.

Eines Abends, als es bereits dunkel zu werden begann, ich mit irgendwelcher Beschäftigung im Kopf, gleichsam in Gedanken verloren, in Wirklichkeit jedoch ganz klar und unbefangen, indem ich durch eines der wohlbekannten Korridorfenster den herrlich glänzenden Abendstern aus blassem, vergeistigtem Himmelsgrund zu mir herüberfunkeln sah, mit leisem Schritt in das Bibliothekzimmer ging, gewahrte ich mit einem Brief, den sie in der Hand hielt und den sie soeben gelesen zu haben schien, still am Tische sitzend, die Fürstin M . . . Sie war ganz in schwarz gekleidet, als wenn sie schon durch ihre ernsthafte Gewandung habe ankündigen wollen, daß sie in hoher und völlig frischer Trauer sei. Ihr Gesicht war blaß, auf dem schönen, hoheitvollen Kopf, ins dunkle, reiche Haar eingedrückt, trug sie ein Diadem, das im Dämmerlicht, dem Stern ähnlich, den ich soeben durch das Fenster hatte hereinschimmern sehen, wunderbar funkelte. Die großen ausdrucksvollen Augen der Fürstin, die in eine Abwesenheit, in eine unbestimmte Ferne gerichtet schienen, waren voll Tränen. Ich blieb unwillkürlich, von der Schönheit bezwungen, stillstehen. Die Fürstin sah mich wohl, sie beachtete mich aber, was sehr natürlich war, in keiner Weise. Ein schöner Anblick hat mich noch immer kühn gemacht, und so kam denn eine eigentümliche Kühnheit über mich, laut welcher ich es ganz selbstverständlich fand, folgendes zu der schönen Frau zu sagen: «Weinen auch Fürstinnen? Ich habe das bisher stets für unmöglich gehalten. So hochgestellte Frauen, dachte ich immer, beschimpfen und besudeln ihre reinen klaren Augen, den reinen und glanzerfüllten Himmel ihres Augenlichtes nie mit befleckenden, verunreinigenden Tränen, die den allzeit festen Ausdruck ihres Antlitzes entstellen. Warum weinen Sie? Wenn sogar Fürstinnen weinen, reiche und mächtige Menschen ihr Gleichgewicht und die stolze, gebietende Haltung verlieren, niedergeschlagen sind und in tiefe Müdigkeit sinken: was darf man dann sagen und wie kann man noch erstaunen, wenn man die Bettler und Bettlerinnen sich im Schmerz und Elend krümmen sieht, wenn man sieht, wie die Armen und Erniedrigten in der Verzweiflung ihre Jammerhände ringen, sich nicht anders zu helfen wissen als sich in einem fortwährenden elendiglichen Seufzen und Stöhnen und in Strömen von Tränen zu baden. So ist denn also nichts in dieser von Stürmen und Heimsuchungen zerrütteten Welt fest. So ist alles, alles schwach. Nun, dann sterbe ich eines Tages gerne und nehme mit Vergnügen von hoffnungsarmer, kranker, schwacher, angsterfüllter Welt Abschied, um im erquicklichen, lieben guten Grab von allen Unsicherheiten und von allen Mühseligkeiten auszuruhen.»

Die Fürstin, die alles, was ich sagte, deutlich hörte, da ich laut gesprochen hatte, schaute mich groß, lang und verwundert, sehr ernst, aber durchaus nicht hart und unfreundlich, vielmehr beinahe liebreich, ganz bestimmt voll Güte, sozusagen fast freundschaftlich an. «Wie heißen Sie?» fragte sie mich nach einer Pause; ich gab zur Antwort: «Tobold.» Sie sagte, indem sie ihre sinnenden Augen auf mir ruhen ließ: «Sie haben gute und wahre Worte gesprochen.» Der Augenblick war seltsam feierlich. Da sich jetzt indessen Schritte vernehmen ließen, die rasch näher zu kommen schienen, so entfernte ich mich, weil ich dachte, daß ein müßiges Stillstehen in Gegenwart der Fürstin keineswegs gut aussehen, vielmehr irgendeinen Dritten nur stutzig machen konnte. Im übrigen war es höchste Zeit, die Lampen anzuzünden, da es, wie bereits gesagt, schon dunkel war. Aus einiger Entfernung hörte ich auch schon den Kastellan poltern und fluchen. Wenigstens schien mir das so. Alles in allem wußte ich, daß der Graf ernstlich böse wurde, wenn in bezug auf die Lampen Nachlässigkeiten vorkamen, und dies galt es zu verhüten.

Bald daraufhin ging der Graf auf Reisen, und da man mich weiter nicht mehr nötig hatte und man mir das in einer gefälligen Form sagte, so nahm ich Abschied vom Schloß. Man besaß die Güte, mir ein gutes Zeugnis auszustellen, worin es unter anderem hieß, daß ich recht sehr zuverlässig und daneben auch noch recht sehr fleißig und brav sei, eine Beurkundung, die mich natürlich freute. «Hören Sie, Tobold», sprach der Kastellan zu mir, indem er gutmütig lachte, «Sie gehen jetzt von uns fort, fahren in die Welt hinaus. Sie haben hier etwas gelernt, und ich bin überzeugt, daß man Sie überall gut wird brauchen können.» Der Sekretär schenkte mir zum Abschied eine Stecknadel. «Ein Dutzend gute Hemden werden Ihnen zuverlässig nachgeschickt.» Man übergab mir hundert Mark Gratifikation, die ich mich absolut nicht weigerte in Empfang zu nehmen. Alles redete mich mit vieler Freundlichkeit an. Alle Leute zeigten sich zufrieden und gewogen. Am andern Morgen flog ich auf einem Wagen, den August lenkte, den Schloßhügel herab. Ich werde diese fröhliche Fahrt nie vergessen, die ein feuchtglänzender Sonnenschein aus bewölktem Winterhimmel verherrlichte. Wie ein großer reicher Herr saß ich im Wagen, und während ich mir eine französische Zigarette drehte, um dieselbe nachher recht frech in den Mund zu stecken, rief ich voll frohen Übermutes und herzlichen Lebensmutes aus: «Jetzt bin ich ein Kerl. Jetzt kann kommen, was kommen will, ich biete ihm die Stirne, messe mich mit ihm und trete ihm zuversichtlich und unverblümt entgegen. Mir ist, als vermöchte ich es jetzt mit der ganzen oder wenigstens halben Welt aufzunehmen. Einbildung, Illusion, wundervolles Gestirn! Herrlich ist mir zu Mut. Lebenslust und -kraft ist nun in mir, daß ich wahrhaftig laut darüber lachen muß. Ich schwärme! möchte am liebsten ein wildes Roß sein und in die fröhlichen Länder hinausgaloppieren. Göttlich schön, himmlisch gut ist doch die Welt. Welche Lust! Ich begreife keine Bangigkeit, keine Beängstigungen mehr. Das Leben ist eine Rose, und ich will recht prahlen und mir einreden, daß es mir gelingen wird, die Rose zu pflücken. Donnernd stürzt die Erde mir vor die Füße. Der Himmel zeigt da und dort ein schüchternes kleines bißchen Blau. Ich will das für ein gutes Zeichen halten. Welt: ich will mit dir kämpfen. Soeben komme ich vom Erleben, und jetzt reise, reite, fahre und wandere ich weiterem, fernerem Erleben entgegen. Lebhaftes Leben und lebhaftes Erfahren, seid mir schönstens willkommen. So ist's schön: etwas aushalten muß man, etwas ertragen. Durch munteres, kräftiges Dulden wird das Leben spielend leicht. Also hinein in die Wellen als guter unverzagter Schwimmer. Mir scheint, daß ich soeben einiges überstanden habe und daß ich nun mit festen Schritten und mit festem Blick vorwärtsmarschieren kann.»

ANHANG

ERSTFASSUNGEN ZU TEXTEN AUS «KLEINE PROSA»

Leben eines Dichters
Wandverzierungen von Karl Walser
(1905)

Der Maler träumt aus dem Leben eines Dichters die schönen Momente und macht neue Bilder daraus, die ein Leben ergeben. Dazwischen ist vieles, das man erzählen müßte, Briefe und Gespräche, Bekanntschaften und Stunden der Leere und Langeweile. Es ist wohl auch schon öfters erzählt worden, in langen Büchern, die man nur einmal liest, oder gar ungelesen bei Seite legt. Der Maler gibt Schattenbilder, und sie wirken sehr lebendig in ihrer ruhigen Reihenfolge. Zuerst kommt die früheste Jugend, dann das Knaben- und dann das Jünglingsalter, dann der junge Mann und aus dem jungen Mann wird kein gereifter alter Mann, denn der Maler läßt den Dichter früh sterben. Das ist hier ganz in Ordnung. Es könnte auch ein Malerleben, oder das Leben irgend eines für zarte Schönheit schwärmenden Menschen sein, es würde ungefähr auch stimmen, wenn man die Feder und das Manuskript wegtuschen würde. Das Kostüm ist das von 1830. In einer kleinen Stadt mit reizender Umgebung wächst ein zarter Knabe auf, den jedermann, wenn er an der Hand seines Vaters oder Erziehers spaziert, liebkosen möchte. Er ist vermögender, gebildeter Eltern Kind, er bekommt eine sorgfältige, vielleicht nur zu sorgfältige Erziehung und hübsche Kleider und Spielsachen. Mit seinen schönen, blonden Locken spielen die Hände der Erwachsenen, Tanten verhätscheln den Knaben. Hinter dem Landhaus, in dem die Eltern wohnen, breitet sich ein alter Garten aus, und in diesem befindet sich ein kleiner Teich, in dem Schwäne herumschwimmen. Natürlich geht der Knabe oft zu diesem Wasser und sinnt kindlich darüber, wie tief es wohl sein möchte. Das Wasser macht ihm mit seiner grünlich-schwärzlichen Farbe den Eindruck des Unergründlichen. Der Knabe lockt die Schwäne zu sich heran, und sie kommen, und er gibt ihnen, was er denkt, das sie gern essen mögen. Er sieht noch nichts, dieser Knabe, er hat nur für das Gegenständliche ein Auge. Die rätselhafte Tiefe des Wassers macht ihn erschauern, aber nicht die Schönheit des Schwanes, denn er bemerkt nur den Schwan, nicht dessen Schönheit. Auch die Landschaft ist ihm noch fremd, ihm, der fröhlich mitten darin steht. Er geht zur Schule und macht Freundschaften mit gleichaltrigen Kameraden. Er ist schlanker und mutiger geworden, geht nicht mehr zu seinen Schwänen, liest Bücher und kritisiert das Benehmen seiner Lehrer. Er lernt Sprachen und erfindet Spiele, wenn ihm die alten zu kindisch vorkommen, treibt sich in den Gassen der Stadt herum und lernt heimlich das Treiben in dunklen Kneipen kennen, die sich an Orten befinden, recht, um die aufblühende Phantasie eines Knaben zu reizen. Er mißt seine Körperkräfte an denen der Mitschüler und er lernt Haß und Sympathie scharf unterscheiden. Er ist mehr talentvoll als fleißig und überläßt seinem guten Gedächtnisse, den Erfolg in der Schule zu machen. Er zieht es vor, liederlich und schön zu sein, und verachtet schon jetzt, trotz elterlicher Ermahnung, den hausbackenen, ängstlichen Fleiß. Er ist ein Genießer von Freundschaften, und kennt den Reiz von Spaziergängen in Feld und Wald, das Besteigen der schönen Berge im Sommer, Herbst oder Winter; den Sommer nimmt er hin, er achtet diese Jahreszeit weiter nicht, aber am Herbst, wo die Nebel in den Wiesen streichen und die Rebberge bunt leuchten, findet er etwas geheimnisvoll Schönes, das er versucht, sich zu erklären. Er und seine Kameraden, die Mutigen, finden es schön, an Herbsttagen auf Bergen große Feuer anzuzünden. Man stellt sich da in der Ferne auf und betrachtet die roten, düsteren Flammen, wie sie aus dem Nebel hervorbrechen. Den Winter, wenn recht viel Schnee fällt und Flüsse zugefrieren, findet er entzückend. Den Frühling versteht er nicht, aber nur deshalb, weil andere Spiele anfangen, oder weil man vielfach an Orte hinkam, die vor Nässe und Kälte nicht genießbar waren. Er ist sich hierüber wenig klar. Er wird ein Jüngling und reist in die Welt hinaus. Eltern und Verwandte haben ihn mit übermäßig viel Gepäck versehen, dieses wird oben auf die Reisekutsche hinaufplaziert. Er nimmt Abschied und steigt in den Wagen, und nachher nimmt er noch einmal Abschied von allen, indem er mit seinem Taschentuch nachwinkt. Was wird aus ihm werden, denken die Eltern. Die Welt, wenn man sie aus dem breiten Fenster einer Reisekutsche betrachtet, ist herrlich. Flatternde Wolken fliegen dem Wagen munter nach und der Kutscher ist ein gemütlicher Mann, der während des Fahrens seine Pfeife raucht. Die Räder knarren auf der Landstraße, die Stadt versinkt vor den zurückschauenden Blicken, der Morgen ist prächtig, alles blitzt und glitzert und es leuchtet alles so warm. Hoch in der Luft fliegen Vögel, Häuser und Bäume verschwinden, es kommt immer Neues, Menschen, Wagen, Bäume, Wälder, Schlösser und murmelnde Bäche, alles wechselt so schnell, was könnte einem da schlimmes begegnen! Ein eckiger, böser Wegweiser brummt am Weg: «Fahrt zu, immer zu, ihr werdet schon an einer Ecke anrennen!» Auch wir lassen den Wagen fahren. Der Jüngling studiert anfangs mit großem Eifer an der hohen Schule, aber er kommt nur zu rasch fort. Sein Geist überflügelt den Geist der Professoren. Er findet die Wissenschaften, wie sie gelehrt werden, thöricht, und das lahme Bemühen, die Welt damit erklären zu wollen, lächerlich. Er findet das Leben wundervoll und schließt sich Menschen an, die nichts weiter als Menschen sind. Er läßt sich von den Wellen des Tages treiben und macht die Nächte zu hellerleuchteten Tagen. Er liebt die Musik und wird zu einem fahrenden Studenten. Man betrachtet ihn als verloren und gibt es auf, ihn zur Vernunft zu bewegen. Er liebt es, in langen, ermüdenden Märschen das Land zu Fuß zu durchwandern, die Natur berauscht ihn, und er übernachtet in wilden einsamen Schenken, oder unter Bäumen, durch deren Äste die Sterne zittern. Giebt es längst auf, wieder gut bürgerlich und klug zu erscheinen, da doch das für ihn nur eine traurige Maske bedeutete. Mitten in seinem wüsten Wandertreiben verlangt es ihn sehnsuchtsvoll nach Hause, nach einem Heim und er irrt, seine Guitarre am Rücken, nur noch gezwungen umher. Er ist des Übermutes und Trotzes müde geworden. Mit einem Male erwacht ihm die Seele und er wird zu einem Träumer, zu einem müden, weichherzigen Müßiggänger, dem niemand Kraft zumutet. Er geht wieder unter gesittete Menschen, aber sie beleidigen ihn mit Worten und Mienen, indem sie ihm vorwerfen, was sein eigenes Herz ihm längst und tausendmal gesagt hat. Die Kinder lieben ihn, der so sanft und milde spricht und so Schönes zu erzählen weiß, aber die Erwachsenen verhalten sich kalt und ablehnend. Leichtfertigen Frauen verschafft er mit seinen Gaben Vergnügen, aber er fühlt wohl, wie sehr ihn der Verkehr mit ihnen erniedrigt. Er ist trostlos. Da begegnet er eines Tages, es ist heller, blendender Mittag, einer jungen Dame, wie sie, ihre Röcke hebend, eben eine breite, zierlich gehauene Treppe emporsteigt, und bleibt, wie von einem Zauber umfangen, still stehen. Er grüßt mechanisch, sein ganzes Wesen zittert und er öffnet den Mund zum Sprechen, aber die Sprache stockt auf seinen Lippen. Ein unendliches Weh befällt ihn, gemischt mit den Gefühlen der ersten Kindheit. Die Luft, die Welt scheint ihm eine sorglose, lächelnde Umarmung. Er tritt vor, aber sieht nur noch, wie die Dame, die ihn keines Blickes gewürdigt hat, hinter den Büschen verschwindet. Er steht lange noch da, und glaubt, sie wieder sehen zu sollen. Dann geht er mit einer namenlosen Müdigkeit im Herzen heim, immer die süße, strenge Erscheinung vor Augen tragend. Während der folgenden Wochen lebte er nur, um sie zu suchen, aber er sieht sie nie mehr. Er schreibt Briefe, in denen er alle Liebe ausschüttet, aber sie bleiben unbeantwortet. Er sitzt, den Kopf in die Ellbogen gestützt, elend und schwach, wie er sich fühlt, auf einer Ruhebank in der Nähe des Ortes, wo er sie das erste Mal getroffen, und weint in die Hände hinein. Alle seine übrigen Hoffnungen schwinden mit dieser einzigen, die alle zusammen ausmacht. Wenn er sich ein wenig besser fühlt, schreibt er, vor sich her sinnend, kleine Gedichte und er fühlt langsam eine neue Not: die des schaffenden Künstlers. Das neue Leiden löst leise das alte auf: er dichtet jetzt. Er lernt jetzt, das ganze Leben als eine kostbare Erinnerung zu empfinden; Leiden und Freuden machen ihm, wie hellauflodernde Feuer, gleichmäßig zu schaffen. Er vergißt sich, um jedes Zuges, jeder Stimme aus der Vergangenheit lebhaft zu gedenken. Bald entdeckt er, wo für ihn das höchste Glück brennt, und er schließt sich, da er inzwischen arm geworden ist, in einer ärmlichen Dachkammer ein, um allein der Kunst nah zu leben. Bisweilen, wenn er an die Wirklichkeit denkt, lächelt er schmerzlich. Seine Eltern schreiben ihm auf seine Bitten, ihm Geld zu senden, nicht mehr. Um ihn herum wird es elender und trostloser, aber er bemerkt es kaum. Sein ärmliches Heim ist reich wie kein fürstliches Zimmer: es umschließt seine herrlichen Träume, mit denen er Abends sich niederlegt und Morgens erwacht. Nur wenn ihn der nackte, schamlose Hunger hinaustreibt, geht er unter die Menschen, deren Tun in seiner Abgetrenntheit ihm unbegreiflich vorkommt. Er empfindet keine Demütigung, oder nur in Momenten, wo er nicht schafft. Seine Manuskripte werden von den Verlegern zurückgeschickt. Er gewöhnt sich bald daran, das begreiflich zu finden. Sein Bett, sein Tisch, seine Lampe werden ihm lieb. Er hat das unabwendbare Gefühl des baldigen Todes und zerarbeitet seine Kräfte rücksichtslos. Seine Kleider, die guten, vertauscht er gegen abgeschabte und abgetragene, um etwas Geld heraus zu bekommen. Er arbeitet in einem langen, gelben Rock, den ein Reitknecht kann getragen haben. An der schimmeligen, feuchten Wand hängt sein Hut und sein anderer Rock. Auf dem Ofen stehen Waschkanne und Waschbecken. Der Boden ist voll Manuskripte. Ein fertiges Drama guckt dem Schreibenden und Dichtenden zur Seitentasche heraus: es ist wohl eben abgelehnt worden. Das Bett, ein langes, dünnes Ding, steht in einer Ecke, und zu dem Fenster hinaus sieht man die Dächer der Stadt emporragen. Der Dichter schreibt entweder, oder er liegt ausgestreckt auf dem Bett und erwartet das Ende. Nach seinem Tode findet man seine Werke schön und wert, sie im Druck zu verbreiten. Frauen lesen sie mit Entzücken und manches junge Mädchen weint über dieses Dichters Leben. Er indessen weilt jetzt in jenen Gegenden, wo nur Geister hingelangen, die unsterbliche Werke geschaffen haben. Die Dachkammer, wo er zuletzt gehaust hat, wird ängstlich wie ein Heiligtum behütet und es wird dafür gesorgt, daß alles so liegen und hängen bleibt, wie man es fand, als man das Zimmer des Toten betrat. Der reitledergelbe Überzieher hängt dort neben anderen Sachen an einem Nagel und man hofft immer noch, daß sich irgendwie versteckte Manuskripte darin vorfinden werden. Vielleicht, wenn man ihn über die Stange hängt und tüchtig klopft, fallen einige heraus, wer weiß! –

Dickens
(1911)

Dickens ist entsetzlich. Leser, Du, der Du Dich hindurchlesen mußt durch unsere heutige, schäbige, wässerige, langweilige, dumme, arme, lausige, rostige, ölige, öde, fade, laue, kindliche, von Müttern, die sich im gefährlichen Alter befinden, geschriebene, herausgeschwitzte und geächzte Literatur, hast Du je schon Dickens gelesen? Wenn nicht, so sei zu beneiden, denn dann steht Dir noch ein Naturgenuß bevor. Dickens ist göttlich. Dickens kann alles, und deshalb, weil er ein Zauberer, ein horribler, schauerlicher Könner ist, erlaubte ich mir am Eingang dieses Aufsatzes zu sagen, er sei entsetzlich. Mich hat er entzückt und zugleich niedergeschmettert, und seitdem ich Dickens gelesen habe, wage ich mich nicht mehr an den Schreibtisch zu setzen, gebe meinen Beruf auf und muß entweder verhungern oder Wagknecht werden. Furchtbares Schicksal, dem ich anjetzt, wie es scheint, verfallen bin. Doch im Ernst: Dickens ist eines der Wunder der Welt. Als ich Dostojewski las, der gewiß ein großer Dichter ist, fühlte ich mich angeheimelt und hingezogen, selber die Feder in die Hand zu nehmen. Diese selbe fröhliche Feder hat mir Dickens aus den Fingern herausgewunden. Dickens, dieser Häuptling der Schriftstellerkunst, hat mich ruiniert, und dennoch: ich zürne Dickens keineswegs, vielmehr bete ich ihn an und sage: Dickens ist ein Gott. Dickens schreckt, wie Götter zu schrecken pflegen, er schreibt für jedermann, also auch für Sie, gnädige Frau, die Sie sich vielleicht über Dickens und das, was er geschrieben hat, erhaben vorkommen wollen. O um des barmherzigen Himmels willen: Täuschen Sie sich doch nicht. Lesen Sie Dickens und lassen Sie sich von ihm bezaubern. Wenn wir heutigen, rockzugeknöpften phantasiearmen Schriftsteller mühselig an einem Karren ziehen, so fährt Dickens in der Kalesche. Feurige Pferde ziehen den herrlichen Galawagen. O wir ausgesaugten armen Schlucker. Wenn wir einen Faden geben, so gibt Dickens Gegenden, und wenn wir kriechen, so schwebt, tanzt und fliegt Dickens. Ich liebe Dostojeweski; vor Dickens aber bin ich starr vor Bewunderung. Die Magd kann ihn lesen, der Fürst kann ihn genießen, der Droschkenkutscher kann sich an ihm erlaben. Übrigens ist das glücklicherweise unwahr; es liest ihn kein Mensch mehr.

NACHWORT DES HERAUSGEBERS

In seiner mittleren Schaffensperiode, die mit der Heimkehr aus Berlin Anfang 1913 begann und mit dem Umzug nach Bern zu Anfang 1921 endete, war Robert Walser nicht nur durch die äußeren Zeitumstände – den Ersten Weltkrieg mit seinen Folgen – von der Literaturszene in Deutschland recht abgeschnitten. Der Neuanfang, mit dem er eine am Ende der Berliner Zeit durchlittene Krise zu überwinden suchte, erforderte einen weitgehenden Wechsel der Motive und Themen, eine Wandlung seines Stils und auch die Anknüpfung neuer Kontakte zu Redaktionen und Verlagen. War der erste in Biel zusammengestellte Band, «Kleine Dichtungen» (SW Bd. 4), noch in Leipzig bei Kurt Wolff erschienen, so erfolgten die nächsten fünf Veröffentlichungen nun in schweizerischen Verlagen. Robert Walser versuchte auch als Schriftsteller die Rückverwurzelung im Heimatlichen, zumindest vorübergehend. Dabei scheint die Initiative übrigens von den Verlagen ausgegangen zu sein, die den heimgekehrten Autor einluden, zu ihren der schweizerischen Literatur reservierten Reihen beizutragen.

Der Spaziergang

Zuerst war dies der Verlag Huber & Co. in Frauenfeld. Im August 1916 erklärte sich Walser bereit, ihm für die Sammlung «Schweizerische Erzähler» eine ungedruckte Prosadichtung zur Verfügung zu stellen, deren Umfang, wie der Verlag wünschte, etwa 80 Seiten betragen sollte. Anfang September reichte der Autor das Manuskript «Der Spaziergang» ein, die erste Arbeit eines solchen größeren Umfangs seit den Berliner Romanen Walsers und vermutlich im August 1916 entstanden, eben auf die Anregung der Verlagseinladung hin. Im Frühjahr 1917 lag dann das kleine Bändchen vor, in 3600 Exemplaren gedruckt. In einer Sammelbesprechung urteilte Eduard Korrodi, der einflußreiche Literaturredakteur der «Neuen Zürcher Zeitung», am 4. 6. 1917 darüber: «Ein heiteres, kleines Meisterwerk hat Robert Walser dieser Sammlung geschenkt: Die Apologie des geschäftigen Müßiggängers, den gewöhnliche Leute – Dichter nennen.

Die Herrlichkeit eines kostenlosen Spaziergangs am heiter-hellen Werktag wird hier geradezu aufreizend schön gepriesen ... Es bringt mehr Gewinn, mit ihm zu spazieren als mit einem faustischen Doktor. Denn es sind mehr als tausend schöne Überraschungen, die seiner milden Beobachtung entspringen. Wie artig auch ist diese Menschenbeobachtung; sie lauert nicht auf, sie anerkennt alles Menschliche. Der Dichter selber fällt dem Leser niemals lästig, trotzdem er doch immer in der ersten Person spricht; denn er ist eine so glückliche Mischung aus Einfalt und höchster Klugheit, daß sich einer noch lange den Wind um die Nase blasen lassen kann, bis er weiß, ob nun dieser planlose *Spaziergang* Robert Walsers aus einer gewissen künstlerischen Faulenzertechnik entstanden ist oder ob nicht eben dieses scheinbare Fürbaßgehen ohne Zweck und Ziel vom Künstler erwogen und für gut befunden worden ist. Aber gewiß ist, daß dieser *Spaziergang*, geistreich und doch nicht zu geistreich, um der inneren Wärme zu ermangeln, vielleicht das beste der kleinen Werke ist, die Robert Walser in guten, der Feder holden Stunden schrieb.» (Andere Rezensenten blickten freilich recht verständnislos und gelangweilt auf diesen Text, der sich um konventionelle Erwartungen an eine erzählte Handlung nicht scherte und die beiläufigsten Gegenstände mit seinem eigenwilligen Schmuck von Wortgirlanden und stilistischen Pirouetten verzierte.)

Ende 1917/Anfang 1918 hat Robert Walser den Text des kaum anderthalb Jahre zuvor entstandenen «Spaziergangs» dann bereits einer Satz für Satz neufassenden Bearbeitung unterworfen, um ihn in den Sammelband «Seeland» (mit der Jahresangabe «1919» erst 1920 bei Rascher erschienen; SW Bd. 7) aufzunehmen. Diese zweite Fassung ist, als Ergebnis eigentlich nur sprachlich-stilistischer Straffung, etwas kürzer. (Auch die anderen Texte des Bandes «Seeland» wurden, wie schon solche im Band «Poetenleben», SW Bd. 6, für die Buchausgabe bearbeitet, grundsätzlich im Sinne eines strengeren, rhythmisch ausgeglicheneren, eher klassizisierenden Stils.) Die in dem Bändchen von 1917 vorliegende Erstfassung lag 1944 einer Neuausgabe im Bühl-Verlag (Herrliberg/Zürich) und, hier allerdings mit vielen kleineren Änderungen von der Hand des Herausgebers Carl Seelig, dem Wiederabdruck in «Dichtungen in Prosa» Bd. V (Genf u. Frankfurt a. M. 1961) zugrunde; nach dieser wurde der Text auch in einer Auswahlausgabe des Diogenes Verlags («Der

Spaziergang», Zürich 1967, bzw. «Ausgewählte Geschichten und Aufsätze», Zürich 1970) abgedruckt. In die Gesamtausgabe wird sie hier erstmals aufgenommen, nach der Erstausgabe von 1917.

Prosastücke

Ende August 1916, Walser war also wohl gerade dabei, den «Spaziergang» für den Verlag Huber & Co. zu schreiben, fragte auch der Zürcher Rascher Verlag bei ihm an – er wünschte einen Beitrag für seine Broschüren-Reihe «Schriften für Schweizer Art und Kunst». Der Verlag dachte an eine Novelle, Walser aber reichte nach grundsätzlicher Einigung über die Bedingungen am 5. Oktober 1916 das nur 18 handschriftliche Seiten starke Manuskript «Prosastücke» ein, wobei er dessen Qualität angelegentlich bekräftigte, wie er es in diesen Jahren gegenüber Verlagen gern tat: «Von vorliegender Arbeit, die ich Ihnen anvertraue, kann ich mit *festem Bewußtsein* sagen, daß ich sie für gut halte, weshalb ich sie Ihnen mit guter Zuversicht anbiete. Jedes einzelne Stück ist mit starkem Fleiß und mit der sorgfältigsten Behutsamkeit geschrieben, und ich habe mir, um für Sie etwas *Gediegenes* herzustellen, *große Mühe* gegeben. Die Stücke sind teils ernster teils heiterer Natur, auf einer ganz bestimmten *qualitativen* Höhe stehen sie, wie ich überzeugt bin, alle.»

Wenig später reichte er noch eine zusätzliche Skizze, «Reuevolle Offerte», nach, die er dann aber wieder zurückzog und die nicht erhalten ist. Karl Walser, der Bruder Roberts, entwarf wie bei früheren Büchern wieder die Umschlagzeichnung, und im November 1916 noch erschien das Heft in einer Auflage von 2000 Exemplaren. Vom gleichen Satz gedruckt, nahm der Verlag die Prosastücke auch in das «Schweizerische Novellen- und Skizzenbuch» (Raschers Jahrbuch für Schweizer Art und Kunst, Bd. IV, 1917) auf.

Zum erstenmal hatte Walser hier erklärtermaßen Prosastücke, vermutlich neu entstandene, zusammengestellt, die noch nicht in Zeitschriften vorabgedruckt waren. Nur «Die Brüder» erschien am 16. Oktober 1916 in der «Vossischen Zeitung», der Autor versicherte aber dem Verlag: «Dieses Stück habe ich für Sie ganz neu aus dem Kopf *frisch abgefaßt*, und ich darf sagen, daß die Fassung, die Sie bekommen haben, die *bessere* ist.» (21. 10. 1916) Die Wendung «aus dem Kopf frisch abgefaßt» gibt freilich zu Zweifeln Anlaß: die doch sehr weitgehende inhaltliche und stilistische, passagenweise wörtliche Übereinstimmung der Fassungen drängt eher zu der Annahme eines vorausgehenden Konzepts, das dem Autor noch vorlag. Ob dies bereits ein Bleistiftentwurf der Art war, wie sie in den aus der Zeit ab 1924 erhaltenen «Mikrogrammen» Walsers belegt ist, scheint mir allerdings fraglich. Aus dem Anfang der Bieler Zeit wissen wir von mit der Feder geschriebenen und dann wieder verworfenen, bzw. durch Umarbeitungen ersetzten Texten (vgl. SW Bd. 16 «Träumen», Anhang u. Anm. dazu). Vielleicht liegen den gelegentlich anzutreffenden Doppelfassungen auch dieser mittleren Bieler Jahre noch solche zurückgehaltenen Erstfassungen zugrunde, während die Übung des Bleistiftkonzepts bei Walser erst 1918/19 einsetzt.

Die Art der Zusammenstellung läßt vermuten, Robert Walser habe auch bei dieser schmalen Sammlung bewußt darauf geachtet, daß sich in ihr Texte durchaus verschiedenen Charakters zusammenfanden, nicht etwa ein Zyklus von durchgehaltener Motivik oder Intonation. So stehen hier Stimmungsbilder und sprachspielerische Humoresken, moralisierende Erzählungen und märchenhafte Parabeln, Erinnerungen und Phantasien nebeneinander; zu den meisten Texten ließen sich aber nah verwandte Stücke in der folgenden Sammlung «Kleine Prosa» oder unter den seinerzeit noch nicht in Buchform gesammelten, in SW Bd. 16 «Träumen» enthaltenen aufzeigen. Eine gründliche Analyse der Erzählstrukturen des einzelnen Prosastücks kann andererseits erweisen, wie sorgfältig und mit wie feinen, genau beherrschten Mitteln Walser gerade die so unaufwendig, leichtgewichtig und naiv wirkenden Texte etwa des Bändchens «Prosastücke» ausformte – ihre Schlichtheit ist häufig fast Verstellung, und hinter dem vordergründigen Sinn der Geschichten verbirgt sich eine tiefere Auseinandersetzung.

Kleine Prosa

Die Vorgeschichte der dritten in diesem Band neu vorgelegten Sammlung läßt sich nicht rekonstruieren, da die Verlagskorrespondenz größtenteils verloren ist; Robert Walser selbst bewahrte keinerlei Unterlagen auf. Vermutlich nahm er auch schon im Herbst 1916 deswegen Verbindung mit dem Berner Verleger Francke auf, denn am 12. März 1917 konnte er dem Verlag Huber & Co. in Frauenfeld, mit dem er inzwischen wegen eines neuen Buchplans verhandelte, mitteilen, «daß der ihm [d.h. Francke] übergebene Teil der Prosastücke zu Ostern herauskommt». Acht Jahre später bemerkte er anläßlich von Alexander Franckes Tod in einem Brief, diese verlegerische Tat habe ihn «vielleicht späterhin seelische Verlegenheiten» gekostet, wohl weil das heute sehr selten aufzufindende Buch im Absatz ein Mißerfolg war. Von der Auflage, die 1500 Exemplare betragen hatte, war 1923, als der Verlag abbrannte, noch ein größerer Teil auf Lager gewesen und wurde vernichtet.

Außer drei Stücken, die in der Vorbereitungszeit des Buches – in z. T. geringfügig abweichender Fassung – noch an anderen Orten erschienen, enthält es, sofern nicht noch Erstdrucke verborgen blieben, nur zwei auf ältere Veröffentlichungen zurückgehende Beiträge. In beiden Fällen – «Leben eines Dichters» und «Dickens» – war Walsers Bearbeitung aber so eingreifend, daß man eigentlich von neuen Texten sprechen muß. Zumal «Dickens» wurde dabei sehr erweitert. Daher sind hier die Erstfassungen zum Vergleich im Anhang vollständig mitgeteilt. Im übrigen ist für die Prosastücke eine Entstehung im Laufe des Jahres 1916 anzunehmen.

Die Nähe vieler Stücke dieser Sammlung zu denen der vorhergehenden kann bei dieser zeitlichen Nachbarschaft nicht verwundern. Wieder finden sich hier burleske Späße und ins Volkstümliche stilisierte humoristische Geschichten neben eher erbaulich getönten Erzählungen. Vor allem aber finden sich weitere Stücke, in denen Sprachwendungen, Wortgesten mehr oder weniger an die Stelle der Gegenständlichkeit einrücken und, in syntaktischen Verschiebungen oder sich verändernder Bedeutung wiederkehrend, entfaltet werden, gipfelnd in «Basta» als dem unübertrefflichen Porträt selbstzufriedenen Philistertums. Momente, die in Walsers Prosa von den frühesten Texten an eine Rolle spielen, aber zeitweise auch verdeckt sein konnten, treten dabei wieder charakteristisch hervor: die Freude an iterativen Figuren jeder Art, das Vermögen, einen Text über ein Nichts an Vorwurf gewissermaßen mit sich selbst sprechen zu lassen (denn das sich einmischende Erzähler-Ich wird zu einer Funktion des Sprachgebildes) und das Spiel mit Kunstfiguren bis auf die absurde Spitze zu treiben, schließlich das Auskosten von Klang- und rhythmischen Nuancen. Zu seiner Zeit mögen diese Erscheinungen nur von sehr wenigen Lesern Walsers mit dem Verständnis und kennerischen Vergnügen aufgenommen worden sein, das man ihnen heute entgegenbringt – Rezensionen lassen es erkennen. Auch in «Kleine Prosa» zeigt Robert Walser aber verschiedene Gesichter, auch hier müßten Texte wie die als Selbstdeutung so wichtige «Tobold»-Erzählung oder die «Leben eines Dichters»-Paraphrase, müßten eigentlich alle Stücke je für sich betrachtet werden, ehe sie summierenden Feststellungen zu unterwerfen wären.

Die Zusammenfassung der drei 1916/17 erschienenen Veröffentlichungen Walsers in einem Band der vorliegenden Ausgabe rechtfertigt sich aus dem schmalen Umfang besonders der ersten beiden, aber auch daraus, daß die Texte ihrer Entstehungszeit nach zumindest überwiegend in das Jahr 1916, bzw. sogar in dessen Sommer/Herbst gehören. Viel weniger bekannt als andere Teile von Robert Walsers Werk, können gerade sie noch einen Beitrag zu seiner Wiederentdeckung durch die Leser leisten, wie sich bereits an einer Übersetzung zeigte: es war der «Spaziergang», der, 1976 auf Italienisch erschienen («La Passegiata», übers. von Emilio Castellani, Mailand: Adelphi) und in kurzer Zeit eine Auflage von 27000 Exemplaren erreichend, für den in Italien noch weithin unbekannten Autor den Durchbruch erzielte. «Der Spaziergang» ist übrigens auch ins Englische, Dänische, Japanische, Rumänische und Spanische übersetzt worden.

ANMERKUNGEN

Der Spaziergang

S. 12 Die Geldzuwendung «aus Auftrag eines Vereins oder Kreises von . . . Frauen», von der der Bankbeamte dem Spaziergänger-Schriftsteller Mitteilung macht, hatte einen realen Hintergrund: 1914 erhielt Robert Walser auf Betreiben Wilhelm Schäfers den «Preis des Frauenbundes zur Ehrung rheinländischer Dichter», und für diesen Verein wurde die erste Auflage der Sammlung «Kleine Dichtungen» hergestellt. Indessen ließ Walser, wie er später Carl Seelig berichtete, das Geld auf der Bank in Düren im Rheinland stehen, wo es mit einigen anderen dort gesammelten Honoraren schließlich der Inflation zum Opfer fiel. Ob er noch 1916 aus der gleichen Quelle eine weitere Förderung erhielt, ist nicht bekannt.

Prosastücke

S. 83 *Die italienische Novelle:* In einem unbetitelten, gestrichenen Text, der sich auf der Rückseite eines anderen Manuskripts fand, hatte Walser schon 1913/14 einmal eine ganz ähnliche parodistische Auseinandersetzung mit dem Traditionsmuster der italienischen Renaissancenovelle unternommen (vgl. SW Bd. 16 «Träumen», Anhang, Gestrichene Texte und Fragmente Nr. 9), jedoch fehlt dort der versöhnliche Ausgang – die Oskar und Emma benannten Liebenden «sterben beinahe vor Sehnsucht nach einem Dolch». Verleger und wohlmeinende Ratgeber hatten von Robert Walser immer wieder gefordert, er möge doch Novellen schreiben – er indessen empfand stark den Widerspruch zwischen solchen Erwartungen und dem realen Zustand von Kultur und Gesellschaft, der eine novellistische Poetik desavouierte (vgl. den späteren «Brief an einen Besteller von Novellen», SW Bd. 20, «Für die Katz», S. 424).

S. 86 *Koffermann und Zimmermann:* Paul Cassirer, Kunsthändler und Verleger, schickte zu Walsers Berliner Zeit einmal dessen Bruder Karl zusammen mit dem Schriftsteller Bernhard Kellermann (1879–1951) über Rußland nach Japan, um sie Reiseimpressionen sammeln zu lassen. Aus Kellermann macht Walser hier einen «Koffermann», der «Zimmermann» aber ist er selbst, denn nach einer Aussage Karl Walsers soll Bruno Cassirer, der Verleger seiner Romane, ihn einmal erfolglos mit Scheck und Fahrkarte für eine Indienreise versehen haben; Robert Walser erzählte seinerseits Carl Seelig von einem entsprechenden Antrag S. Fischers, der ihn vergeblich nach Polen und in die Türkei entsenden wollte (Seelig, «Wanderungen mit Robert Walser», 1977, S. 89 f.).

S. 101 *Die Brüder:* Vom Herbst 1895 bis zum Herbst 1896 lebte Robert Walser zusammen mit seinem ein Jahr älteren Bruder Karl, der Lehrling bei einem Dekorationsmaler war und sich als Autodidakt künstlerisch ausbildete, in Stuttgart. Er selbst arbeitete dann als Angestellter bei der Deutschen Verlagsanstalt und bei Cotta. Auf diese Zeit, in der er seinen Traum, Schauspieler zu werden, begrub und sich stattdessen vornahm, als Dichter Ruhm zu erlangen, bezieht sich das Prosastück. – Erstdruck in stilistisch etwas abweichender, inhaltlich gleicher Fassung: Vossische Zeitung, 16. Oktober 1916, Nr. 531.

S. 109 *Die böse Frau:* Das Vorbild dieser Figur – wie für die freilich ganz anders dargestellte Frau Bandi in «Marie» («Poetenleben», SW Bd. 6, S. 61 – soll Flora Ackeret gewesen sein, eine gute Bieler Bekannte Walsers, die sich darin auch selbst erkannt und die harte Zeichnung Walser nie verziehen habe.

S. 114 *Die Wurst:* «Speckmocken»: Mocken, südd. und schweizerisch mundartlich für Brocken, dickes Stück.

S. 120 *Schwendimann:* Der Name Schwendimann, im Schweizerischen geläufig, wurde von Walser wohl wegen der Klangassoziation zu «schwinden» gewählt. – «Sessa»: mutwillige Eindeutschung von frz. «C'est ça!», Das ist es!, auch als Interjektion im Sinne von So! oder Aha!, wie Voilà!

S. 129 *Leben eines Dichters:* Am 6. November 1905 (4. Jg., Nr. 2, S. 53–58) erschien in «Kunst und Künstler» als erster Beitrag Robert Walsers in einer Berliner Zeitschrift die Erstfassung dieser Paraphrasen (vgl. S. 260); er muß sie im Sommer oder Frühherbst 1905, als er sich vor seiner kurzfristigen Anstellung als Lakai auf einem Schloß in Oberschlesien schon in Berlin aufhielt (und dort den Kursus einer Dienerschule besuchte), geschrieben haben. In einer Fußnote vermerkte die Redaktion: «Karl Walser hat in dem Landhause des Verlegers S. Fischer Wandverzierungen gemalt, die wir hier publizieren; niemand schien uns in höherem Grad geeignet, einen Text zu diesen Bildern zu schreiben, als des Malers Bruder, der gleichgestimmte Dichter.» Das Haus S. Fischers in Berlin-Grunewald, Erdenerstraße 8, blieb erhalten, die Wandmalereien Karl Walsers fielen jedoch schon vor langer Zeit einem Umbau zum Opfer.

S. 139 *Plauderei (I):* Nach dem Erstdruck (Vossische Zeitung, 12. Januar 1917, Nr. 21) in etwas abweichender Fassung in SW Bd. 16 «Träumen», S. 354, unter dem Titel «Dichter».

S. 151 *Das Ende der Welt:* Ein Anwesen in der Gemeinde Magglingen oberhalb Biel, das diesen Namen hat, bot Walser wahrscheinlich die Anregung.

S. 162 *Helbling:* Vgl. «Helblings Geschichte» in «Kleine Dichtungen», SW Bd. 4, S. 56, und «Gestrichene Texte und Fragmente», Anhang von SW Bd. 16 «Träumen», Nr. 5 und 6 sowie die zugehörigen Anmerkungen. Dieses Stück ist das späteste in der Reihe von Texten, in denen Walser – beginnend mit «Ein Vormittag» (1907), dann in «Geschichten» (SW Bd. 2, S. 114) – die Erfahrungen seiner Zürcher Angestelltenjahre bis 1905 verarbeitete.

S. 166 *Fräulein Knuchel:* «Löli», häufig gebrauchter schweizer. Mundartausdruck im Sinne von Dummkopf; «Lappi»: etwas weniger abwertend, auch für einen, der sich nur dumm aufführt, einen Faxenmacher; «Trappi»: seltenere, von trappen (schwer auftreten) abgeleitete herabsetzende Mundartbezeichnung, ebenso «Schlappi» von schlapp – jeweils mit der entsprechenden Bedeutungsfärbung.

S. 175 *Na also:* Der letzte Absatz enthält Berliner Reminiszenzen: das Gebrüder-Herrenfeld-Theater in der Kommandantenstraße (dort von 1906 bis 1916, vorher als «Budapester Theater» in Kreuzberg) war ein jidisches Theater; das «Kaffeehaus des Westens», am beschriebenen Ort, hieß richtig «Café des Westens». Möglicherweise spielt auch der «Vollgermane Wulff» auf eine reale Person an.

S. 186 *Dickens:* Erstfassung (s. S. 264) in «Pan», 1. Jg., 1911, S. 347. Ebenfalls Dickens gewidmet ist das Prosastück «Ein Diener», SW Bd. 20 «Für die Katz», S. 351.

S. 192 *Luise:* Der biographische Hintergrund der Erzählung ist die Zeit ab Oktober 1896, als Walser, wenig über achtzehn Jahre alt, in Zürich lebte, Commis in häufig wechselnden Stellungen war und seine ersten Gedichte schrieb. Die Figur, die hier Luise heißt, tritt als Klara schon im «Gehülfen» auf, ebenso ihre Freundin Rosa; in der Klara des Romans «Geschwister Tanner» ist ihr Schicksal mit einer anderen Lebensgeschichte verschmolzen, und Rosa steht unabhängig neben ihr als Freundin des Helden Simon Tanner. Über die historischen Vorbilder dieser Frauenfiguren gibt Bernhard Echte in seiner «biographischen Reportage» «Karl und Robert Walser» Auskunft (in: «Die Brüder Karl und Robert Walser. Maler und Dichter», hg. v. Bernhard Echte und Andreas Meier, Stäfa/ZH 1990, S. 160ff.).

S. 212 *Doktor Franz Blei:* Franz Blei (1871-1942) wurde auf Robert Walser durch die erste Veröffentlichung von Gedichten aufmerksam, die – ohne Nennung des Autors – am 8. Mai 1898 im Sonntagsblatt des Berner «Bund» erfolgte. Er erfragte von J. V. Widmann, dem Feuilletonredakteur des «Bund», Walsers Namen und Anschrift und lud ihn ein. Blei war es auch, der 1899 für Walser die Verbindung zur Münchner «Insel» herstellte und zugleich für einen Abdruck von Gedichten in der «Wiener Rundschau» sorgte. Später nahm er Beiträge von ihm in seine Zeitschriften «Opale» und «Der lose Vogel» auf. Der freundschaftliche Kontakt lockerte sich im Laufe der Jahre, läßt sich aber noch in Briefen von 1925 erkennen. – Vgl. auch «Der Doktor» in «Kleine Dichtungen», SW Bd. 4, S. 114. – S. 221, «Gedichte von Lenz»: die zitierte Zeile ist der Anfang der fünften Strophe von Lenzens Gedicht «Über die deutsche Dichtkunst» (Werke und Schriften I, ed. Britta Titel u. Hellmut Hag, Darmstadt 1966, S. 160-162). – Zu Bleis Anregung, Walser solle nach München fahren: tatsächlich schrieb Walser am 2. Mai 1899 an Widmann, er gehe auf einige Zeit nach München. Dieser Besuch ist aber Ende 1900 und nochmals im Sommer und Frühherbst nicht belegt, dagegen hielt er sich 1901 länger dort auf. Franz Blei schrieb mehrfach über Robert Walser: u. a. in seiner Autobiographie «Erzählung eines Lebens», Leipzig 1930, S. 271-275.

S. 224 *Tobold (II):* Zu Namen und Figur vgl. die Anmerkung zu «Tobold (I)» in «Kleine Dichtungen», SW Bd. 4, S. 45: in dem Prosastück «Der fremde Geselle» (in «Aufsätze», SW Bd. 3, S. 144) sagt Walser, der Name sei ihm «zwischen Schlafen und Wachen» eingefallen, er ist jedoch in Berlin als Familienname nachweisbar; ferner als Parallele zu dieser Erzählung die vermutlich früher entstandene, da schon April 1915 erstgedruckte Erzählung «Aus Tobolds Leben» in «Poetenleben», SW Bd. 6, S. 83. – Der einleitende Bericht, als verschlüsselte Selbstaussage sehr bedeutsam, spielt auf Gestalten in Walsers früherem Werk an, die wie Tobold Figurationen seiner selbst sind: Peter tritt in «Die Knaben» auf, wo sein unstillbares Leiden Erfüllung im Tode sucht – im Wald, in den Armen der verklärten Mutter; Peters Kameraden im gleichen Dramolett von 1899 (in «Komödie», SW Bd. 14) sind Franz, der Schauspieler werden will, Hermann, der von Virtuosenruhm, und Heinrich, der von einem Dasein als Page träumt – enttäuscht von der Wirklichkeit, werfen sie alle ihre hochfliegenden Lebenspläne ab und ergeben sich zynisch ins Unvermeidliche. (Auch in ihnen darf man Selbstentwürfe Walsers sehen.) Oskar tritt als ekstatischer Dichter im zweiten Dramolett «Dichter» auf (ebenfalls «Komödie», Bd. 14). Wenzel ist der Held der gleichnamigen Erzählung in «Geschichten» SW Bd. 2, S. 81, einer humoristischen Spiegelung von Walsers jugendlichem Theaterrausch als Lehrling in Biel, außerdem ist er der Schreiber des komischen «Stellengesuchs» in «Kleine Dichtungen» (SW Bd. 4, S. 125). – Zu dem ins Mythische transponierten Auferstehungserlebnis in Tobolds «märchenhafter» Vorgeschichte gibt es im

Werk Walser keine Parallele; die folgende, mehr realistisch-biographische Version spielt auf die Periode in Walsers Leben an, die der Diener-Episode auf Schloß Dambrau Herbst/Winter 1905 vorausging, d. h. auf den Berliner Aufenthalt im Sommer 1905, aber wohl auch auf Früheres. Nach einer von Franz Blei wiedergegebenen Anekdote hatte Walser schon dem Lyriker und Finanzier der «Insel» Alfred Walter Heymel vorgeschlagen, in seiner großen Münchner Villa eine Dienerrolle zu spielen – dies muß 1899 oder 1901 gewesen sein. Die Diener-Idee reichte also weit zurück. Die mythische Version und die darin enthaltene Wiederaufnahme der «Knaben»-Thematik deutet aber auf eine noch frühere, tiefe existentielle Krise, von der biographisch nichts bekannt ist. Diese Erfahrung aus der Jugend- und Jüngligszeit, parallelisiert mit den Erlebnissen von 1905, der Verwirklichung der Diener-Idee, begegnet uns nun in der Erzählung von 1916 in einer Sinngebung und Stilisierung, die der Bieler Periode von Walsers Leben und Schaffen entspricht und darin die – vielleicht dritte – Krise voraussetzt, die in Selbstaussagen Walsers wie Gestaltungen im Werk für die letzte Berliner Zeit belegt. ist.

S. 239 «Außer den Briefen, die ihn nie erreichten, liest er herzlich wenig»: Die anonym erschienenen «Briefe, die ihn nie erreichten» (Berlin 1903) waren ein echter «Bestseller» jener Jahre; die Autorin, Freifrau Elisabeth von Heyking (1861-1925), die Frau eines preußischen Diplomaten, kam zu Walsers Dienerzeit, wie er später Carl Seelig berichtete, einmal als sensationeller Besuch auf Schloß Dambrau (Seelig, «Wanderungen mit Robert Walser», 1977, S. 20).

S. 240 «auf den Namen Vanderbilt»: Cornelius V. (1794-1877) war der amerikanische Eisenbahnkönig – hier handelte es sich wohl um einen seiner Nachfahren.

ZEITTAFEL

1878	15. April: Robert Otto Walser als siebtes von acht Kindern des Buchbinders und Kaufmanns Adolf Walser und seiner Frau Elisa, geb. Marti, in Biel, Kanton Bern, geboren.
1884-1892	Volksschule und Progymnasium in Biel. Allmählicher Niedergang der väterlichen Geschäfte. Gemütserkrankung der Mutter.
1892-1895	Lehrzeit bei der Bieler Filiale der Berner Kantonalbank. 22. Oktober 1894: Tod der Mutter. Theaterfieber, Mitwirkung in einem Amateurschauspielverein, Träume von einer Bühnenlaufbahn.
1895	April-August in Basel. Wohnung bei Verwandten, Anstellung bei einer Bank/Spedition. Ab September in Stuttgart. Wohnung mit dem Bruder Karl in einer Gesellenherberge, Anstellung in einem Verlag. Scheitern der schauspielerischen Hoffnungen.
1896	Anfang Oktober Fußwanderung zurück in die Schweiz. Wohnung in Zürich, Anstellung als Hilfsbuchhalter bei einer Versicherung.
1897	In Zürich. Mehrfacher Wohnungswechsel. Begeisterung für den Sozialismus. Erstes erhaltenes Gedicht. November: Kündigung der Anstellung, kurze Reise nach Berlin. Im Winter viele Gedichte.
1898	In Zürich. 8. Mai: Erste Veröffentlichung einiger Gedichte durch J. V. Widmann im «Sonntagsblatt des Bund», Bern (anonym). Bekanntschaft mit Franz Blei. Weitere Gedichte.
1899	Januar-September (?) in Thun. Verschiedene Anstellungen. Mai/Juni: möglicher kurzer Besuch in München. Ab Oktober in Solothurn, Angestellter der «Hülfskasse». – Ab Frühjahr: Niederschrift der vier frühen Dramolette. 2. Juli: erstes Prosastück im «Sonntagsblatt des Bund» («Der Greifensee»). Gedichte in der «Wiener Rundschau» und in der «Insel».
1900	In Solothurn, Biel und Zürich. Ab November in München. – Gedichte und Dramolett «Dichter» in der «Insel».

1901 Nach Rückkehr im Januar vermutlich in Zürich. Im Juli neue Reise nach München, im August weiter nach Berlin. Anschließend wieder in München, erst ab Mitte Oktober in Zürich. In München Umgang mit vielen Schriftstellern und Künstlern, v. a. dem Kreis um die «Insel». In dieser weitere Veröffentlichungen.

1902 Januar: enttäuschende Reise nach Berlin. Februar-April: bei der Schwester Lisa in Täuffelen am Bielersee, danach in Zürich. – «Fritz Kochers Aufsätze», «Der Commis» und «Ein Maler» im «Sonntagsblatt des Bund»; Weiteres in der «Insel».

1903 Närz-Juni Fabrikangestellter in Winterthur. Rekrutenschule in Bern. Nach kurzem Aufenthalt in Zürich «Gehülfe» bei einem Techniker/Erfinder in Wädenswil am Zürichsee.

1904 In Zürich. Mehrfacher Wohnungswechsel, Anstellung bei der Kantonalbank. Militär-Wiederholungskurs. Vorbereitung des Bandes «Fritz Kochers Aufsätze» (erscheint im Dezember im Insel-Verlag, Leipzig). Wenige Einzelveröffentlichungen.

1905 Ende März Aufbruch nach Berlin. Wohnung beim Bruder, dem Maler Karl Walser. Im Sommer in der Schweiz, danach in Berlin Besuch einer Dienerschule. Oktober-Dezember Diener auf Schloß Dambrau, Kreis Falkenstein, Oberschlesien. Wenige Veröffentlichungen.

1906 In Berlin. Niederschrift des Romans «Geschwister Tanner» sowie eines weiteren, später vernichteten Romans. Walsers Lektor beim Verlag Bruno Cassirer ist Christian Morgenstern.

1907 In Berlin, ab Sommer in einer eigenen Wohnung. Walser ist zeitweilig Sekretär Paul Cassirers, des Kunsthändlers und Geschäftsführers der Berliner Sezession. Bekanntschaft mit vielen Berliner Künstlern, Literaten und Theaterleuten. – «Geschwister Tanner» erscheint. Niederschrift des Romans «Der Gehülfe». Zahlreiche Veröffentlichungen in Zeitschriften.

1908 In Berlin. «Der Gehülfe» erscheint bei Bruno Cassirer, Ende des Jahres auch eine bibliophile Ausgabe der frühen

«Gedichte». Niederschrift des Romans «Jakob von Gunten». Zahlreiche Veröffentlichungen in Zeitschriften, auch Zeitungsfeuilletons.

1909 In Berlin. «Jakob von Gunten» erscheint. Zahl der sonstigen Veröffentlichungen zurückgehend.

1910 In Berlin. Walser hütet vorübergehend Wohnung des Bruders am Kurfürstendamm 29, zieht dann an den Rand des Charlottenburger Westends. Nur wenige Veröffentlichungen in Zeitschriften. Vermutlich Arbeit an weiteren Romanvorhaben, die scheitern.

1911 In Berlin. Rückzug aus der Gesellschaft. Tätigkeit als eine Art Sekretär für die Vermieterin. Wenige Veröffentlichungen.

1912 In Berlin. Wieder regere Mitarbeit an (neuen) Zeitschriften. Verlagssuche für Sammelbände kleiner Prosa; «Geschichten» und «Aufsätze» bei Ernst Rowohlt/Kurt Wolff, Leipzig, angenommen.

1913 März: Rückkehr in die Schweiz. Zunächst bei der Schwester Lisa in Bellelay im Berner Jura, später – für die nächsten sieben Jahre – Bezug einer Mansarde im Hotel Blaues Kreuz in Biel. Beginn der Freundschaft mit Frieda Mermet. – «Aufsätze» bei Kurt Wolff. Viele Veröffentlichungen in Zeitschriften.

1914 In Biel. 9. Febr.: Tod des Vaters. Nach Ausbruch des Ersten Weltkriegs wiederholt Einberufungen zu mehrwöchigem Militärdienst. – Im Frühjahr Vorbereitung der Sammlung «Kleine Dichtungen». Dafür Preis des «Frauenbundes zur Ehrung rheinländischer Dichter». Der Band «Geschichten» erscheint bei Kurt Wolff. Am Jahresende Reise nach Leipzig, um die für den «Frauenbund» hergestellte Erstauflage von «Kleine Dichtungen» zu signieren. Viele Zeitschriften- und Feuilletonbeiträge.

1915 In Biel. Anfang Januar: Besuch beim Bruder in Berlin. Zweimal Militärdienst im Grenzschutz. – «Kleine Dichtungen» erscheint bei Kurt Wolff. Viele Zeitschriften- und Feuilletonbeiträge.

1916 In Biel. 17. November: Tod des Bruders Ernst Walser in der Nervenheilanstalt Waldau bei Bern. – Für den Verlag

Huber, Frauenfeld, schreibt Walser «Der Spaziergang», für den Rascher Verlag, Zürich, die kleine Sammlung «Prosastücke». Zahlreiche Veröffentlichungen vor allem in Schweizer Blättern.

1917 In Biel. Im Spätsommer längerer Militärdienst. – Sammlung «Kleine Prosa» (erscheint bei A. Francke, Bern), Sammlung «Poetenleben» (bei Huber). Andere Buchpläne ohne Erfolg. Viele Veröffentlichungen zumal in Schweizer Zeitungen.

1918 In Biel. Im Frühjahr vierwöchiger Militärdienst. – Manuskript «Seeland» abgeschlossen und vom Rascher Verlag angenommen. Ein anderer geplanter Prosaband findet keinen Verlag. Arbeit am Roman «Tobold» (später vernichtet). Veröffentlichungen vor allem in der «NZZ».

1919 In Biel. 1. Mai: Selbsttötung des Bruders Hermann Walser, Geographieprofessor in Bern. – Neuausgabe der «Gedichte» bei Bruno Cassirer, Berlin. Zusammenstellung mehrerer kleiner Prosasammlungen, die nicht erscheinen. Viele Beiträge in Zeitungen und Zeitschriften, trotzdem akute Geldnot.

1920 In Biel. 8. November: Walser-Leseabend in Zürich, der Dichter im Publikum. – «Seeland» erscheint als bibliophile Ausgabe bei Rascher, «Komödie» (die frühen Dramolette) bei Bruno Cassirer. Zahlreiche Veröffentlichungen in Zeitungen und Zeitschriften, Honorare aus Deutschland gehen jedoch häufig verloren.

1921 Übersiedlung nach Bern, Antritt einer Stelle als Zweiter Bibliothekar am kantonalen Staatsarchiv (nur für einige Wochen). Kleinere Erbschaft seitens des Bruders Hermann. – Sommer/Herbst: Arbeit am Roman «Theodor» (nur Teilabdruck erhalten). Viele Veröffentlichungen.

1922 In Bern; zweimal Wohnungswechsel. Im März Lesung aus «Theodor» in Zürich; Gastaufenthalt bei dem Maler Ernst Morgenthaler. Erbschaft seitens eines Basler Onkels. – Trotz Einschaltung des Schweizerischen Schriftstellervereins, dem Walser beigetreten ist und der auf den Roman ein Darlehen gegeben hat, findet «Theodor» keinen Verlag. Wenige Veröffentlichungen.

1923 In Bern. Im Juni Spitalaufenthalt wegen Ischias. Im Herbst Fußwanderung nach Genf. – Sehr wenige Veröffentlichungen.

1924 In Bern; dreimaliger Wohnungswechsel. – Walser läßt Bemühungen des Leipziger Grethlein Verlags um ihn als Autor scheitern und tritt aus dem Schriftstellerverein aus. Zusammenstellung des Bandes «Die Rose» (erscheint als letztes Buch des Autors Ende des Jahres im Ernst Rowohlt Verlag, Berlin). Veröffentlichungen in Zeitungen und Zeitschriften nehmen wieder zu. Viele unveröffentlichte Entwürfe, darunter auch wieder Gedichte.

1925 In Bern; viermaliger Wohnungswechsel. – April/Mai Entwurf der «Felix»-Szenen (liegengelassen). Juli/August Entwurf des «Räuber»-Romans (liegengelassen). Zusammenstellung einer nicht erschienenen Prosasammlung. Sehr viele Einzelveröffentlichungen von Prosastücken und Gedichten zumal in Zeitungen (von nun an besonders in der «Prager Presse», im «Prager Tagblatt» und im «Berliner Tageblatt»). Noch mehr Arbeiten in Reinschrift oder Entwurf, die unveröffentlicht bleiben.

1926 In Bern; viermaliger Wohnungswechsel. Im November Sendung von Prosa und Gedichten Walsers im Zürcher Radio. – Entstehen des sog. «Tagebuch»-Fragments (letzte größere Prosaarbeit, im Manuskript nachgelassen). Enorm große Zahl von Einzelabdrucken (Prosastücke wie Gedichte) vor allem in Zeitungen, daneben noch viele unveröffentlichte Manuskripte und Entwürfe.

1927 In Bern. Vergebliche Verhandlungen über die Publikation eines Prosa- und eines Gedichtbandes. Vorübergehende Zurückweisung von Beiträgen durch das «Berliner Tageblatt». Zahl der Veröffentlichungen geht insgesamt zurück. Im Nachlaß viele unveröffentlichte Manuskripte und Entwürfe.

1928 In Bern. 15. April: Robert Walsers 50. Geburtstag, nur an wenigen Stellen knapp gewürdigt. – Zahl der Abdrucke seiner Arbeiten bleibt konstant; sehr viele unveröffentlicht nachgelassene Texte in Reinschrift oder Entwurf.

1929 In der zweiten Januarhälfte schwere psychische Krise, in deren Folge Walser sich von einem Psychiater in die Heilanstalt Waldau bei Bern einweisen läßt. Dort Diagnose: Schizophrenie. – Nach längerer Pause Wiederaufnahme der literarischen Arbeit und der Korrespondenz mit Redaktionen. Wenige Veröffentlichungen, vermutlich mehr unveröffentlichte Arbeiten aus dieser Zeit.

1930 In der Heilanstalt Waldau. Walser erhält ein Einzelzimmer, wird jedoch auf seinen Wunsch in den Wachsaal zurückverlegt. Eingeschränkte Fortsetzung der literarischen Arbeit. Nicht sehr zahlreiche Abdrucke in den gewohnten Blättern, daneben eine größere Zahl unveröffentlichter Manuskripte und Entwürfe.

1931 In der Heilanstalt Waldau. Ende des Jahres Bezug eines Zweibettzinmmers. Gelegentliche Besuche in Bern (z. B. zu Theateraufführungen). – Wieder zunehmende Produktivität: häufigere Veröffentlichungen, viele nachgelassene Arbeiten.

1932 In der Heilanstalt Waldau. Die Zahl der Abdrucke in Zeitungen geht wieder zurück, auch ungedruckte Texte liegen weniger vor.

1933 Zunächst in der Heilanstalt Waldau. Weiterhin eingeschränkte Fortsetzung der literarischen Arbeit und der Bemühungen um Veröffentlichungen. Vertragsschluß über eine Neuauflage des Romans «Geschwister Tanner» im Rascher Verlag, Zürich. Mai/Juni: Im Zuge einer Reorganisation der Anstalt sollen leichtere Fälle entlassen oder in Hauspflege zu Bauern gegeben werden. Walser lehnt das ab. Seine Geschwister erklären, nicht für ihn sorgen zu können. Daraufhin wird er am 19. Juni gegen seinen Willen gewaltsam in die Heilanstalt seines formellen Heimatkantons Appenzell-Außerrhoden in Herisau verlegt. Dies führt zum Abbruch seiner schriftstellerischen Arbeit. Spätere Manuskripte, Entwürfe usw. wurden nicht aufgefunden.

1934-1956 In der Anstalt Herisau. Walser zieht sich in ein angepaßtes Patientendasein zurück. Juli 1936: erster Besuch des Zürcher Schriftstellers und Journalisten Carl Seelig (1894-1962) bei ihm, der ihn in der Folgezeit auf vielen Wanderungen begleitet, über ihn schreibt, sein Herausgeber und schließlich auch Vormund wird. – 28. September 1943: Tod des Bruders Karl in Bern. – 7. Januar 1944: Tod der Schwester Lisa in Bern. – 25. Dezember 1956: Auf einem allein unternommenen Spaziergang erliegt der 78jährige Robert Walser in der Schneelandschaft bei Herisau einem Herzanfall.

INHALT

DER SPAZIERGANG

PROSASTÜCKE

KLEINE PROSA